MARIA DRIES

DER KOMMISSAR UND DER MÖRDER VOM CAP DE LA HAGUE

atb aufbau taschenbuch

MARIA DRIES lebt in der fränkischen Schweiz, kennt aber die Normandie von langen Urlaubsfahrten.

Im Aufbau Taschenbuch sind bisher ihre Normandie-Krimis »Der Kommissar von Barfleur«, »Die schöne Tote von Barfleur« und »Der Kommissar und der Orden von Mont-Saint-Michel« erschienen.

Philippe Lagarde, Kommissar im Ruhestand, frühstückt in seinem Lieblingsbistro, als eine junge Frau und ihr kleiner Bruder auftauchen. Sie behaupten, der Tod ihrer Großmutter vor fünf Jahren sei kein Unfall gewesen, sondern Mord. Sie hatten in der Todesnacht einen Mann beobachtet, der fluchtartig das Haus verließ. Aber niemand glaubte damals den beiden, da sie noch halbe Kinder waren. Anette und Oscar zeigen die Abbildung aus einem Kinderbuch. Dort ist ein pechschwarzer Rabe zu sehen.

Nur einen Tag später ereignet sich am Cap de la Hague eine ähnliche Tragödie. Wieder stürzt eine alte Frau die Treppe herunter und stirbt an den Folgen. Der Polizeiarzt stellt einen starken Geruch von Chloroform an der Toten fest. Schnell erhärtet sich der Verdacht, dass die Frau betäubt und ermordet wurde. Largardes Interesse ist geweckt, und er findet heraus, dass es noch einen weiteren ähnlichen Todesfall gab – und dass die Unglücksfälle immer am selben Datum stattfanden.

MARIA DRIES

DER KOMMISSAR UND DER MÖRDER VOM CAP DE LA HAGUE

EIN
KRIMINALROMAN
AUS DER
NORMANDIE

atb aufbau taschenbuch

MIX
Papier aus verantwortungsvollen Quellen
FSC® C083411
www.fsc.org

ISBN 978-3-7466-3215-5

Aufbau Taschenbuch ist eine Marke
der Aufbau Verlag GmbH & Co. KG

2. Auflage 2016

Umschlaggestaltung © Mediabureau Di Stefano, Berlin
unter Verwendung von Motiven von © Getty Images /
Diana Walters und mauritius images / Alamy
Druck und Binden CPI books GmbH, Leck, Germany
Gesetzt aus der Caslon und der Rosewood
durch Greiner & Reichel, Köln
Printed in Germany

www.aufbau-verlag.de

Für
Daniel

Dein Stern funkelt in der Nacht.
Ich vermisse Dich und denke an Dich in Liebe.
Immer!

Rosslare - Poole
Portsmouth
Manch
Auderville
CHERBOURG-
OCTEVILLE
Jobourg
Barfleur
Maupertus-
sur-Mer
Heauville
Martinvast
Dielette
Saint-Vaast-
la-Hougue
Plag
Valognes
(GB)
Sainte-Mère-
Église
Sainte-Marie-
du-Mont
Barneville-
Carteret
Portbail
Grandcamp-
Maisy
Carentan
Lison
Jersey
(GB)
MANCHE
Gouville-
sur-Mer
SAINT-
Agon-
Coutainville
Coutances
Bréhal
Villedieu-
les-Poêles
Îles Chausey
(F)
Granville
Vire
Mont-
Saint-Michel
Avranches
Saint-Malo

Channel
du Débarquement
Sasset
Mauco
Fécamp
Étretat
London City Airport
Portsmouth
Portsmouth
Octeville-
sur-Mer
Montivillier
LE HAVRE
Honfleu
Saint-Gatien
Deauville–Norman
Trouville-Deauville
Blonville-sur-Mer
Villers-sur-Mer
Houlgate
Dives/Port-Guillaume
Dives/Cabourg
Luc-sur-Mer
Courseulles-sur-Mer
Crépon
-les-Bains
OUISTREHAM
Bayeux
Pont-l'Évêque
Carpiquet
CAEN
Lisieux
CALVADOS
Mézidon
Thury-
Harcourt
Saint-Pierre-
sur-Dives
Clécy
Condé-sur-
Noireau
Falaise
Argentan
Flers
Briouze
Nonant-
le-Pin
Surdon
ORNE

DIE ZERSTÖRUNG

Ohn' Unterlass mein Dämon mich bedrängt,
Wie von der Luft bin ich von ihm umfangen,
Ich atme ihn und fühl' mein Herz versengt
Von unstillbarem, sündigem Verlangen.

Oft, da mein Schönheitsdrang ihm offenbar,
Kommt er als holdes Weib voll süsser Ränke,
Mit falscher, buhlerischer Worte Schar
Gewöhnt er mich an giftige Liebestränke.

Er schleppt mich, fern von Gottes gnädiger Hand
Elend, gebrochen, keuchend durch das Land,
Bis zu des Jammers abgrundtiefem Tale;

Dort starren meine Blicke wirr und wild
Auf Kleiderfetzen und auf blutige Male,
auf der Zerstörung furchtbar Schreckensbild.

Charles Baudelaire
»Die Blumen des Bösen«
(»Les Fleurs du Mal«)

PROLOG

Fünf Jahre vorher, 22. März 2011
Silbern bedeckte das Meer die Bucht. Ein malerisches Inselgewirr glitzerte im Sonnenlicht. Wilde Felsnadeln umsäumten einsame Strände. Vor der schroffen Küste lauerten Untiefen und tückische Riffe. In den Austerngärten ernteten Meeresbauern die empfindlichen Schalentiere. Netzkörbe schützten die Austernzucht vor räuberischen Tintenfischen. In verträumten Häfen wiegten sich Motorboote und Segler. Hinter dem Dünenband und dem Marschland breiteten sich idyllische Weiden, violette Heide und hellgrüne Artischockenfelder aus. Abgeschiedene Gehöfte hockten in Talmulden. Ein Manoir mit zinnenreichen Giebeln und Lukarnen spiegelte sich im Wassergraben. Auf der vielzackigen Bastion saßen Pfefferbüchsen. Die normannische Halbinsel Cotentin hatte schon Schmuggler, Piraten, Helden und Halsabschneider gesehen. Und sie war ein Sehnsuchtsort für Weltflüchtlinge.

Olivier empfand tiefen Hass. Als er die alte Frau auf dem Marktplatz von Crasville entdeckte, beschloss er, sie zu töten. Den Anblick ihrer schwarzen Wollkniestrümpfe und der beigefarbenen Gesundheitsschuhe konnte er kaum ertragen. Er lehnte sich gegen den Stamm einer Platane, steckte sich eine Zigarette an und beobachtete sie.

Es war Markttag. Viele Dorfbewohner spazierten von Stand zu Stand, unterhielten sich gut gelaunt und kauften die einheimischen Spezialitäten. Die Frühlingsluft war mild, und die Sonne schien von einem blassblauen Himmel. Unter bunten Markisen boten Bauern ihre Waren feil. Es gab eingelegte Oliven, duftenden Ziegenkäse und ziegelrotes Lammfleisch. Fischer priesen ihren Fang an. Meeraale, Goldbrassen und Seeteufel schillerten auf gestoßenem Eis, Hummer krabbelten in einer Holzkiste. Es gab Austern in vier verschiedenen Größen und Berge von schwarzen Schnecken. Vor der Metzgerei drehten sich Kapaune, Hähnchen und Lammkeulen am Spieß. Hinter dem Platz erhob sich die mittelalterliche Kirche aus Granitstein inmitten einer gepflegten Parkanlage. Umrahmt von Rabattensteinen blühten Tulpen, Hyazinthen und Osterglocken. Am Brunnen spritzten sich Kinder unter großem Geschrei gegenseitig nass. Andere saßen mit strahlenden Gesichtern auf den Fantasiefiguren eines Karussells. Am Rand des Platzes lugten zwischen Tamarisken die Türme, Zinnen und Erker eines Manoirs hervor.

Der Marktflecken Crasville lag an der Ostküste

der Halbinsel Cotentin in der Normandie, nicht weit vom Fischerdorf Barfleur entfernt. Wenige Kilometer nördlich auf einer Landzunge stach der Leuchtturm von Gatteville mit seinen dreihundertfünfundsechzig Stufen in den Himmel.

Die alte Frau verweilte an einem Gemüsestand und plauderte mit der Bäuerin. Die Frauen lachten. Schließlich entschied sich die Kundin für ein Pfund grüne Bohnen und zwei violett glänzende Auberginen. Sie zahlte und verabschiedete sich von der Marktfrau. Gemächlich lief sie zum Grill und entschied sich für ein Huhn. Der Metzger holte es vom Spieß und packte es für sie ein. Auf der Terrasse vor dem Bistro hatte der Wirt vor einigen Tagen Tische und Stühle aufgestellt und somit die Sommersaison eröffnet. Fast alle Sitzgruppen waren besetzt. Die Gäste genossen die ersten warmen Sonnenstrahlen und unterhielten sich bei einer Tasse Mokka oder einem Glas Wein. Die alte Frau fand einen freien Tisch und machte den Kellner mit einer Geste auf sich aufmerksam. Bald brachte er ihre Bestellung. Während sie den Apfelkuchen verzehrte und den Kaffee trank, betrachtete sie lächelnd das bunte Treiben. Dann trat eine Frau zu ihr an den Tisch, begrüßte sie herzlich mit zwei Wangenküsschen und setzte sich dazu. Sie war klein, dick und schwarz gekleidet. Energisch rief sie nach der Bedienung. Sie verspeiste zwei Stück Sahnetorte und eine Himbeertarte mit großem Appetit und redete gleichzeitig pausenlos auf ihr Gegenüber ein. Als die alte Frau sich endlich auf den Weg machte, folgte Olivier ihr unauffällig. Er wollte wissen, wo sie wohnte. Ihr Ziel war ein kleines Granitsteinhaus in einer schmalen Gasse. Sie gelangte durch eine Holzpforte in den Vorgarten, stieg zwei Treppenstufen hinauf, schloss die Eingangstür auf und verschwand im Haus. Olivier las den Namen auf dem Briefkasten. Germaine Marsault. Kein männlicher Vorname. Entweder war sie eine alte Jungfer oder Witwe. Sie wohnte alleine. Das war gut. Als sein Blick auf das marode, verrostete Schloss der Garagentür fiel, grinste er. In diesen alten Häusern gab es normalerweise einen Zugang von der Remise in den Wohnbereich.

Zufrieden mit seiner Entdeckung trat er den Rückzug an. Mit seinem alten Peugeot fuhr er nach Saint-Vaast und suchte eine Hafenspelunke auf. Die verräucherte Kneipe war brechend voll. Die Geräuschkulisse war ohrenbetäubend. Olivier fand schnell Anschluss. Er trank mit fremden Männern und spielte Karten bis tief in die Nacht.

Weit nach Mitternacht kehrte er nach Crasville zurück. Weil er soviel Alkohol getrunken hatte, fühlte er sich stark und unbesiegbar. Er parkte sein Auto am Ortsrand auf einem Feldweg hinter einem dichten Schwarzdorngestrüpp und lief in den Ort. Auf dem Weg zum Haus der alten Frau begegnete er keiner Menschenseele. Dunkel kauerte das Haus vor ihm. Es war ein Kinderspiel, das Schloss der Remise zu knacken. Er schlüpfte in die Garage und schaltete seine Taschenlampe ein. Zwischen Regalen, alten Fahrrädern und Mülltonnen schlich er zur Tür, die in die Wohnung führte. Sie war unverschlossen. Er betrat die Küche und sah sich um. Die Küche war altmodisch eingerichtet und blitzblank aufgeräumt. Er ging weiter in den Salon. Von dort aus führte eine schmale Treppe bogenförmig in das Obergeschoss. Olivier ging davon aus, dass sich das Schlafzimmer der alten Frau im ersten Stock befand. Die Aufteilung der Zimmer war in diesen alten Häusern häufig ähnlich.

Leise schlich er die Stufen hinauf. Eine Diele knarrte, und er blieb erschrocken stehen. Lauschte. Es herrschte absolute Stille. Vorsichtig ging er weiter. Schließlich stand er in einem engen Flur. Hinter einer der Türen hörte er ein leises Schnarchen. Er hatte mit seiner Vermutung recht gehabt.

Olivier ist kein Idiot, dachte Olivier. Er schaltete die Taschenlampe aus, drückte die Klinke nach unten und öffnete die Tür Zentimeter um Zentimeter, ohne ein Geräusch zu verursachen. Im Halbdunkel konnte er die Frau im Bett ausmachen. Sie lag auf der Seite, das Gesicht ihm zugewandt, und schlief tief und fest. So hatte sie auch immer geschlafen. Genau in der gleichen Position.

Hass loderte in ihm auf. Entschlossen packte er die Frau mit seinen schaufelgroßen Pranken, zerrte sie aus dem Bett und hielt ihr den Mund zu. Sie riss die Augen auf und starrte ihn verwirrt an. Dann machte sich Entsetzen auf ihrem Gesicht breit. Sie versuchte zu schreien, doch er presste seine Hand fest auf ihren Mund. Er schleifte sie aus dem Zimmer zum Treppenabsatz. Sie wehrte sich verzweifelt und schlug um sich. Doch sie war schwach.

Olivier ist stark, dachte er. Er hob sie hoch und schleuderte sie mit aller Kraft die Treppe hinunter. Sie überschlug sich mehrere Male, krachte gegen die Wand und stieß einen markerschütternden Schrei aus. Sie rollte über die letzten Stufen, prallte gegen einen Steinsockel und blieb reglos liegen. Offenkundig hatte sie sich das Genick gebrochen. Sie war tot.

Olivier stieg über sie hinweg, lief in die Küche und verließ das Haus durch die Remise. Als er durch den Vorgarten hastete und auf den Gehweg trat, starrten ihm zwei Paar Augen hinterher. Tellergroße panische Kinderaugen.

BARFLEUR

Anette und Oscar

ERSTER TAG

Philippe Lagarde saß vor seinem Lieblingsbistro »Im Wind der Inseln« und genoss die frühe Wärme der Märzsonne. Der Hafen von Barfleur lag jenseits des Quai Henri Chardon. Die Flut drängte mit Vehemenz in das steinerne Becken. Boote wurden aus dem Schlick gehoben und begannen, auf den Wellen zu schaukeln. Barfleur galt als eines der schönsten Dörfer Frankreichs und war ein Touristenmagnet. Die Besucher aus aller Welt liebten den pittoresken Charme des Ortes, die trutzige Wehrkirche am Hafeneingang und die Muscheln mit den golden schimmernden Schalen. Muschelbänke zogen sich kilometerweit die östliche Küste der Halbinsel Cotentin entlang. In allen Restaurants, die sich um den Hafen reihten, wurden Muscheln angeboten. Die Lokale, Bistros und Cafés waren in hohen, dicht gedrängten, grauen Granitsteinhäusern untergebracht. Weiße Sprossenfenster, elegant geschmiedete Balkonbalustraden und rote Kamine setzten farbliche Akzente.

Der Kommissar im Ruhestand trank den zweiten Milchkaffee und war in die Lektüre der Tageszeitung Ouest France vertieft. Die beiden köstlichen Eclairs mit Karamellfüllung hatte er bereits verzehrt. Ein Schatten verdunkelte die aufgeschlagene Seite. Er blickte auf. Vor dem Bistrotisch standen eine junge Frau und ein kleiner Junge und musterten ihn mit ernsten Mienen.

Lagarde lächelte sie an.

»Na, ihr zwei, kann ich etwas für euch tun?«, fragte er.

»Bonjour, Monsieur«, sagte das Mädchen. Sie war sehr hübsch. Riesige graue Augen, eine zarte, wohlgeformte Nase, ein voller Mund in einem schmalen blassen Gesicht. Glatte, kupferrote, kinnlange Haare umrahmten ihr Antlitz. Sie trug eine grauschwarz melierte Wollhose, ein weißes kurzärmliges Männerunterhemd und breite schwarze Hosenträger aus Leder.

»Sind Sie Kommissar Lagarde?«, erkundigte sie sich.

»Ja, der bin ich.«

»Ich bin Anette Marsault«, stellte sie sich vor. Sie zeigte auf den Jungen. »Und das ist mein Bruder Oscar.«

Der kleine Junge sah ihr sehr ähnlich. Nur die Haare waren einen Ton heller. Zu der Jeans trug er ein blau-Weiß kariertes Hemd. In den Händen hielt er ein dickes rotes Sparschwein und ein Kinderbuch.

»Mein Bruder und ich möchten gerne mit Ihnen

sprechen«, erklärte Anette. »Wir haben Nachforschungen angestellt. Sie sind einer der besten Polizisten im Cotentin.«

»Meine Freundin sagt, Sie sind der Beste«, erklärte Oscar mit wichtiger Stimme. »Der beste Kommissar von ganz Frankreich.«

»Wie heißt denn deine Freundin?«

»Amélie.«

Lagarde amüsierte sich. Amélie war die siebenjährige Tochter von Camille, einer guten Freundin, die Lehrerin am Gymnasium von Saint-Vaast-la-Hougue war. Lagarde passte manchmal auf Amélie auf, wenn ihre Mutter an langen Lehrerkonferenzen teilnehmen musste. Camille unterrichtete die Fächer Französisch und Deutsch.

»Woher kennst du Amélie?«, fragte er den kleinen Jungen.

»Aus der Schule, natürlich. Sie hat mir auch den Tipp gegeben, wo Sie häufig frühstücken.«

Lagarde nickte ernst. »Ihr wollt mich also sprechen. Dann setzt euch doch zu mir an den Tisch. Wichtige Dinge bespricht man nicht im Stehen. Was darf ich euch bestellen? Wie wäre es mit einem Eis? Ich lade euch ein.«

Oscars Augen leuchteten auf.

Seine Schwester knuffte ihn unsanft in die Seite. »Wir dürfen von fremden Menschen nichts annehmen, das hat uns Oma immer eingeschärft.«

Oscar blickte zu Boden und schwieg.

»Aber wir haben uns doch vorgestellt. Folglich kennen wir uns jetzt«, erklärte Lagarde.

Die beiden setzten sich, und Oscar stellte das Sparschwein in die Mitte des Tisches. Das Kinderbuch legte er daneben. Lagarde winkte nach Gaston und bestellte zwei große Eisbecher. Als der Wirt die Glasschalen mit den bunten Kugeln, Sahne, Waffeln, Schokoladensoße und Smarties serviert hatte, forderte Lagarde die Geschwister auf: »Lasst es euch schmecken und erzählt mir, was ich für euch tun kann.«

Anette ließ einen Löffel Eis im Mund zergehen, schluckte und ergriff das Wort. »Unsere Oma, Germaine Marsault, ist vor fünf Jahren verstorben. Sie ist nachts in ihrem Haus die Treppe hinuntergestürzt. Ihr Hausarzt und die Polizei gingen von einem Unfall aus. Aber es war Mord.« Die junge Frau verstummte für einen Moment und kämpfte mit den Tränen. Dann fuhr sie entschlossen fort. »Oscar und ich wissen, dass es Mord war. Wir haben den Mörder gesehen, als er aus dem Haus auf die Straße lief. In jener Nacht haben wir bei Oma übernachtet, weil unsere Eltern ins Kino wollten. Wir sind von einem Schrei aufgewacht und haben aus dem Fenster geschaut, weil wir zunächst dachten, er sei von draußen gekommen. Dann haben wir Oma gefunden.« Sie wischte sich Tränen aus den Augen. »Niemand hat uns geglaubt. Nicht einmal unsere Eltern. Alle dachten, wir hätten uns den Mann nur eingebildet, weil wir schlaftrunken und so erschrocken waren.«

Oscar knabberte an einer Waffel und nickte ernst. »Genauso war es.«

Anette lächelte ihn liebevoll an.

»Oscar war damals erst vier Jahre alt«, erklärte sie Lagarde.

»Aber ich war schon dreizehn und kein Kind mehr. Ich weiß, was ich gesehen habe. Als Oscar acht Jahre alt wurde, habe ich ihm erzählt, was passiert ist. Wir haben beschlossen, Omas Mörder zu finden. Vor einigen Tagen bin ich volljährig geworden.«

»Sie ist jetzt geschäftstüchtig«, ergänzte ihr Bruder.

»Geschäftsfähig heißt das«, erklärte sie ihm geduldig. An Lagarde gewandt, fuhr sie fort. »Ich möchte Sie engagieren, um den Mord an unserer Oma aufzuklären. Wir schaffen das nicht alleine. Alles wird korrekt ablaufen. Wir schließen einen Vertrag, und Sie bekommen ein angemessenes Honorar.«

Lagarde war verblüfft und wollte etwas sagen. Der kleine Junge kam ihm jedoch zuvor. Er zeigte auf das Schwein.

»Anette und ich haben gespart. Unser Taschengeld, Weihnachts- und Geburtstagsgeschenke und die Einnahmen aus verschiedenen Jobs.« Er strahlte Lagarde voller Stolz an. Triumphierend verkündete er: »Im Sparschwein sind dreihundertzweiundsiebzig Euro und fünfundfünfzig Cents.«

»Donnerwetter. Da habt ihr aber viel Geld gespart«, antwortete der Kommissar, der nicht recht wusste, was er von der Geschichte halten sollte. Der damals vierjährige Oscar hatte an diese schreckliche Nacht sicherlich keine Erinnerungen mehr. Er wusste nur durch Erzählungen seiner Schwester davon. Anders war es bei Anette. Vielleicht hatte sie tatsächlich etwas gesehen. Und sie hatte fünf Jahre lang an ihrem Plan festgehalten, den Mörder ihrer Oma zu finden.

Anette sah den Kommissar zweifelnd an. »Die Summe reicht nicht, richtig? Wir könnten sie als Anzahlung betrachten. Den Rest stottern wir ab.«

Lagarde lächelte sie an. Die beiden waren wirklich bezaubernd.

»Dein Verhandlungsgeschick und deine Entschlossenheit beeindrucken mich, Anette. Hast du schon mal darüber nachgedacht, Anwältin zu werden?«

Das Mädchen erwiderte sein Lächeln. »Das habe ich mir auch schon überlegt.«

»Passt auf, ihr zwei. Lassen wir das Geld beiseite. Das ist nicht wichtig. Wichtig ist, was in jener Nacht passiert ist. Kannst du dich an irgendetwas erinnern, Anette? Kannst du die Person beschreiben, die aus dem Haus lief?«

Das Mädchen griff nach dem Kinderbuch und schlug es auf. Ein Rabe stand auf einer Wiese. Das schwarze Gefieder war aufgeplustert, der Schnabel war lang und krumm. Auf dem Rücken hatte er einen hellen Fleck.

Anette zeigte auf den Vogel. »So sah der Mann aus.«

»Wie ein Rabe?«

»Ja. Ich habe Zeichnungen angefertigt, Skizzen gemacht, ich habe nach Personen gesucht, die dem Mörder ähneln. Aber dieser Rabe aus dem Kinderbuch kommt der Gestalt am nächsten.«

Sie schien sich vollkommen sicher zu sein.

»Der Mann war schwarz angezogen. Als er aus der Remise kam, habe ich ihn im Profil gesehen. Er hatte eine Hakennase, geformt wie ein Schnabel. Und lange, schwarze Haare. Als er sich abwandte, konnte ich auf dem Rücken einen hellen Kreis erkennen. Im Licht der Straßenlaterne leuchtete er silbern auf. Ich glaube, in dem Kreis waren Buchstaben, ein A und ein W oder ein V. Ich bin mir aber nicht ganz sicher. Er war so schnell verschwunden.«

Lagarde fand, dass die Beschreibung des Mädchens von der Person ziemlich präzise war. Niemand hätte in der Nacht im Licht einer Straßenlaterne mehr erkennen können. Die Kinder waren durch den Schrei ihrer Oma jäh aus dem Schlaf gerissen worden, und der Mann hatte es eilig gehabt.

»Eure Oma hat im ersten Stock geschlafen?«, fragte er.

Anette nickte. »Ja, genau. Dort befand sich ihr Schlafzimmer.«

»Und wo habt ihr geschlafen?«

»Im Erdgeschoss. Oma hatte für uns ein Kinderzimmer eingerichtet. Es war das erste Zimmer rechts neben dem Salon.«

»War an dem Abend irgendetwas Außergewöhnliches? Hat eure Oma erzählt, dass sich tagsüber etwas Merkwürdiges ereignet hat?«

»Nein«, antwortete Anette. »Der Abend war wie immer total schön. Oma hatte vom Wochenmarkt ein gegrilltes Hühnchen mitgebracht. Dazu gab es Bohnengemüse und einen Auberginenauflauf. Das ist unser Lieblingsgericht. Nach dem Essen haben wir Elfer raus gespielt. Anschließend hat Oma meinen Bruder ins Bett gebracht, und ich habe die Küche aufgeräumt. Als Belohnung durfte ich mit ihr eine Fernsehkomödie ansehen. Gegen zweiundzwanzig Uhr sind wir ins Bett gegangen.«

»Wo befindet sich eigentlich das Haus eurer Oma?«, wollte Lagarde wissen.

»In Crasville, einem kleinen Ort zwischen Saint-Vaast-la-Hougue und Barfleur. Am Mühlenweiher 10«, erklärte Oscar.

»Wohnt da jemand?«, erkundigte sich Lagarde.

»Nein«, erklärte Oscar. »Das Haus steht leer. Mein Papa will das Haus seiner Mutter weder vermieten noch verkaufen. Es gab deswegen schon Streit mit Mama, aber er gibt nicht nach.«

»Ich verstehe. Und wo wohnt ihr?«

»Wir wohnen mit unseren Eltern und Eddi in Saint-Vaast«, antwortete Anette. »Schade, dass Eddi in jener Nacht nicht dabei war. Er hätte den Mörder geschnappt.«

»Wer ist Eddi?«

»Unser Hund.«

»Ach so.« Lagarde überlegte. »Passt auf. Wir machen Folgendes: Ich höre mich ein wenig um, und morgen treffen wir uns wieder. Müsstet ihr nicht eigentlich in der Schule sein?«

Anettes Wangen färbten sich rosa. »Wir haben uns krankgemeldet. Das Gespräch mit Ihnen hatte Vorrang.« Sie zögerte. Dann räumte sie ein: »Ich habe für Oscar die Unterschrift meiner Mutter gefälscht.«

Die Kleine hatte wirklich Nerven.

»Morgen machen wir das anders. Ihr geht in die Schule, und wir treffen uns am Nachmittag. Wie seid ihr denn hergekommen?«

»Mit dem Bus«, erklärte der kleine Junge. »Er fährt jede halbe Stunde. Das ist kein Problem. Und wir kommen lieber nach Barfleur.«

»In Ordnung. Dann schlage ich vor, dass wir uns morgen um fünfzehn Uhr hier im Bistro treffen. Einverstanden?«

Beide nickten ernst.

»Einverstanden.«

Anette und Oscar verabschiedeten sich und liefen Hand in Hand zur Bushaltestelle. Der kleine Junge hatte sich das Sparschwein unter den Arm geklemmt. Das Kinderbuch mit dem Raben hatten die beiden dagelassen. Lagarde blickte ihnen nachdenklich hinterher. Er überlegte, ob er ihre Eltern von dem Gespräch unterrichten sollte. So viele Familien mit dem Nachnamen Marsault würde es in Saint-Vaast nicht geben. Er beschloss, damit noch zu warten. Zunächst würde er einige Erkundigungen einziehen. Er war noch nicht bereit, die Geschichte der beiden als Kinderphantasien abzutun. Tatsächlich hatte er den Eindruck gewonnen, dass Anette in jener schlimmen Nacht etwas gesehen hatte. Sie meinte es ernst.

Lagarde hatte die Rechnung beglichen und überquerte den Quai Henri Chardon. Die Flut war inzwischen hoch genug angestiegen, um auslaufen zu können. Am Hafen ging er einige glitschige Stufen hinab und lief über die Mole zu seinem korallenroten Ruderboot. Mit Hilfe des Seils zog er es heran und sprang hinein. Er löste das Tau, stieß sich von der Kaimauer ab und ruderte zu seinem Boot, das an einer Boje mitten im Hafenbecken ankerte. Es war ein älteres, robustes Schiff der Marke ACM, mit dem man problemlos auf den rauen Ärmelkanal hinausfahren konnte, um zu angeln oder sich einfach die frische, salzige Brise um die Nase wehen zu lassen. Da es sich um einen Dreikieler handelte, kippte das Boot bei Ebbe nicht in den Schlamm. Nach wenigen kräftigen Ruderstößen erreichte Lagarde das Schiff, vertäute das Ruderboot an der Boje und erreichte über eine Metallleiter das Deck. Im Steuerstand startete er den Motor und fuhr langsam aus dem Hafen von Barfleur. Eine Wolkendecke hatte sich vor die Sonne geschoben und tauchte den Küstenstreifen, den Leuchtturm sowie die bizarren Felsgebilde in verwaschenes Grau. Die Meeresoberfläche glänzte wie gegossenes Blei.

Lagarde steuerte das Boot die Küste entlang in südlicher Richtung. Die Entfernung von Barfleur nach Crasville betrug etwa vier Kilometer. Als er die kleine Mole von Crasville-Plage erreichte, hatten sich die Wolken verzogen. Das Meer glitzerte in der Sonne. Er vertäute sein Boot an einem Eisenring, der in die Kaimauer eingelassen war, und begab sich an Land. Eine schmale, gerade Straße führte ihn über einige hundert Meter in den Marktflecken. Hinter der Dünenkette und dem Marschland erstreckten sich im fruchtbaren Tal der Saire Gemüseäcker, so weit das Auge reichte. Die Stille wurde nur von Vogelgezwitscher unterbrochen. Ein Reiher auf einem Bein verharrte neben einem Bachlauf. Auf einer Pferdekoppel schmiegte sich ein Fohlen an seine Mutter.

Als er den Weiler erreicht hatte, konnte er durch ein hohes, schmiedeeisernes Tor einen Blick auf das Manoir und die gepflegte Parkanlage werfen. Ein runder, von wildem Weinlaub umrankter Turm mit einer spitzen Schieferhaube bildete den Blickfang des Märchenschlosses. Dahinter führte die Straße »Am Mühlenweiher« in einem Bogen in den Ortskern. Nach wenigen Metern stand er vor der Hausnummer 10. Auf dem Briefkasten stand noch der Name der einstigen Bewohnerin: Germaine Marsault. Das Haus war weiß verputzt, die Fensterläden und das Tor der Remise waren himmelblau gestrichen. Die roten Dachziegel waren verwittert und von Moos überzogen.

Lagarde öffnete die Gartenpforte und ging zur Haustür, die ein stabiles Zylinderschloss hatte. Das Garagentor war verriegelt und verfügte über ein einfaches verrostetes Schloss. Lagarde zog den Riegel zurück. Das Tor war von innen verschlossen. Von einem Busch knickte er einen dünnen, geraden Zweig ab. Aus dem Briefkasten zog er einen Packen Reklame. Er schob ein Blatt Papier durch den Schlitz unter dem Tor hindurch. Der Bart des Schlüssels wurde in eine senkrechte Position gerückt und mit dem Ästchen nach innen geschoben. Klirrend fiel der Schlüssel auf das Papier. Vorsichtig zog er es zu sich und sperrte das Schloss auf. Seine Hand hatte er vorher mit einem Taschentuch umwickelt.

Wenn es tatsächlich einen Mörder gegeben hatte, war er höchstwahrscheinlich auf diese Weise in das Haus eingedrungen. Das Zylinderschloss der Eingangstür zu knacken, wäre nicht so einfach gewesen. Es hätte mehr Zeit und auch mehr Geschick erfordert, ebenso spezielles Einbruchwerkzeug. Ein nächtlicher Passant hätte vorbeikommen und den Einbrecher stören können.

Lagarde ließ das Holztor einen Spalt offen. Im Halbdunkel konnte er ein altes Fahrrad erkennen, das an der Wand lehnte. Auf einem deckenhohen Regal waren Gartenmöbel, Sonnenschirme und die auseinandergeschraubten Teile eines Grills eingelagert. Die Tür zur Küche war unverschlossen. Mit seinem Ellbogen drückte er die Klinke nach unten. Er betrat den kleinen quadratischen Raum und betrachtete die Einrichtung. Auf dem Tisch und der Arbeitsfläche befand sich eine dünne Staubschicht. Auch der Salon war möbliert. Offensichtlich hatte der Vater von Anette und Oscar das Haus seiner Mutter bisher nicht ausräumen wollen. Das Kinderzimmer schloss an den Salon an. An einer Wand stand ein Stockbett aus Holz. Gegenüber waren an einen Kleiderschrank Kinderzeichnungen geheftet. Es waren fröhliche Bilder mit gezackten Sonnen, tiefblauen Wellen und bunten Muscheln. Häufig waren ein großer, brauner Hund und zwei Kinder abgebildet – ein kleiner Junge und ein größeres Mädchen. Auf einer Korkplatte konnte man eine Fotocollage bewundern. Unterschiedlich große Bilder wurden von Nadeln mit bunten Köpfen aufgespießt. Abgebildet waren immer Anette, Oscar und ihre Oma Germaine Marsault.

Lagarde steckte ein Foto in die Innentasche seines Jacketts. Auf einem Sofa gab es Dutzende von

Kuscheltieren, auf einem Rattanregal stapelten sich Kinderbücher. Es war ein liebevoll gestaltetes Zimmer für die Enkel von Germaine Marsault. Die beiden Kinder hatten die alte Dame offenbar gerne besucht. Durch das Unglück war ihre innige Beziehung jäh zerstört worden. Lagarde trat an das Fenster und schaute hinaus. Am Straßenrand direkt vor der Remise erhob sich eine Laterne. Vom Fenster zur Garagenausfahrt waren es schätzungsweise vier Meter. Es war durchaus möglich, von dieser Stelle aus einen Mann, der den Vorgarten durchschritt, so deutlich wahrzunehmen, dass man ihn beschreiben konnte.

Lagarde begab sich zur Treppe, die in den ersten Stock führte. An einem Steinsockel entdeckte er einen dunklen Fleck. Er ging davon aus, dass es sich um getrocknetes Blut handelte. Die alte Frau war bei dem Treppensturz gegen den Stein geprallt. Langsam stieg er in den ersten Stock hinauf. Im Schlafzimmer der alten Dame stellte er sich vor das Bett und versuchte sich vorzustellen, was sich vor fünf Jahren hier in diesem Raum zugetragen hatte. War Germaine Marsault aufgewacht und hatte beschlossen, nach unten zu gehen? Hatte sie nach ihren Enkelkindern schauen wollen? Hatte sie Durst gehabt und in der Küche ein Glas Wasser trinken wollen? Im Obergeschoss befand sich keine Toilette. War sie deshalb zur Treppe gegangen? Vielleicht war sie im Dämmerlicht gestolpert oder ausgerutscht. Oder hatte sich etwas ganz anderes hier abgespielt? Hatte es tatsächlich einen Eindringling gegeben? Hatte er die wehrlose, alte Frau gepackt, aus ihrem Bett gezerrt und die Treppe hinuntergestoßen? Aber warum? Hatte er sie gekannt? Sie gehasst? Hatte Germaine Marsault ihn bei seinem Einbruch überrascht? Lagarde schüttelte den Kopf. Er besaß zu wenige Informationen, um Schlussfolgerungen zu ziehen. Er ging zurück in den Salon. Von dort aus gelangte man durch eine Glastür auf die Terrasse. Er öffnete sie und trat auf die Steinplatten. Vor ihm lag ein großer Garten. Das Gras war verdorrt und braun. In der Frühlingssonne zeigten sich erste grüne Spitzen, die sich aus der Erde schoben. In einem Beet neben dem Schuppen sprossen gelbe Narzissen und rosa Krokusse. Auf der rechten Seite erhob sich ein prächtiger Feigenbaum. Das Grundstück wurde teilweise von einer Mauer umfriedet, auf der sich Bougainvilleas rankten. Davor reihten sich Oleanderbüsche. Im Süden wurde der Garten von niedrigem Buschwerk begrenzt.

Eine schwarze Katze erschien auf der Mauer und sprang auf die Wiese. Geschmeidig wie ein kleiner Panther bewegte sie sich auf Lagarde zu und strich schnurrend um seine Beine. Er streichelte sie, und sie warf sich auf den Rücken. Sanft kraulte er ihren samtenen Bauch.

»Du bist ja eine Schmusekatze«, sagte er.

»Was machen Sie hier?«, ertönte plötzlich eine energische Stimme. Hinter den Büschen stand eine Frau, die Hände resolut auf die breiten Hüften gestemmt. Sie war klein, rund und trug schwarze Kleidung.

»Das ist Einbruch.« Sie war empört. »Ich rufe die Polizei.«

Lagarde hob beschwichtigend die Hände. »Guten Tag, Madame. Mein Name ist Philippe Lagarde. Ich bin von der Polizei. Ich kann mich ausweisen.« Er zog seinen Dienstausweis aus der Jackentasche und hielt ihn hoch. »Darf ich näher kommen?«

Die Frau überlegte kurz. »Also gut. Aber nur bis zu den Büschen. Sonst schreie ich um Hilfe.«

Langsam lief Lagarde auf die grüne Barriere zu und reichte ihr seine Legitimation. Sie studierte den Ausweis genau. Eine steile Falte erschien auf ihrer Stirn, und sie kniff die Augen zusammen. Wellige, kastanienbraune Haare fielen um ihr volles Gesicht. Lagarde schätzte die Frau auf Ende sechzig.

»Kriminalkommissar sind Sie also.«

»Ja, Madame.«

»Und was machen Sie hier?«

»Vor fünf Jahren ist Ihre Nachbarin Germaine Marsault verunglückt.«

»Ja, ich weiß. Dieses schreckliche Ereignis werde ich nie vergessen. Wir waren gute Freundinnen. Ich vermisse sie noch immer schmerzlich.«

»Ich habe heute einen vagen Hinweis bekommen, dass der tragische Tod ihrer Freundin eventuell doch kein Unfall war. Deshalb möchte ich die Geschehnisse überdenken und mir ein Bild vor Ort machen. Das ist der Grund, warum ich mich hier umsehe.«

Die Frau reagierte entsetzt. »Wollen Sie damit andeuten, dass Germaine einem Verbrechen zum Opfer gefallen ist? Das ist doch Unsinn. Die Polizei hat die Umstände damals sorgfältig geprüft. Aber wissen Sie was? Ich habe gerade frischen Kaffee gekocht. Trinken wir doch auf meiner Terrasse eine Tasse zusammen. Da lässt es sich besser reden, als hier über die Büsche hinweg.«

»Einverstanden, Madame.«

»Entschuldigen Sie, Monsieur le Commissaire. Mein Name ist Marie-Louise Proust. Mit dem weltberühmten Schriftsteller weder verwandt noch verschwägert. Leider. Kommen Sie bitte.«

Er folgte ihr über einen Trampelpfad, der sich durch eine Wiese schlängelte. Ihre Terrasse lag einladend in der Sonne. Auf einem Tisch standen eine Kaffeekanne, Milch, eine Bol und ein Teller mit Keksen.

»Setzen Sie sich bitte«, forderte sie ihn auf. »Ich hole nur rasch noch eine Bol.«

Geschäftig verschwand sie im Haus. Als sie zurückkehrte, schenkte sie Kaffee ein. Lagarde hatte den Eindruck, dass sie sich über seinen Besuch freute.

Wahrscheinlich fühlte sie sich manchmal einsam und vermisste Menschen, mit denen sie reden konnte.

»Nehmen Sie sich doch einen Keks, Herr Kommissar«, forderte sie ihn auf. »Selbst gebacken und mit getrockneten Preiselbeeren.«

Lagarde griff zu und kostete. »Ausgezeichnet, Madame Proust«, lobte er sie.

Sie freute sich sichtlich.

»Sie haben es schön hier, Madame. Wohnen Sie alleine?«, erkundigte er sich.

»Ja, seit dem Tod meines Mannes lebe ich alleine. Die Kinder sind schon lange ausgeflogen. Germaine war auch verwitwet. Wir haben uns gegenseitig geholfen, so wie man es unter guten Nachbarn tut. Ab und zu haben wir Kaffee zusammen getrunken und uns unterhalten.«

»Sagen Sie, Madame Proust, ist Ihnen damals in jener Nacht etwas aufgefallen? Haben Sie etwas gehört?«

»Nein, Herr Kommissar. Mir ist gar nichts aufgefallen. Ich habe auch nichts gehört. Es war ein Unfall, ein tragisches Unglück. Ich denke, Germaine wollte nach Oscar und Anette schauen und ist auf der Treppe ausgerutscht. Wahrscheinlich hat sie das Licht nicht eingeschaltet, um Strom zu sparen. Dann ist es passiert. Die Arme! Sie hat so gerne gelebt und ihre Enkelkinder verwöhnt.«

Lagarde trank nachdenklich einen Schluck Kaffee.

»Und wenn Sie den Tag vor dem Unfall Revue passieren lassen. Können Sie sich erinnern, was Sie da gemacht haben?«

Madame Proust nickte eifrig. Das Fragespiel gefiel ihr. Und dieser attraktive Mann, der so höflich und charmant war und so schöne, meerblaue Augen hatte, gefiel ihr auch.

»Normalerweise wüsste ich es nach fünf Jahren nicht mehr. Aber da der Unfall nachts geschah, kann ich mich erinnern. Ich hatte eine Freundin verloren und war dankbar, dass ich sie am Tag davor noch einmal sehen durfte. Es war Markt. Das Wetter war so herrlich wie heute. Ich hatte an einem Stand eine wunderschöne Seidenbluse entdeckt, die gar nicht teuer war. Auf dem Weg zum Fischhändler entdeckte ich Germaine auf der Terrasse des Bistros. Sofort musste ich ihr das Schnäppchen zeigen. Wir saßen in der Sonne und genossen unseren Kaffeeklatsch.«

Lagarde nickte. »Ein schöner Tag also.«

»Ja, es war wirklich ein schöner Tag.« Traurig fügte sie hinzu: »Er hätte so nicht enden dürfen.«

»Ist Ihnen beim Kaffeeklatsch etwas aufgefallen? Oder hat Madame Marsault etwas erwähnt, das ihr merkwürdig vorkam?«

Marie-Louise Proust wollte den Kopf schütteln, hielt jedoch abrupt inne. »Jetzt, wo Sie mich fragen, fällt mir doch etwas ein. Daran hatte ich nicht mehr gedacht.«

»Ja, Madame?«

»Während der Unterhaltung mit Germaine kreuzten sich meine Blicke für Sekunden mit denen eines Mannes. Ich dachte zunächst, er würde uns beobachten. Aber das habe ich mir sicherlich nur eingebildet.«

»Wo haben Sie den Mann gesehen?«

»Er stand, an einen Baum gelehnt, neben einem Marktstand. Er rauchte und starrte zu uns herüber. Ein Zufall wahrscheinlich.«

»Können Sie sich erinnern, wie er aussah?«

Madame Proust dachte angestrengt nach.

»Er war weder jung noch alt. Mir sind seine ungepflegten, langen Haare aufgefallen.«

»Waren die Haare hell oder dunkel?«

»Eher dunkel. Dunkelbraun oder schwarz, glaube ich.«

»Und die Größe? Die Figur?«

»Er war groß, massig irgendwie.«

»Wissen Sie noch, was er anhatte?«

»Einen Overall, so wie Handwerker ihn manchmal tragen. Er könnte dunkelgrau gewesen sein.«

»Fällt Ihnen sonst noch etwas zu dem Mann ein?«

»Sein Blick ließ mich frösteln. Sonst hätte ich ihn längst vergessen. Meinen Sie, diese Beobachtung ist von Bedeutung?«

»Das kann ich jetzt noch nicht sagen, Madame Proust. Aber Ihre Beobachtungsgabe ist sehr gut.«

Stolz über das Lob, lächelte sie ihn an. »Nehmen Sie doch noch einen Keks.«

Der kleine, schwarze Panther kam auf die Terrasse und sprang auf den Schoß der Witwe. Dort rollte er sich zusammen und fixierte Lagarde mit seinen smaragdgrünen Augen.

»Ist das Ihre Katze?«, fragte er.

»Nein, sie gehörte Germaine. Ihre Familie wollte sie nicht. Sie haben einen Hund, der Katzen nicht ausstehen kann. Deshalb habe ich sie aufgenommen.«

»Sie hat es gut bei Ihnen.«

»O ja, das kann man wohl sagen.«

Madame Proust fütterte die Katze mit einem Keks.

Lagarde erhob sich. »Ich werde mich jetzt verabschieden, Madame Proust. Danke für den Kaffee und die leckeren Kekse. Es war sehr nett von Ihnen, mit mir zu sprechen.«

»Keine Ursache, Herr Kommissar. Sagen Sie mir Bescheid, wenn Sie etwas herausfinden?«

»Das mache ich gern.«

»Ich glaube nach wie vor an einen Unfall. Aber wer weiß? Mein verstorbener Mann hat immer gesagt, es gebe Dinge zwischen Himmel und Erde, die wir uns gar nicht vorstellen können.«

»Da kann ich Ihrem verstorbenen Mann absolut zustimmen«, erwiderte Lagarde.

»Auf Wiedersehen, Herr Kommissar.«

Lagarde lief durch den Garten und verschwand im ehemaligen Salon von Germaine Marsault. Sorgfältig verschloss er die Terrassentür. Madame Proust blickte ihm grübelnd nach. Und wenn er doch recht hatte? Trotz der Wärme schauderte sie.

Nachdenklich, die Hände in den Hosentaschen vergraben, schlenderte Lagarde zurück zur Mole. Stand die Beobachtung von Madame Proust in einem Zusammenhang mit dem Tod von Germaine Marsault? Oder war es nur ein Zufall gewesen, ein flüchtiger Eindruck? War man nicht besonders achtsam, wenn man seine Enkelkinder hütete? Wäre man so leichtsinnig, im Dunkeln eine Treppe hinunterzusteigen? Um Strom zu sparen? Er brauchte mehr Informationen.

Als er sein Boot aus dem kleinen Hafen steuerte, warf er einen letzten Blick auf Crasville. Der Marktflecken mit den efeuumrankten Granitsteinfassaden, der Kirche mit dem trutzigen Turm und den gepflegten Grünanlagen, auf denen Frühlingsblumen blühten, war wirklich bezaubernd. Man konnte sich kaum vorstellen, dass an so einem idyllischen Ort ein Verbrechen begangen worden sein sollte. Aufgrund seiner Erfahrung war ihm allerdings klar, dass es sich bei dieser Annahme um kompletten Unsinn handelte. Verbrechen gab es überall.

Lagarde fuhr auf das Meer hinaus und ankerte. Von seinem Standort aus konnte er direkt auf eine felsenumsäumte Bucht blicken. Türkisfarbene Wellen schwappten auf den Kieselstrand. Dahinter beschirmten knorrige Seekiefern einen Streifen feinen, hellen Sand. Er beschloss, mit seiner Lebensgefährtin Odette einen Bootsausflug dorthin zu unternehmen. Die einsame Bucht mit dem klaren Wasser würde ihr gefallen. Für den Abend hatte er sie und einige Freunde zum Essen eingeladen. Er wollte das schöne Wetter nutzen und auf der Terrasse grillen. Es sollte Steaks geben, die er noch besorgen musste. Fangfrische Fische als Vorspeise fehlten ebenfalls noch für das Menü.

Er holte zwei Angeln aus der Schlupfkabine, warf sie aus und steckte sie in die Rutenhalter. Im Steuerstand erhitzte er auf einem Gaskocher Wasser für einen Kaffee. Während er ihn trank, schaute Lagarde gedankenverloren auf die ruhige, tintenblaue See.

Inzwischen war es noch wärmer geworden, und er zog seinen Pullover über den Kopf. Das blaue T-Shirt, das er darunter trug, betonte seine saphirblauen Augen in dem gebräunten, attraktiven Gesicht mit der breiten, geraden Nase und den vollen Lippen. Lagarde war mittelgroß und von kräftiger Statur. Sein Körper war durch das jahrelange, intensive Sporttraining bei der Polizei muskulös. Nach einer Schussverletzung hatte er sich entschieden, in den vorzeitigen Ruhestand zu gehen. Bei einer Geiselnahme an einer Schule hatte ihn der bereits überwältigte, aber noch bewaffnete Täter in die Schulter geschossen. Seitdem war sein linker Arm nicht mehr hundertprozentig einsatzfähig und schmerzte manchmal. Jetzt hielt er gelegentlich Seminare an der Polizeiakademie in Rennes ab und trat bei Tagungen der Polizei als Referent auf. Seine Spezialgebiete waren Personenschutz, die öffentliche Sicherheit bei Großveranstaltungen, Deeskalationsmethoden, Verhandlungstechniken bei Gewaltverbrechen sowie Vorgehensweisen bei Terroranschlägen. Bei komplizierten Kriminalfällen, insbesondere bei Kapitaldelikten wie Mord, wurde er hin und wieder als Berater hinzugezogen.

Als die Schwimmer hüpften und sich davonmachen wollten, holte er die Angeln ein. Die erste prächtige Dorade landete in einem mit Wasser gefüllten Eimer. Bald folgten weitere Fische. Dicke Makrelen und schillernde Rotbarben. Lagarde war zufrieden mit seinem Fang. Er verstaute die Angeln und lichtete den Anker. Dann steuerte er auf den Hafen von Barfleur zu. Er legte an seiner Boje an und ruderte zum Kai. Den Eimer mit den Fischen stellte er auf die Ladefläche seines verbeulten, himmelblauen Renault Express.

Als die glutrote Sonne über dem Meer schwebte, bestellte er bei Gaston »Im Wind der Inseln« einen Pastis und eine Karaffe Eiswasser. Dazu schwarze und grüne, mit Mandeln gefüllte Oliven.

Während er den Anisschnaps mit viel Wasser trank,

machte er sich in einem kleinen Buch Notizen. Es war ein Geschenk von Amélie, das sie in der Schule gebastelt hatte. Auf den roten Einband war ein Foto geklebt. Es zeigte das Mädchen, ihren Hund Lali und Lagarde vor einer imposanten, mit Muscheln, Treibholz und Strandgras verzierten Sandburg. Im Hintergrund rollten hohe Wellen ungestüm auf den Strand.

Der Kommissar klappte entschlossen das Notizbuch zu. Er hatte eine Idee. Rasch bezahlte er die Zeche und lief zu seinem Auto. Über die Küstenstraße fuhr er nach Crasville und erreichte den Marktflecken nach wenigen Minuten. Die Sonnenscheibe versank im Meer, der Himmel färbte sich orange, das Licht wurde weicher, die Luft kühlte ab. Er fand einen Parkplatz vor dem Bistro und ging hinein. So wie er es erwartet hatte, fand er einheimische Männer, versammelt um den Tresen, beim Aperitif vor. Handwerker, Fischer, Angestellte und Künstler hatten das Bedürfnis, den Tag bei einem Glas Wein ausklingen zu lassen und sich zu unterhalten, bevor sie zum Abendessen nach Hause gingen. Neugierige Blicke trafen den fremden Mann. Ohne zu zögern, stellte sich Lagarde an die Theke, grüßte in die Runde und bestellte beim Wirt einen Mokka. Er legte seinen Dienstausweis und das Foto von Germaine Marsault auf die glänzende Mahagonioberfläche.

»Ich möchte Ihnen einige Fragen stellen«, begann er. »Diese alte Dame verunglückte vor fünf Jahren in ihrem Haus, Am Mühlenweiher 10. Sie hieß Germaine Marsault. Mitten in der Nacht stürzte sie die Treppe hinab und starb an ihren Verletzungen.«

Die Gäste studierten die Ablichtung. Einer von ihnen, ein gepflegter alter Herr mit Hemd, Weste und burgunderroter Fliege, meldete sich zu Wort.

»Ich habe Germaine gut gekannt. Sie war Mitglied des Gesangsvereins, so wie ich. Wir waren damals sehr betroffen über dieses Unglück.« Fragend musterte er Lagarde. »Es war doch ein Unfall?«

»Es gibt möglicherweise neue Erkenntnisse«, erklärte der Kommissar. »Ob etwas daran ist, wird sich erst noch herausstellen. Deshalb will ich die Sache nicht hochspielen. Aber vielleicht war es doch kein Unfall. Auf jeden Fall bin ich verpflichtet, neuen Hinweisen nachzugehen.«

Der alte Mann reagierte entsetzt. »Sie meinen, Germaine wurde umgebracht?«

»Dafür gibt es derzeit keine Beweise, aber ich werde die Umstände prüfen. Deshalb möchte ich gerne wissen, ob Ihnen in jener Nacht etwas aufgefallen ist. Oder vielleicht hat jemand etwas erzählt, das ihm seltsam vorkam.«

Die Männer schwiegen ratlos. Fünf Jahre waren eine lange Zeit. Schließlich meldete sich ein Fischer zu Wort. Er hatte helle, wache Augen in einem sympathischen, wettergegerbten Gesicht. Auf dem Kopf saß ein rotkariertes Piratentuch, im rechten Ohr steckte ein funkelnder Edelstein. Er stellte sich als Georges Lenoir vor.

»Ich habe keine Ahnung, ob meine Beobachtung von Bedeutung ist«, begann er zögerlich.

»Erzählen Sie einfach«, ermunterte ihn der Kommissar.

»Ich kann mich an den Abend vor dem Unglück gut erinnern«, berichtete der Mann. »Ich habe meinen Geburtstag hier im Bistro gefeiert. Wir aßen, tranken und tanzten ausgelassen. Irgendwann nach Mitternacht verabschiedeten sich meine Gäste nach und nach, und der Wirt wollte das Lokal schließen. Nicht mehr ganz nüchtern, machte ich mich auf den Weg zu meinem Boot. Ich nahm eine Abkürzung über einen Feldweg. Dort, verborgen hinter dichtem Buschwerk, parkte ein Fahrzeug. Ich fand das seltsam. Was hatte jemand mitten in der Nacht im Marschland zu suchen?«

»Haben Sie die Automarke erkannt?«, fragte Lagarde.

»Es war ein alter Peugeot. So einen Wagen habe ich auch mal gefahren.«

»Welche Farbe?«

»Es war stockdunkel in diesem Hohlweg. Dunkelgrün oder dunkelblau, schwarz auf keinen Fall.«

»Braun vielleicht?«, hakte Lagarde nach.

»In dieser Serie gab es keine braunen Modelle.«

»Ah, Sie kennen sich gut aus. Konnten Sie das Kennzeichen sehen?«

»Darauf habe ich nicht geachtet. So interessant war der Wagen nun auch wieder nicht. Ich war hundemüde und wollte nur noch nach Hause.«

»Danke, Monsieur Lenoir. Wir werden sehen, ob Ihre Beobachtung uns weiterhilft.« Lagarde lächelte in die Runde.

»Ich möchte nun nicht länger stören. Es war sehr freundlich von Ihnen, mein Anliegen anzuhören. Darf ich eine Runde ausgeben? Calvados?«

»Aber immer«, freute sich der alte Herr.

Lagarde bestellte die Runde und bezahlte gleich. Er verabschiedete sich. »Sie müssen mich nun entschuldigen. Ich habe heute Abend Gäste und muss dringend heim zum Kochen. Au revoir, Messieurs.«

Lagarde verließ das Bistro. Gegenüber befand sich eine Metzgerei. Ihm fiel ein, dass er für den Grillabend noch Fleisch kaufen wollte, und eilte in das Geschäft. Eine freundliche, rotbackige, dralle Verkäuferin beriet ihn, und er entschied sich für dicke Rindersteaks aus der Hüfte, saftige Schweinekoteletts mit Fettrand und Würstchen für Amélie und ihren Hund. Dazu mehrere knusprige Baguettestangen. Gemüse, Salat, Käse und Früchte hatte er bereits am Vortag besorgt. Er verstaute die Einkaufstüten in seinem Auto und machte sich auf den Weg.

Während der Fahrt dachte er über den alten Peugeot auf dem Feldweg nach. Es gab tausend Gründe, warum ihn jemand dort abgestellt haben mochte.

Andererseits verfügte der Marktflecken über genügend Parkplätze. Niemand war gezwungen, außerhalb des Ortes zu parken. Außer, er wollte nicht, dass sein Fahrzeug bemerkt wurde. Und der Fischer Georges Lenoir hatte recht. Was trieb jemanden dazu, weit nach Mitternacht das Moor aufzusuchen? Die Hinweise, die er bisher erhalten hatte, waren trotzdem dürftig. Der entschlossene Ausdruck in Anettes Augen kam ihm in den Sinn. Ihre absolute Überzeugung, recht zu haben. Sein Ermittlerinstinkt war erwacht. Seine Intuition flüsterte ihm ein »Mach weiter« zu.

Als er sein Haus, das nördlich von Barfleur lag, erreichte, hatte die Dämmerung bereits eingesetzt. Lagarde liebte das alte Gemäuer und konnte sich überhaupt nicht vorstellen, woanders zu wohnen. Das Haus lag geschützt inmitten einer Dünenlandschaft oberhalb einer kleinen Bucht, die von schroffen Felsen begrenzt wurde. Die Fassade war aus grauen, schwarzen und orangen Granitsteinen gemauert. Rostrote steinerne Laibungen umfingen die weißen Sprossenfenster mit den dunkelbraunen Läden. Ein breiter Giebel ragte aus dem Schieferdach. Die Rückseite war dem Meer zugewandt. Dort gab es eine gepflasterte Terrasse und einen Garten mit Blumen, Büschen und Gemüsebeeten. Durch ein lichtes Seekiefernwäldchen führte ein gewundener Pfad zur Bucht, deren Felsen Seevögeln als Nistplätze dienten. Im Sommer konnte man dort baden, im Winter wurde der helle kristalline Sand überspült. Die Brandung wies eine gefährliche Sogkraft auf. Es wurde erzählt, dass von den zerklüfteten Grotten aus ein Tunnel durch Felsgestein zur Wehrkirche von Barfleur führte. Dieser Gang habe in Kriegen und während Belagerungen als Fluchtweg gedient, er sei jedoch nur bei Niedrigwasser zu begehen. Lagarde war noch nie auf die Idee gekommen, diese Legende auf ihren Wahrheitsgehalt hin zu überprüfen.

Er parkte in der Einfahrt und trug seine Einkäufe in die Küche. Als er die Terrassentür öffnete, vernahm er ein empörtes Fauchen. Alexandre, der Wildkater, saß vor der Tür und starrte ihn wütend an. Er war Lagarde vor einigen Monaten zugelaufen und kam jeden Tag vorbei, um Dosenfutter und Katzenmilch einzufordern. Der Kater hatte einen dicken runden Kopf, ein weiß-grau-schwarz meliertes Fell, einen buschigen Schwanz mit schwarzen Ringen und gelbe Augen. Er war scheu und ließ sich nicht anfassen, erlaubte jedoch, dass Lagarde ihm Gesellschaft leistete. Wenn er mit dem Tier sprach, wackelte dessen linkes Ohr. Alexandre hörte zu.

Lagarde säuberte die beiden Näpfe und füllte sie mit Lachspaté und Milch. Dabei erzählte er von Anette und Oscar und von seinen Überlegungen. Der Kater wartete, bis er sich einige Meter entfernt hatte, dann trank er die Milch.

Der Kommissar ging in sein Arbeitszimmer und klappte das Notebook auf. Er suchte im Internet nach dem Zeitungsartikel über den Unfall von Germaine Marsault. Schnell hatte er ihn gefunden. Es war nur eine kurze Meldung. Es wurde über den vermeintlichen Unfallhergang berichtet sowie darüber, dass die Gendarmerie ein Fremdeinwirken ausschloss. Das Ableben der im Dorf beliebten Frau wurde sehr bedauert. Der Schreiber hatte sich nicht zurückhalten können, den pädagogischen Zeigefinger zu heben. Gerade ältere Menschen sollten bei derartigen nächtlichen Unternehmungen vorsichtiger sein.

Da Lagarde über den Zugangscode der Polizeidateien verfügte, loggte er sich ein. Bald stieß er auf den Bericht der Gendarmerie von Barfleur. Valérie, eine befreundete Polizistin, hatte ihn verfasst. Roselin Dumas, der Leiter der Dienststelle, hatte ihn gegengezeichnet. Fremdverschulden wurde ausgeschlossen. Es gab keine Einbruchspuren. Ein Diebstahl hatte nicht stattgefunden. Der Sohn der verunglückten Frau hatte bestätigt, dass im Haus nichts fehlte. Die wenigen wertvollen Schmuckstücke, die Germaine Marsault besessen hatte, waren an Ort und Stelle gewesen. Selbst die zweihundert Euro in einer Dose im Küchenschrank waren unangetastet geblieben. Die Kinder hatten den Notruf gewählt. Die Polizei verständigte den Notarzt sowie den Hausarzt der gestürzten Frau. Doktor Ferrant hatte auch den Totenschein ausgestellt und zu Protokoll gegeben, dass seine Patientin an Diabetes erkrankt war und ständig unter großem Durst litt. Wahrscheinlich hatte sie in der Küche ein Glas Wasser trinken oder die Toilette im Erdgeschoss aufsuchen wollen. Bei Germaine Marsault war zudem Grauer Star diagnostiziert worden. Dadurch war ihr Sehvermögen eingeschränkt. Der Bericht ging auch auf die Aussagen der Kinder ein. Nach Gesprächen mit den Eltern und dem herbeigerufenen Arzt sowie einem Kinderpsychologen waren sich alle Beteiligten einig gewesen, dass den Beobachtungen der Kinder kein Gewicht beizumessen war. Sie waren klein und verängstigt und hatten sich den Mann nur eingebildet.

Lagarde konnte die Vorgehensweise nachvollziehen. Die Beamten hatten gründlich nach den üblichen Standards ermittelt. Die Polizistin Valérie arbeitete stets absolut sorgfältig. Nichts deutete auf ein Fremdverschulden hin. Phantasiegebilde der Kinder erklärten sich durch den Schock und die Angst. Ein Untersuchungsverfahren einzuleiten wäre unverhältnismäßig gewesen. Solche Unfälle passierten leider gar nicht so selten.

Wenn jedoch ein Mädchen nach fünf Jahren immer noch darauf beharrte, dass ihre Großmutter von einem Mann getötet worden war, war das eine andere Geschichte. Anette hatte ein traumatisches Erlebnis erfahren. Entweder gab es den Mann nur in ihrer

Phantasie, oder sie log, oder sie hatte recht. Doch warum sollte sie so beharrlich lügen? Diese Alternative schloss Lagarde aus. Also gab es nur noch zwei Möglichkeiten. Er wollte es sich nicht eingestehen, aber er favorisierte die dritte Variante.

Ein Blick auf die Uhr sagte ihm, dass er sich schleunigst die Kochschürze umbinden und mit den Vorbereitungen für das Abendessen beginnen sollte. Zuerst trug er den Eimer mit den Fischen in den Garten zu einem alten Holztisch. Sie mussten noch geschuppt, ausgenommen, gereinigt und gewürzt werden. Nachdem diese Arbeit erledigt war, schnupperte er an Händen, Armen und T-Shirt und beschloss, noch rasch zu duschen und sich umzuziehen. Odette würde ihm den Kopf abreißen, wenn er seine Gäste in nachlässiger Aufmachung begrüßen und nach Fisch riechen würde.

Gerade als er eine blaue Leinenhose und ein blauweiß gestreiftes Hemd übergezogen hatte, klingelte es an der Haustür. Das waren sicherlich Camille und ihre Tochter Amélie. Sie hatten versprochen, eine Stunde vor den anderen Gästen zu kommen und ihn bei den Vorbereitungen für den Grillabend zu unterstützen. Schnell lief er die Treppe hinab in das Erdgeschoss und öffnete. Mutter und Tochter standen vor der Tür, die Hündin Lali war natürlich auch dabei. Strahlend überreichte ihm das kleine Mädchen einen Strauß Frühlingsblumen.

»Guten Abend und vielen Dank für die Einladung«, sagte sie formvollendet.

»Guten Abend, meine Damen«, begrüßte Lagarde sie. »Und danke für die Blumen. Kommt doch herein.«

Sie gingen in die Küche, dicht gefolgt von Lali. Deren Stummelschwanz wirbelte vor Freude wie ein Propeller. Amélie bekam ein Glas Zitronenlimonade, ihre Mutter bat um einen kühlen trockenen Weißwein. Camille war eine attraktive Frau. Dunkelblonde Haare umspielten ihr schmales, zartes Gesicht. Ihre Augen waren stahlgrau, die Lippen voll und rosig. Wenn sie lachte, blitzten weiße Zähne wie aufgereihte Perlen an einer Schnur. Sie zog ihre Tochter alleine groß und wirkte manchmal gehetzt. Nun jedoch machte sie einen entspannten Eindruck. Sie saßen eine Weile am Küchentisch und erzählten von ihrem Tag. Lali streunte durch den Garten. Als Alexandre auf der Suche nach Katzenmilchnachschub auftauchte, sie anfauchte und die Krallen ausfuhr, flüchtete die Hündin unter das Wohnzimmersofa. Sie knurrte furchterregend.

»Beruhige dich, Lali«, beschwichtigte ihr Frauchen sie. »Alexandre wohnt jetzt auch hier. Daran musst du dich gewöhnen.«

Das Mädchen zog die Hündin unter der Couch hervor und nahm sie auf den Schoß.

»Wie läuft es in der Schule, Prinzessin Pippinette?«, erkundigte sich Lagarde. Das war ein Kosename, den er sich für sie ausgedacht hatte. Das Mädchen besuchte mit unerschütterlicher Begeisterung die erste Klasse der Grundschule.

»Prima«, erzählte Amélie. »Ich kann mit den Zahlen von eins bis zwanzig rechnen und male die schönsten Buchstaben in meiner Klasse.«

»Ich bin beeindruckt, Prinzessin. Sieben plus neun?«

»Sechzehn«, kam es wie aus der Pistole geschossen.

Mit gespieltem Erstaunen wandte Lagarde sich an Camille. »Deine Tochter kann ja wirklich rechnen.«

Amélie strahlte vor Freude über das Lob und zeigte ihre Zahnlücke. Sie hopste auf dem Stuhl auf und ab, so dass die blonden Zöpfchen flogen. Lali sprang empört auf den Boden.

»Ich habe heute einen Schulkameraden von dir kennengelernt«, berichtete Lagarde. »Oscar Marsault. Ein lieber Junge.«

»Ja, das stimmt. In den Pausen spielen wir oft zusammen. Wir lieben beide Gummitwist.«

»Oscar Marsault?«, fragte Camille. »In meiner Klasse ist ein Mädchen namens Anette Marsault.«

»Das ist seine Schwester«, erklärte Amélie ihrer Mutter.

»Anette habe ich auch kennengelernt«, erzählte Lagarde. »Wie ist sie denn so, deine Schülerin, Camille?«

»Sie ist ein nettes, freundliches Mädchen. Hochintelligent und sehr verantwortungsbewusst. Sie ist schon das zweite Jahr Klassensprecherin.« Sie lächelte. »Wenn man mit Anette diskutiert, muss man aufpassen, dass man von ihren Argumenten nicht überrollt wird. Sie kann sehr überzeugend auftreten.«

»Das habe ich gemerkt. Hältst du sie für glaubwürdig?«, fragte Lagarde.

»Absolut«, erwiderte Camille. »Bei ihr habe ich manchmal den Eindruck, sie folgt einem inneren Ehrenkodex, von dem sie niemals abweicht.« Forschend blickte sie ihn an. »Warum willst du das eigentlich wissen?«

Er deutete unauffällig mit dem Kopf auf Amélie. »Später, Camille«, bat er. »Jetzt bereiten wir erstmal das Essen vor.«

Geschäftigkeit brach aus. Lagarde heizte den Grill an und marinierte das Fleisch. Anschließend bereitete er einen Obstsalat zu. Camille war für das Kartoffelgratin und den Chicoréeauflauf zuständig. Amélie deckte den Tisch im Esszimmer. Duftende Teelichter und weiße Kerzen in Glasgefäßen wurden auf den beiden Bistrotischen auf der Terrasse und einer niedrigen Mauer platziert, die den Freiplatz vom Garten abtrennte. Das Mädchen durfte sie mit einem langen Feuerzeug entzünden. Stolz und konzentriert übernahm sie diese wichtige Aufgabe. Ihre Mutter ließ sie dabei nicht aus den Augen. Stimmen waren auf dem

Weg, der um das Haus führte, zu vernehmen. Angélique und Richard Martinet trafen ein. Sie waren die direkten Nachbarn von Philippe Lagarde. Das Ehepaar bewohnte eine wunderschöne, alte Villa, deren Obergeschoss mit normannischem Fachwerk kunstvoll verziert war. Von ihrem Wintergarten aus hatte man eine herrliche Aussicht auf den Ozean. Ihr Garten wurde von alten blauen Zedern beschirmt. Die beiden waren über achtzig Jahre alt und liebten sich immer noch so sehr wie am ersten Tag. Ihre Liebe hatte während des Kolonialkrieges in Algerien ihren dramatischen Anfang genommen.

Das Paar legte großen Wert darauf, sich für jedes gesellschaftliche Ereignis in Schale zu werfen. Selbst für ihr geliebtes Boulespiel putzten sie sich immer heraus. Richards nachtblauer Anzug mit der farblich passenden Fliege stammte aus den zwanziger Jahren und wirkte äußerst elegant. Angélique war in ein taubenblaues, glänzendes Seidenkleid gehüllt, das bis zu den Fesseln reichte. Eine filigrane, silberne Stola umhüllte die üppigen, bloßen Schultern. Die langen, honigblonden Haare waren kunstvoll verschlungen und wurden von einer Spange gehalten.

»Guten Abend, meine Lieben«, rief Richard. »Meine Frau und ich freuen uns auf einen schönen Abend mit euch. Wir wollen das Buffet gerne ergänzen.« Er stellte eine Glasschüssel auf den Beistelltisch. »Angéliques berühmter Nudelsalat, ihr werdet staunen.«

Sie begrüßten sich mit Wangenküsschen. Angélique drückte Amélie ganz fest. Sie hatte das Mädchen fest in ihr Herz geschlossen. Aus ihrer Handtasche zauberte sie ein goldenes Päckchen und reichte es dem Kind.

»Mach auf«, forderte sie die Kleine auf.

Mit großen, leuchtenden Augen öffnete Amélie den Karton.

»Haargummis«, jubelte sie. »Schleifen, Spangen, Reifen, alle in Rosa.«

Stürmisch und mit glänzenden Augen fiel die Kleine Angélique um den Hals.

»Gibt es hier nichts zu trinken?«, fragte Richard.

In diesem Moment kam Odette um die Ecke, einen Korb in jeder Hand.

»Guten Abend«, rief sie fröhlich in die Runde. »Natürlich gibt es hier etwas zu trinken. Ich habe eisgekühlten Champagner mitgebracht. Bollinger, Special Cuvée. Wir stoßen zusammen an.« Sie umarmte Lagarde und gab ihm zwei Wangenküsschen. »Hallo, Philippe. Danke für die Einladung. Bringst du die Gläser?«

Sie holte die beschlagenen Flaschen aus dem Korb und stellte sie auf einen Bistrotisch.

»Fünf Jahre Reifezeit«, bemerkte Richard. »Den werden wir genießen.«

»Ich habe auch Spargelsalat dabei«, verkündete Odette. »Es gibt schon frischen französischen Spargel. Stellt euch das vor! Meine Vinaigrette ist ein Gedicht. Ihr werdet sehen.«

Ihre großen, dunklen Augen leuchteten vor Freude. Lagarde betrachtete sie zärtlich. Sie war seine große Liebe, und er fand sie wunderschön. Die langen, dunkelbraunen Haare hatte sie zu einem Zopf geflochten, der ihr über den Rücken fiel. Der sinnliche Mund war himbeerrot geschminkt. Die zarte Nase wirkte herausfordernd. Odette de Crézy trug eine abgewetzte Jeans, ein kariertes Hemd von ihm und weiße Leinenschuhe. Sie war Eigentümerin des Restaurants Mirabelle, ein weit über Barfleur hinaus bekanntes Feinschmeckerlokal. Ihre kulinarischen Zaubereien hatten ihr bereits eine Kochhaube von Gault Millau eingebracht. Diese Hauben waren neben den Sternen von Michelin die begehrteste Auszeichnung der Haute Cuisine. Ihr Restaurant war in einer alten Schäferei untergebracht. Die Gäste liebten dieses besondere, romantische Flair. Wenn an nebligen Abenden weiße, festliche Leuchten im Garten zwischen den Walnussbäumen erstrahlten, wirkte das Anwesen, als wäre es einer Märchenwelt entsprungen. Da Odette im Restaurant entweder elegant gekleidet war oder ihre Kochmontur trug, bevorzugte sie in ihrer Freizeit legere, bequeme Kleidung. Sie mochte einfache Gerichte, so wie ihre Großmutter für sie gekocht hatte. Lagarde hatte den Grillabend auf Montag gelegt, damit Odette daran teilhaben konnte. Montags hatte das Mirabelle Ruhetag.

Gekonnt öffnete Odette die erste Flasche Bollinger, als der letzte Gast eintraf. Roselin Dumas war der Leiter der Gendarmerie von Barfleur. Er war klein, beleibt, hatte einen grauen, borstigen Haarkranz und ein großes Herz. Durch die enge, vertrauensvolle und erfolgreiche Zusammenarbeit bei einigen verworrenen Kriminalfällen waren er und Lagarde Weggefährten und gute Freunde geworden. Seine Verlobte, Madame Florence, konnte bei dem Grillabend leider nicht anwesend sein, da sie an der Jahreshauptversammlung der Landfrauen teilnahm. Dort bekleidete sie das wichtige Amt der Schatzmeisterin. Dumas' Assistentin Valérie hatte Spätdienst.

Da sie nun vollständig waren, versammelte sich die Gesellschaft um die Bistrotische und stieß mit Champagner, den Odette in Kristallflöten gegossen hatte, auf den schönen Abend an.

Inzwischen war es dunkel geworden. Über ihnen wölbte sich schwarzblau der Nachthimmel. Zwischen Wolkenschleiern blitzten Sterne hervor. Die Luft schmeckte salzig. Am Ufer zog sich eine Lichterkette entlang. Von der Bucht stieg das Donnern der Brandung empor. Die Seekiefern rauschten sanft in der Brise. Aus der Ferne ertönte ein Nebelhorn. Es war ein milder Märzabend.

Nach dem Aperitif bat Lagarde die Gäste in sein Haus. Gemeinsam gingen sie hinein und nahmen am Esstisch Platz. Im Kamin loderte ein Feuer. Lagarde brachte die ersten Platten mit duftendem Grillfleisch und saftigem Fisch. Lali bekam zwei Würstchen. Odette goss Wein und Wasser ein, Weißwein aus dem Loiretal zum Fisch, Rotwein aus dem Burgund zum Fleisch. Die fröhliche Runde unterhielt sich angeregt, lachte, trank und ließ sich das köstliche Essen schmecken. Nach dem Hauptgang legte Lagarde Holzscheite auf den Grill und zündete sie an. Durch die offene Terrassentür konnten sie das scharlachrote Flammenspiel bewundern. Er war erstaunt, dass weder vom Fleisch noch vom Fisch etwas übrig geblieben war. Während des Desserts begannen Amélie die Gespräche der Erwachsenen zu langweilen. Sie fragte Lagarde, ob sie in seinem Arbeitszimmer am Schreibtisch malen dürfe. Er begleitete das Mädchen, schraubte den Bürostuhl höher und versorgte sie mit einem Zeichenblock und einer großen Kiste mit Buntstiften und Wachsmalkreiden. Da sie gerade in einer Phase steckte, in der sie kein Obst mochte, holte er aus dem Gefrierfach ein Eis für sie. Auf dem Weg zum Esszimmer nahm er eine Flasche Wasser und Wein aus dem Kühlschrank. Er war zufrieden mit dem Verlauf des Abends. Seine Gäste fühlten sich wohl, plauderten vergnüglich und amüsierten sich.

Als er sich wieder an den Tisch setzte, fragte Camille ihn, warum er sich mit ihrer Schülerin Anette und deren Bruder Oscar getroffen habe.

»Und warum wolltest du, dass ich den Charakter des Mädchens beschreibe?«

Die Aufmerksamkeit der anderen Gäste richtete sich auf das Gespräch.

»Die Geschwister haben mich aufgesucht. In meinem Stammbistro, heute Morgen. Oscar hatte den Tipp von Amélie bekommen. Sie weiß, dass ich dort häufig frühstücke und Zeitung lese. Die beiden waren auf der Suche nach einem guten Polizisten. Deine Tochter hat mich empfohlen«, erklärte Lagarde lächelnd.

Camille war verblüfft. »Ich wundere mich immer wieder, worüber Kinder so alles reden.«

Odette fragte neugierig: »Wofür brauchen Anette und Oscar einen guten Polizisten?«

»Sie wollen mich engagieren. Gegen ein Honorar, das sie in einem Sparschwein mit sich führten.«

Richard schüttelte amüsiert den Kopf. »Das ist ja eine entzückende Geschichte. Was sollst du tun? Ihr entlaufenes Meerschweinchen suchen?«

Der Kommissar sah seinen Nachbarn ernst an. »Die Geschichte ist leider gar nicht so harmlos, Richard. Sie wollen, dass ich den Mord an ihrer Großmutter aufkläre.«

Angélique fuhr entsetzt auf. »Mon Dieu, das ist ja schrecklich. Die armen Kinder! Du sollst einen Mord aufklären?«

Lagarde nickte. »Genau so ist es.« Er wandte sich

an den Gendarmen. »Vielleicht erinnerst du dich an die Geschichte. Die Großmutter, Germaine Marsault, stürzte in ihrem Haus die Treppe hinunter. Sie war sofort tot. Das Unglück geschah in einer Märznacht vor fünf Jahren. Ihre Enkelkinder übernachteten damals bei ihr. Jetzt wollen sie, dass ich den Fall neu aufrolle. Sie glauben nicht an einen Unfall.«

Dumas wurde kreidebleich. »Und ob ich mich erinnere. Es war eine grauenhafte Nacht. Die schreienden Kinder in heller Panik und die tote alte Frau vor dem Treppenabsatz. Sie trug ein Nachthemd. Ihre toten verschleierten Augen starrten an mir vorbei. Die Geschwister Anette und Oscar weinten herzzerreißend. Es war eine der schwärzesten Stunden in meiner Laufbahn. Die Kinder taten mir unendlich leid.« Fahrig trank er einen Schluck Wasser. »Sie behaupten also noch immer, dass ein Rabe ihre Oma getötet habe«, stellte er fest.

»Ein Rabe?«, fragte Angélique. »Was hat das zu bedeuten?«

»Der Mann, den sie angeblich gesehen haben, sah aus wie ein Rabe. Lange, schwarze, aufgeplusterte Haare, Vogelnase«, erklärte Lagarde.

»Oscar war erst vier Jahre alt. Ich glaube nicht, dass er sich noch an die damaligen Geschehnisse erinnern kann. Aber Anette hält an ihrer Behauptung fest. Seit fünf Jahren.«

»Sie ist hartnäckig«, bestätigte Camille.

»Und sie gibt nie auf.«

Der Gendarm begann sich zu rechtfertigen. »Du glaubst doch nicht, Philippe, dass wir damals schlampig ermittelt haben?«

Lagarde beruhigte seinen Freund. »Ich habe den Polizeibericht gelesen. Ihr seid überaus sorgfältig und kompetent vorgegangen. Sogar ein Gespräch mit einem Kinderpsychologen habt ihr veranlasst. Das war weit mehr, als in solchen Fällen üblich ist. Ich hätte an eurer Stelle die gleiche Entscheidung getroffen.«

Roselin entspannte sich.

Lagarde fuhr fort. »Was mich stutzig macht, ist die Beharrlichkeit von Anette. Deshalb habe ich mich heute Nachmittag ein wenig umgehört. Was ich erfahren habe, muss mit dem Unglück nichts zu tun haben.«

»Was hast du denn erfahren?«, fragte Roselin beunruhigt.

»Der Nachbarin von Germaine Marsault ist auf dem Markt ein Mann aufgefallen, der sie und ihre Freundin offenbar beobachtet hat. Ein Fischer hat weit nach Mitternacht auf seinem Heimweg ein Auto gesehen. Es war außerhalb des Dorfes auf einem Feldweg abgestellt. Verborgen hinter dichtem Gestrüpp.«

Der Gendarm wiegelte ab. »Das muss gar nichts bedeuten.«

»Richtig«, stimmte der Kommissar zu.

»Wann triffst du die Kinder wieder?«, wollte Odette wissen. Sie wusste genau, dass er nicht so einfach loslassen konnte.

»Morgen Nachmittag, Odette.«

»Und was willst du ihnen sagen?«

»Ich weiß es noch nicht, mein Schatz. Vielleicht führe ich ein Gespräch mit den Geschwistern und ihren Eltern und erkläre noch einmal das damalige Vorgehen der Polizei. Womöglich kann Anette dann akzeptieren, dass es keinen Raben gibt. Sie muss irgendwie damit abschließen.«

Richard nickte. »Abschließen ist ganz wichtig.«

Lagarde wandte sich an Camille. »Was meinst du?«

»Anette ist eine harte Nuss. Versuche es.«

Amélie kam in das Esszimmer gelaufen und rieb sich die Augen. »Ich bin müde, Mama«, jammerte sie. »Gehen wir nach Hause?«

»Aber ja, mein Hase. Wir brechen auf. Es ist schon spät, und morgen ist Schule.«

Der Gendarm bot an, die beiden nach Hause zu fahren. Sie hatten mit Lali einen Spaziergang zu Lagardes Haus gemacht. Angélique und Richard schlossen sich an. Auch sie waren müde. Sie verabschiedeten sich herzlich und lobten den schönen Abend. Auch wenn sie am Ende ein ernstes Thema besprochen hatten. Das gehöre zum Leben, meinte Richard.

Als die Gäste gegangen waren, räumten Odette und Lagarde den Tisch ab und füllten die Spülmaschine.

»Weißt du was, Philippe?«

»Was denn, mein Schatz?«

»Ich finde, diese Anette ist ein beeindruckendes Mädchen.«

»Das finde ich auch.«

»Früher war ich auch so. Ich habe nie aufgegeben.«

Liebevoll lächelte er sie an. »So bist du noch immer.«

»Danke, Philippe.«

Odette umarmte ihn und gab ihm einen Kuss. Dann nahm sie eine halbvolle Flasche Bollinger aus dem Eiskübel.

»Wir ziehen uns in dein Schlafzimmer zurück«, erklärte sie.

Eng umschlungen stiegen sie die Treppe hinauf. Sie zogen sich gegenseitig aus und liebkosten sich. Odette löste sich kurz von ihm und goss Champagner in die Gläser. Dabei fiel ihr etwas ein.

»Es gibt ein wunderbares Bonmot von Lily Bollinger. 1918 übernahm Jacques Bollinger von seinem Vater Georges die Geschäfte des Champagnerhauses. Zu dieser Zeit heiratete er auch Emily Law de Lauriston Bourbers, bekannt als Lily Bollinger. Nach seinem Tod 1941 übernahm sie die Geschäfte und wurde durch ihre werbewirksamen Auftritte auf der ganzen Welt bekannt. Auch die James-Bond-Filme wurden von dem Champagnerimperium zu Marketingzwecken genutzt. Als beispielsweise James Bond, gespielt von Pierce Brosnan, im Film ›Stirb an einem anderen Tag‹ aus einem nordkoreanischen Gefängnis entlassen wurde, fragte er nach einer Flasche Bollinger. Willst du das Zitat von Lily hören?«

»Unbedingt.«

»Ich trinke ihn, wenn ich froh bin,
und wenn ich traurig bin.
Manchmal trinke ich davon, wenn ich alleine bin;
Und wenn ich Gesellschaft habe,
dann darf er nicht fehlen.
Wenn ich keinen Hunger habe,
mache ich mir mit ihm Appetit,
und wenn ich hungrig bin,
lasse ich ihn mir schmecken.
Sonst aber rühre ich ihn nicht an,
außer wenn ich Durst habe.«

Sie lachten.

»Ein absolut erinnerungswürdiges Zitat«, meinte Lagarde. Er zog sie auf sich und küsste sie mit wachsender Leidenschaft. Odette kniete über ihm, umfasste seine Handgelenke, presste sie gegen das Kissen und ließ sich auf ihn herabsinken. Ihre Körper vereinigten sich. Die Welt hörte auf, sich zu drehen.

Als Lagarde sich schläfrig und verliebt an ihren Rücken schmiegte und die Augen schloss, klingelte sein Handy.

Valérie saß mit ihrem Kollegen Alain in einem Dienstwagen der Gendarmerie von Barfleur. Es war kurz vor dreiundzwanzig Uhr. Ihr Nachtdienst endete um sechs Uhr früh. Valérie war die Assistentin von Roselin Dumas. Ihr Chef schätzte die junge, engagierte Polizistin sehr. Mit ihren fuchsroten, langen Haaren, dem schmalen, blassen Gesicht und der zierlichen Figur wirkte sie mädchenhaft. Doch jeder, der sie kannte, wusste, dass sie keine Probleme hatte, sich durchzusetzen. Wer sich mit ihr anlegte, zog schnell den Kürzeren.

Das Fahrzeug stand in einer Parkbucht zwischen Barfleur und St.-Pierre-Église, nahe Tocqueville. Das Seitenfenster auf der Fahrerseite war halb geöffnet. Das Rauschen der Bäume und die Schreie der Nachtvögel drangen ins Wageninnere. Der Mond wurde von Wolken verhüllt. Es war stockdunkel. Selten fuhr ein Auto vorbei. Die Polizisten machten eine kurze Pause. Ihr Dienst war bisher turbulent verlaufen. Sie hatten bei einer Schlägerei im Hafenviertel eingreifen und die Streithähne voneinander trennen und beschwichtigen müssen. Ein betrunkener Fischer, der Valérie grob zur Seite gestoßen hatte, fand sich blitzschnell auf dem Bauch liegend wieder, ihr Knie im Rücken, den Arm schmerzhaft nach hinten gedreht. Sie nahm ihr Aikido-Training sehr ernst und zögerte nicht, ihre beeindruckenden Fähigkeiten einzusetzen, wenn ihr jemand zu nahe kam. Eine Jugendbande hatte versucht, einen Imbissstand zu überfallen. Als der Notruf eintraf, waren Valérie und Alain ganz in der Nähe. Als der Dienstwagen mit quietschenden Reifen vor dem Stand zum Halten kam, flüchteten die Jugendlichen. Die Polizisten verfolgten sie zu Fuß. Valérie ließ den ersten Flüchtigen stolpern, den zweiten Burschen trat sie in die Kniekehle. Alain packte den dritten Jungen und schleuderte ihn gegen den vierten Ausreißer. Der Imbissbudenbesitzer warf sich auf den fünften Kerl und riss ihn um. Der Mann war sportlich und fuchsteufelswild. Mittlerweile saß die Gang in einer Gefängniszelle.

Valérie aß ein Käsebaguette und trank Kaffee aus der Thermoskanne. Alain verzehrte eine Tafel Schokolade. Sie hörten Polizeifunk. Die Gendarmerie von Beaumont-Hague, ein Ort etwa zwanzig Kilometer westlich von Cherbourg, hatte anscheinend ein Problem. Ein Mann hatte bereits einige Male auf der Dienststelle angerufen und sich besorgt über den Verbleib seiner Nachbarin geäußert. Die Kollegen hatten versucht, ihn zu beruhigen. Wenn ein erwachsener Mensch abends nicht zu Hause war, gab es viele harmlose Erklärungen dafür. Nachdem er sich zum fünften Mal gemeldet hatte und immer aufgeregter geworden war, beschlossen die Gendarmen, nach der Frau zu schauen. Valérie und Alain hörten mit, wie die Kollegen der Leitstelle ihr Ziel durchgaben. Sie fuhren nach Jobourg, einem Dorf nahe Beaumont-Hague. Auf ihr mehrfaches Klingeln öffnete die Frau nicht. Der Nachbar kam dazu, völlig aufgelöst vor Sorge. Die alte Dame, Lisette Binet, verließ am Abend nie ihr Haus. Sie hatte Angst, in der Dunkelheit überfallen zu werden. Normalerweise saß sie bei offenen Fensterläden vor dem Fernseher. Der Nachbar konnte ihn von seinem Haus aus flimmern sehen. Heute jedoch nicht. Der Mann hatte einen Ersatzschlüssel. Madame Lisette war manchmal etwas verwirrt und zerstreut. Es kam vor, dass sie sich aussperrte. Deshalb gab es dieses Arrangement. Ein Polizist meldete Gefahr im Verzug und schloss die Haustür auf. Seine Kollegin betätigte den Lichtschalter. Sie berichtete der Leitstelle, dass der Korridor leer war und dass die Tür zum Keller offen stand. Kurz darauf fuhr ein markerschütternder Schrei durch die Funkleitungen. Valérie schrak zusammen. Die alte Frau war tot. Sie lag vor dem Treppenabsatz im Keller. Der Schluss lag nahe, dass sie die Treppe hinuntergestürzt war.

Valérie erinnerte sich an das Unglück vor fünf Jahren. Genauso war es bei Germaine Marsault auch gewesen. Wenn sie schlecht träumte, hörte sie noch immer das verzweifelte Schluchzen der Enkelkinder. Sie und Alain lauschten, was weiter geschah.

»Madame Binet riecht nach Chloroform«, stellte ein Gendarm fest. »Es könnte sein, dass jemand die alte Dame betäubt und die Treppe hinuntergestoßen hat. Wir müssen die Kripo informieren. Keiner rührt etwas an.«

Valérie erbleichte. Alain spürte die Veränderung im Verhalten seiner Kollegin.

»Was hast du denn, Valérie?«, fragte er besorgt. »Ist es wegen dieser alten Dame? Das ist wirklich schrecklich.«

»Sekunde, Alain. Gib mir einen Moment. Ich erzähle es dir gleich.«

Ihre Gedanken rasten.

Und wenn es bei Germaine Marsault genauso gewesen war? Wenn sie jemand gestoßen hatte? Wenn die Kinder doch recht gehabt hatten? Wenn sie etwas übersehen hatten? Wenn es Mord gewesen war? Valérie griff mit zitternden Händen nach ihrem Handy und rief ihren Chef an.

Roselin Dumas lag im Bett und kuschelte sich an die weichen, ausladenden Hüften von Madame Florence. Er war im Begriff, in einen schönen Traum zu gleiten, als sein Handy klingelte. Schnell schlüpfte er aus dem Bett, nahm das Handy aus der Jacke und verließ das Zimmer. Es reichte, wenn einer aus dem Schlaf gerissen wurde. Der Name seiner Assistentin leuchtete auf dem Display auf. Wenn sie anrief, hatte sie einen guten Grund. Er fühlte Nervosität in sich aufsteigen.

»Valérie, hallo! Was gibt es denn?«

»Hallo, Roselin. Entschuldige die späte Störung. Es ist etwas passiert.«

Valérie informierte ihren Chef, was in Jobourg geschehen war.

»Ich dachte, du musst es wissen, Roselin. Zumindest auf den ersten Blick ähneln sich die Vorfälle. Bis auf das Chloroform. Wenn der Kollege der Gendarmerie Beaumont- Hague recht hat, muss man natürlich von Fremdeinwirkung ausgehen.«

Roselin überlegte kurz. »Ich fahre hin«, entschied er.

»Ich will mitkommen«, forderte Valérie. »Damals war ich schließlich auch dabei.«

Ihr Chef konnte ihr nichts abschlagen. »Also gut. Alain soll dich zu mir fahren. Er kann den Dienst alleine weitermachen. Wenn er Hilfe braucht, soll er Pierre anrufen. Ich informiere Philippe. Nach dem Gespräch am heutigen Abend bin ich sicher, dass er auch mitkommen will.«

»Was für ein Gespräch, Roselin?«

»Das erzähle ich dir später. Beeilt euch! Ich ziehe mich rasch an.«

Philippe Lagarde stand vor seinem Haus und wartete auf Roselin. Er hatte sich von Odette mit einem langen Kuss verabschiedet und ihr versprochen, in einigen Stunden zurück zu sein. Sie würden ausschlafen und gemeinsam frühstücken. Odette war beunruhigt gewesen. Die Geschichte von den Kindern, die ihre Großmutter auf so brutale Weise verloren hatten, spukte ihr durch den Kopf. Lagarde hatte ein ungutes Gefühl. Er fragte sich, ob es einen Zusammenhang zwischen den beiden Vorfällen gab. Doch zunächst wollte er sich vor Ort kundig machen. Scheinwerfer näherten sich, und der Dienstwagen von Roselin stoppte vor dem Haus. Lagarde stieg ein und setzte sich auf den Rücksitz. Sie begrüßten sich kurz. Dann fuhr Valérie auf der D901 über Cherbourg nach Jobourg. Sie hatte die Heizung aufgedreht. In der Nacht war es empfindlich kalt geworden.

Die Strecke, die vor ihnen lag, betrug zweiundfünfzig Kilometer. Um diese Zeit herrschte wenig Verkehr, und sie kamen zügig voran. Dunkel erstreckten sich Gemüsefelder und Buchenhaine beidseitig der Straße. Vom Meer her wehte ein ungestümer Wind. Jobourg lag auf einer kleinen Halbinsel, die das Cap de la Hague bildete. Es war der äußerste Nordwestzipfel der Halbinsel Cotentin. In exponierter Lage ragte er in den Ärmelkanal hinein. Im Herbst und Winter konnten hier gewaltige Stürme toben. Tückische Strömungen erforderten das ganze Können der Schiffer. Heckenumsäumte Weiden, Stechginster, Farne und Heide beherrschten das Landschaftsbild. Zwischen zerklüfteten Felsen schmiegten sich kleine Sandbuchten. In Talmulden schlängelten sich Flüsse durch das Herz der Kaplandschaft. Das Klima wurde vom Golfstrom beeinflusst. Hier gediehen Palmen, Kamelien und Mimosen. Im Winter gab es kaum jemals Eis oder Schnee. Dieser Landstrich zählte zu den schönsten des Cotentin.

Lagarde hatte Valérie während der Fahrt über die Hinweise informiert, die er erhalten hatte. Sie wusste jetzt über den Mann auf dem Marktplatz und über das Auto hinter dem Gebüsch Bescheid und grübelte vor sich hin. Sie zerbrach sich den Kopf, ob bezüglich des Todes von Germaine Marsault etwas von ihnen übersehen worden war.

In weniger als einer Stunde hatten sie ihr Ziel erreicht. Jobourg war ein kleines Dorf mit etwa fünfhundert Einwohnern, einen Steinwurf vom Meer entfernt. Vom Cap Nez de Jobourg hatte man bei klarer Sicht einen fantastischen Blick auf alle Kanalinseln. Der eckige Granitturm der Église Notre Dame dominierte das Ortsbild. Das Haus von Lisette Binet war leicht zu finden. Polizeifahrzeuge, ein Krankenwagen, der Notarzt und ein Leichenwagen standen davor. Gendarmen mit ernsten Mienen hielten Schaulustige und besorgte Nachbarn zurück.

Sie zeigten ihre Dienstausweise. Ein junger Mann in Uniform winkte sie durch. Kriminaltechniker in weißen Overalls durchsuchten das Haus nach Spuren. Die Polizisten aus Barfleur fanden Ludovic Cleroc im Keller. Er war Hauptkommissar bei der Kripo in Cherbourg. Der Weiler Jobourg fiel in seinen Zuständigkeitsbereich. Der Polizist war neunundvierzig Jahre alt, groß und von hagerer Gestalt. Eine lange, schmale Nase ragte aus seinem Gesicht, das zum Kinn hin spitz zulief. Die langen, grauen, gepflegten Haare trug er stets zu einem Pferdeschwanz gebunden. Im Dienst war er immer konventionell und elegant gekleidet. Er hatte einen dunkelblauen Anzug und ein hellblaues Hemd an. Der Schlips war, farblich abgestimmt, diagonal gestreift. Mit versteinertem Gesicht betrachtete er die alte Frau eingehend. Neben ihm kniete die Rechtsmedizinerin Dr. Dr. Delphine Moreau. Sie trug Zivilkleidung. Den weißen Overall, den ihr ein Polizist reichen wollte, hatte sie abgelehnt.

»Völlig überflüssig«, hatte sie ihn angeknurrt.

Sie war zwei Köpfe kleiner als ihr Kollege und vollschlank. Die stoppelkurzen Haare waren derzeit weizenblond. Ihr Gesicht war rund, genau wie die Knopfnase und die wachen, braunen Augen. Wenn sie nicht direkt an Leichen arbeitete, rauchte sie pausenlos filterlose Gitanes. Sie hatte Medizin und Jura studiert und galt in ihrem Fachgebiet als absolute Kapazität. Sie war stets in ihre eigene komplexe Gedankenwelt versunken und hasste es, einfache Dinge zu tun, wie beispielsweise Auto fahren oder einkaufen. Wenn es sich einrichten ließ, erledigten Praktikanten aus ihrem Institut diese profanen Verrichtungen. Die Cleveren von ihnen schafften alles aus dem Weg, was Dr. Dr. Moreaus Inspiration stören könnte.

Cleroc schaute auf, als er Schritte auf der Treppe hörte. Erstaunt blickte er auf die drei Kollegen.

»Was macht ihr denn hier?«, fragte er.

»Hallo, Ludovic«, begrüßte ihn Lagarde. »Entschuldigt bitte die Störung. Valérie hat im Polizeifunk von dem Tod der alten Dame gehört. Vor fünf Jahren gab es in Crasville einen ähnlichen Vorfall. Deshalb sind wir hergekommen. Ich schlage vor, ihr macht weiter eure Arbeit. Danach reden wir.«

Der Hauptkommissar überlegte kurz. Es war zwar ungewöhnlich, dass Gendarmen außerhalb ihres Zuständigkeitsbereiches und ein Kommissar im Ruhestand an einem Tatort auftauchten, verstieß jedoch nicht gegen Dienstvorschriften. Die Zusammenarbeit von Kriminalpolizei und Gendarmerie war sogar erwünscht und sicherlich sinnvoll. Er kannte Lagarde gut, und es war ihm klar, dass sein Freund einen wichtigen Grund haben musste, um hier mitten in der Nacht zu erscheinen. Sie hatten schon häufiger bei komplizierten Fällen zusammengearbeitet. Einmal, als er in einen schweren Verkehrsunfall verwickelt worden war, hatte Lagarde ihn vertreten. Vielleicht hatte die Delegation aus Barfleur Informationen, die hilfreich für den Fall waren. Diese Möglichkeit konnte er nicht ausschließen.

»Einverstanden«, erklärte er.

»Ist es dir auch recht, Delphine?«, erkundigte er sich bei der Rechtsmedizinerin. Sich über sie hinwegzusetzen, wäre einer Majestätsbeleidigung gleichgekommen.

»Mir ist alles recht, wenn ich in Ruhe meine Arbeit machen kann und mir keiner hineinquatscht«, merkte sie an und fuhr mit der Untersuchung der Leiche fort.

»Gut«, sagte Cleroc. »Wir machen unsere Arbeit. Anschließend erklärt ihr mir, weshalb ihr hier seid.«

Delphine Moreau beendete die Untersuchung und begann zu dozieren. »Die Frau wurde offensichtlich die Kellertreppe hinuntergestoßen. Zu diesem Zeitpunkt war sie bewusstlos. Sie wurde mit Trichlormethan, besser bekannt als Chloroform, betäubt. Der typisch süßliche Geruch ist an Mund und Nase noch deutlich wahrzunehmen. Weitere Untersuchungen bezüglich des Betäubungsmittels führe ich in meinem Institut durch. Beim Aufprall auf den Steinboden hat sie sich den Schädel gebrochen. Sie war sofort tot. Der Sturz war heftig. Sie hat auch Frakturen am rechten Schlüsselbein und am rechten Fußgelenk. Weiter Schürfwunden und Prellungen. Ich schätze, dass der Tod vor ungefähr acht Stunden eingetreten ist. Wäre die Leiche später gefunden worden, hätte sich der Chloroformgeruch verflüchtigt gehabt. Man wäre dann vielleicht von einem Unfall ausgegangen. Wenn jedoch ein Mensch betäubt und eine Treppe hinuntergeschleudert wird – ich rede jetzt von Schleudern, nicht von Stoßen –, dann ist das Mord. Oder was meinst du, Ludovic?«

»Ich schließe mich deiner Beurteilung an, Delphine. Jemand hat Lisette Binet ermordet.«

Lagarde sah sich die tote alte Frau genau an. Sie trug einen grauen Rock und einen altrosafarbenen Pullover sowie schwarze Wollstrümpfe. Keine Schuhe. Er schätzte ihr Alter auf ungefähr siebzig Jahre. Sie hatte ein liebes Gesicht mit feinen Falten und kinnlange, graue Haare. Ihre Augen waren geschlossen. Ihr fragiler Körper war unnatürlich verdreht. Er schloss sich aufgrund der schweren Verletzungen der Ansicht von Delphine Moreau an, dass Lisette Binet durch Fremdeinwirkung mit großer Wucht auf den harten Boden geprallt war.

»Die Kellertür wurde aufgebrochen«, erklärte Cleroc.

»Mit einer Brechstange. So ist der Täter vermutlich ins Haus gelangt. Das Schloss war alt, das Holz der Tür morsch und verwittert.«

Sie liefen durch einen niedrigen, schmalen Gang mit unverputzten Wänden und kamen nach einer Biegung zum Kellerausgang. Von der Decke baumelte an einem Draht eine Vierzig-Watt-Birne und verbreitete diffuses, weißes Licht. Der Steinboden war ordentlich gefegt. Die aufgehebelte Holztür stand offen. Davor lag eine Brechstange. Lagarde blickte hinaus. Die Treppe führte in einen Garten, der von einer dichten Ligusterhecke begrenzt wurde. Es wäre leicht gewesen, unbemerkt von den Nachbarn, in den Keller einzudringen. Sie gingen zurück zum Fundort der Leiche.

»Ich lasse die Frau jetzt in mein Institut bringen«, informierte die Rechtsmedizinerin ihre Kollegen. »Morgen früh habt ihr den Bericht. Ich warte vor dem Haus auf euch.«

Noch während sie die Treppe hinaufstieg, holte sie ihre Zigaretten aus der Tasche. Die Polizisten folgten ihr und sahen sich im Erdgeschoss um. Das kleine Haus war einstöckig und verfügte über einen Keller und einen Dachboden. Die Armaturen und Fliesen im Bad glänzten. In der Küche stand eine Tasse im Spülbecken, ansonsten war der Raum blitzblank. Im Wohnzimmer zierten Spitzendeckchen die Sessellehnen, mittige Kerben waren in die Kissen gedrückt, die Fernsehzeitschrift lag parallel zur Tischkante. Das Gästezimmer, das auch als Bügelraum diente und in dem eine Nähmaschine stand, war ordentlich aufgeräumt. Die Polizisten betraten den letzten Raum des Hauses. Es fiel ihnen sofort auf, dass das Bett nicht gemacht war. Das Kissen war eingedrückt, die Decke zerknüllt. Der Bettvorleger lag verrutscht an der Wand und warf Falten.

»Sie hat das Bett nicht gemacht«, bemerkte Lagarde.

»Ja«, erwiderte Cleroc. »Das ganze Haus ist ordentlich aufgeräumt, nur das Bett nicht.«

»Sie ist nicht mehr dazu gekommen.«

»So sehe ich das auch, Philippe. Der Todeszeitpunkt wurde von Delphine auf circa sechzehn Uhr festgelegt. Nehmen wir an, Madame Binet hat einen Mittagsschlaf gemacht. Ältere Leute ruhen sich am Nachmittag gerne ein wenig aus.«

Lagarde griff den Gedanken auf. »Der Täter schleicht durch den Garten, bricht die Kellertür auf und dringt in das Haus ein. Er findet Lisette Binet schlafend im Schlafzimmer vor. Dieser Umstand ist günstig für sein Vorhaben. Vielleicht hat er sie durch das Fenster beobachtet und wusste, dass sie schlief. Er drückt ihr ein mit Chloroform getränktes Tuch auf Mund und Nase und betäubt sie. Schließlich schleppt er sie zur Kellertreppe und schleudert sie hinunter.«

Die Polizisten sahen sich an.

Valérie war entsetzt. »Das ist ja so brutal und grausam. Wer macht so etwas? Und warum?«

»Das herauszufinden ist unsere Aufgabe«, verkündete der Hauptkommissar. »Lasst uns nach draußen zu Delphine gehen, sie will so schnell wie möglich in das rechtsmedizinische Institut zurückfahren.«

Die Rechtsmedizinerin stand vor der Tür, sprach mit einem Gendarmen und rauchte. Sie trug einen kurzen, engen, mintgrünen Rock, einen schwarzen Pullover und eine Bikerjacke. Schwarze Seidenstrümpfe umhüllten die strammen Beine. Die Füße steckten in eleganten, hohen Lederpumps. »Also«, sagte Cleroc.

»Was gab es für einen Vorfall vor fünf Jahren in Crasville?«

Lagarde erklärte den Sachverhalt. »Eine Frau, etwa im gleichen Alter wie Lisette Binet, ist nachts die Treppe hinuntergestürzt. Alles deutete auf einen Unfall hin. Doktor Ferrant aus Barfleur hat den Totenschein ausgestellt. Die Enkelkinder behaupteten, sie hätten einen Mann mit schwarzen Haaren und einer Hakennase weglaufen sehen. Damals nahm man an, diese Behauptung sei ihrer Phantasie entsprungen. Heute Morgen haben mich die Kinder, Oscar und Anette, in meinem Stammcafé aufgesucht. Sie wollten mich beauftragen, den Mörder ihrer Großmutter zu finden.«

Cleroc schüttelte erstaunt den Kopf. »Was es nicht alles gibt! Hast du den Auftrag angenommen?«

»Nein. Aber ich habe mich umgehört.«

Lagarde berichtete von dem Mann unter der Platane, der Marie-Louise Proust, der Nachbarin von Germaine Marsault, aufgefallen war sowie von dem Fahrzeug auf dem Feldweg. Cleroc überlegte. »Wir können diese Hinweise nicht ignorieren. Ich schlage Folgendes vor: Es ist schon sehr spät, und wir sind alle müde. Wir treffen uns morgen früh um zehn Uhr in der Dienststelle der Kripo von Cherbourg und beraten über unser weiteres Vorgehen. Und dich, Philippe, möchte ich bitten, zuvor mit Doktor Ferrant zu sprechen. Ich will wissen, ob er Auffälligkeiten, wie beispielsweise den Geruch von Trichlormethan, hundertprozentig ausschließen kann.«

»Einverstanden«, sagte Lagarde.

Valérie und Roselin nickten bestätigend. Cleroc sah die Rechtsmedizinerin fragend an.

»Delphine?«

»In Ordnung, Ludovic. Ich komme dazu und stelle euch die vorläufigen Ergebnisse der Obduktion vor.« Nachdenklich zündete sie sich eine Zigarette an. »Wie alt sind die Kinder?«, wollte sie wissen.

»Anette ist achtzehn und Oscar neun Jahre alt«, beantwortete Lagarde die Frage.

»Entweder Anette hat ein Trauma davongetragen, oder sie hat den Mörder tatsächlich gesehen«, meinte sie. »Spannende Geschichte. Bis morgen früh, Kollegen. Ich fahre jetzt in die Rechtsmedizin.«

Achtlos warf sie die Kippe auf den Boden, stieg in ihr Auto und raste davon. Sie fuhr einen riesigen schwarzen Geländewagen. Irgendwie passte er zu ihr.

Die Polizisten aus Barfleur verabschiedeten sich von Cleroc und machten sich auf den Heimweg.

DER FORST VON CRASVILLE

ZWEITER TAG

Als Odette am Morgen aufwachte, lag ihr Lebensgefährte neben ihr im Bett und atmete tief und ruhig. Seine Rückkehr hatte sie verschlafen. Sie schlüpfte unter seinem Arm hindurch, zog sich ein T-Shirt von Philippe über den Kopf, borgte sich wollene, froschgrüne Anglersocken von ihm und tappte in die Küche. Die Kaffeemaschine wurde gefüllt und eingeschaltet. Bald zog ein aromatischer Duft durch das Haus. Mit der ersten Tasse Kaffee ging sie auf die Terrasse. Es wehte eine frische Brise, die nach Algen und Fisch roch. Der Himmel war eisengrau, ebenso das Meer. Darüber lag eine dicke, undurchdringliche Nebelbank. Es regnete. Alexandre bog um die Ecke und maunzte anklagend. Er funkelte Odette mit seinen gelben Augen wütend an. Die Milchschale war leer.

»Ich hole dir Futter, Alexandre«, versprach Odette und verschwand im Haus. In der Speisekammer wurde sie fündig. Der alte Wildkater bekam Katzenmilch und Dosenfutter mit der Geschmacksrichtung Kaninchenragout. Odette zog sich unter die Markise zurück, setzte sich und trank den Kaffee. Alexandre fraß hungrig. Ab und zu kontrollierte er mit misstrauischem Blick, ob sie ihm nicht doch zu nahe rückte.

Als Odette den Frühstückstisch deckte, kam Lagarde in die Küche und gab ihr einen Gutenmorgenkuss.

»Guten Morgen, Philippe«, begrüßte sie ihn und drückte ihm eine Tasse Kaffee in die Hand. »Ich habe dich heute Nacht gar nicht gehört. Wann bist du zurückgekommen?«

»Gegen drei Uhr. Ich habe versucht, ganz leise zu sein.«

»Wie war es denn?«

Er setzte sich an den Küchentisch. Die Details dieses Verbrechens würde er nicht preisgeben. Sie waren zu grausam für seine sensible Kochkünstlerin.

»Alle Spuren deuten darauf hin, dass Lisette Binet einem Verbrechen zum Opfer gefallen ist. Ihre Kellertür wurde aufgebrochen. Außerdem hat Delphine Moreau, die Rechtsmedizinerin aus Cherbourg, den Einsatz von Chloroform bestätigt, dessen Geruch einem Gendarmen aufgefallen war. Es bestehen kaum noch Zweifel, dass die alte Dame betäubt und anschließend getötet worden ist. Jemand hat sie die Kellertreppe hinuntergestoßen.«

Odettes Gesicht verlor jede Farbe. »Wie alt war die Frau?«, fragte sie mit leiser Stimme.

»Einundsiebzig.«

»Jemand hat eine alte Frau betäubt und die Treppe hinuntergestoßen?«

»Ja.«

»Wie krank muss jemand sein, um so etwas zu tun?«

»Ich denke eher an überbordenden Zorn.«

Sie nickte nachdenklich. »Das könnte auch sein.«

Er nahm sie in die Arme und drückte ihr einen Kuss auf die Stirn.

»Ich schaue mal nach Alexandre«, sagte er. »Er ist bestimmt hungrig. In seinem Alter fängt man keine Mäuse mehr, wenn man eine Alternative hat.«

»Alexandre hat schon gefrühstückt. Kaninchenragout.«

»Der Kater ist verwöhnt«, stellte Lagarde fest. »Und was frühstücken wir?«

»Was hältst du von Rühreiern mit Schinken und Kräutern? Dazu geröstetes, gebuttertes Baguette, frisch gepressten Pampelmusensaft und Obstsalat. Es ist noch ein Rest von gestern übrig. Ich verfeinere ihn mit Honigmelonen und Walnüssen. Obendrauf kommt ein Sauerrahmhäubchen.«

»Das hört sich gut an.«

Odette verquirlte die Eier und ließ sie vorsichtig in die Pfanne gleiten. Lagarde toastete das Brot und holte den Saft aus dem Kühlschrank. Nebenbei trank er seinen Kaffee. Als sie am Tisch saßen und frühstückten, erkundigte sich Odette: »Und wie geht es jetzt weiter?«

»Wir treffen uns heute um zehn Uhr bei der Kripo in Cherbourg. Vorher muss ich noch mit dem Hausarzt von Germaine Marsault reden. Und was hast du heute vor?«

»Ich fahre nach dem Frühstück zur Fischhalle«, erzählte Odette. »Anschließend ins Mirabelle. Heute Vormittag kommt eine Champagnerlieferung aus Reims. Für den Abend habe ich sechs große Reservierungen.«

»Viel Arbeit, wie immer«, antwortete er.

»Wie immer«, bestätigte Odette. Sie lächelte ihn herausfordernd an. »Ein bisschen Zeit habe ich noch.«

Sie setzte sich auf seinen Schoß und liebkoste seine Halsbeuge.

»Sexy Socken«, bemerkte er.

Die Praxisräume von Doktor Ferrant lagen in der Nähe des Hafens von Barfleur in einer Seitenstraße. Lagarde fand einen Parkplatz wenige Schritte vom schmiedeeisernen Eingangstor entfernt. Dahinter erhob sich eine alte Villa. Er lief zum Portal, das einladend offen stand. Über breite, ausgetretene Holzstufen gelangte er zum Empfang. Eine junge eifrige Sprechstundenhilfe begrüßte ihn freundlich, und fragte nach seiner Versicherungskarte. Er zeigte ihr den Dienstausweis und erklärte sein Anliegen.

»Ich möchte Doktor Ferrant sprechen.«

»Eine Patientin ist gerade bei ihm. Wenn Sie noch

kurz im Wartezimmer Platz nehmen möchten. Ich sage ihm Bescheid. Es wird nicht lange dauern.«

Lagarde setzte sich zu den Patienten und griff nach der Tageszeitung. Er war gerade in den Sportteil vertieft, als Doktor Ferrant erschien.

»Monsieur Lagarde? Kommen Sie bitte.«

Der Arzt führte ihn in das Sprechzimmer und nahm an seinem Schreibtisch Platz. Lagarde setzte sich ihm gegenüber.

»Was kann ich für Sie tun?«, fragte Doktor Ferrant. Seine Stimme war tief und angenehm. Er war klein, untersetzt und ging auf die siebzig zu. Sein schwarzes Haar wurde von silbrigen Fäden durchzogen. Aus dem fleischigen Gesicht ragte eine markante Nase. Unter seinem schneeweißen, gestärkten Arztkittel trug er ein burgunderrotes Hemd und eine Krawatte. An einem kräftigen Finger glänzte ein Siegelring. Sein Beruf war seine Passion. Er dachte gar nicht daran, in den Ruhestand zu gehen.

Lagarde stellte sich vor und berichtete dem Arzt von dem Verbrechen, das gestern Nachmittag in Jobourg geschehen war. Die Verwendung der chemischen Betäubungssubstanz hob er besonders hervor. Dann kam er auf Germaine Marsault zu sprechen.

»Können Sie sich erinnern?«, fragte er den Arzt. »Sie starb vor fünf Jahren bei einem Treppensturz.«

»Natürlich erinnere ich mich«, erwiderte Doktor Ferrant. »Germaine war seit Jahrzehnten meine Patientin. Sie litt unter Diabetes, war aber gut eingestellt. Wenn dieser tragische Unfall nicht passiert wäre, hätte sie hundert Jahre alt werden können.«

»Sie haben damals den Totenschein ausgestellt, nicht wahr?«

Der Arzt nickte. »Das ist richtig. Genickbruch. Sie war sofort tot. Eine scheußliche Geschichte.« Misstrauisch musterte er sein Gegenüber. »Wollen Sie die von mir festgestellte Todesursache anzweifeln?«

»Nein, Doktor Ferrant. Natürlich nicht«, versuchte Lagarde ihn zu beruhigen. »Aber dennoch möchte ich mich vergewissern, dass Ihnen damals kein Geruch von Trichlormethan aufgefallen ist. Das ist wichtig.«

»Ich bin ein sehr gewissenhafter Arzt, Herr Kommissar. Den intensiven, süßlichen Geruch dieser chemischen Substanz hätte ich bemerkt. Er konnte auch nicht in der Zwischenzeit verflogen gewesen sein. Eine halbe Stunde, nachdem die Enkel von Germaine den Notruf alarmiert hatten, war ich vor Ort. Es gab kein Chloroform, das versichere ich Ihnen.«

Der Arzt sah ernst, aber nicht gekränkt in das skeptische Gesicht des Kommissars.

»Nach meinem Medizinstudium habe ich als Arzt im Krankenhaus gearbeitet und bei Operationen assistiert. Der Geruch wäre mir ganz sicher aufgefallen. Das können Sie mir glauben.«

»In Ordnung, Doktor Ferrant«, antwortete Lagarde. »Ich will Ihre medizinischen Kompetenzen und

Erfahrungen nicht in Zweifel ziehen. Aber es war mir sehr wichtig, diese Frage zu klären. Die Enkelkinder haben damals einen Mann gesehen, der das Haus verließ.«

»Ja, ich erinnere mich. Der Mann sah aus wie ein Rabe. Ich bitte Sie, Herr Kommissar. Die Kinder waren verstört und haben sich die Gestalt eingebildet.«

Lagarde bedankte sich bei Doktor Ferrant und verabschiedete sich. Als er die Villa verließ, sah er auf seine Armbanduhr. Er würde es gerade noch rechtzeitig zu der Besprechung in Cherbourg schaffen. Inzwischen hatte es angefangen zu regnen. Lagarde bemerkte es kaum. Tief in Gedanken versunken, lief er zu seinem Auto. Im strömenden Regen fuhr er die Küstenstraße entlang. Nebelschleier behinderten die Sicht. Windböen zerrten und rüttelten am Wagen. Gebeugte, fast waagrechte Kiefernzweige zeigten nach Osten. Die Außentemperatur war auf acht Grad gefallen.

Die Dienststelle der Kriminalpolizei lag in der Nähe der Basilika der Dreifaltigkeit. Von dort aus hatte man einen schönen Blick auf die mächtige Reede von Cherbourg mit ihren halbkreisförmigen Molen. Im Herzen des Hafens, in einem großen Becken lagen stolze Segelschiffe, mondäne Yachten und bunt lackierte Fischerboote. Im Hintergrund thronte dunstverhüllt das Fort du Roule auf einem grünen Hügel.

Die Kripo war in einem modernen, gläsernen Gebäude untergebracht. Lagarde zeigte dem diensthabenden Polizisten am Empfang seinen Ausweis. Dann lief er über die Treppe in den zweiten Stock. Er hatte Ludovic schon einige Male in seinem Büro aufgesucht und wusste, wo es lag. An der Tür hing eine Notiz. *Wir sind im Besprechungszimmer Nr. 2.11.* Dort hatten sich bereits Ludovic, Valérie und Roselin um einen großen, quadratischen Tisch versammelt. Der Gendarm und seine Assistentin waren mit einem Dienstwagen gekommen. Sie hatten nach der Besprechung einen Termin in St.-Pierre-Église. Der Kommissar erkannte an Valéries geröteten Wangen, dass sie aufgeregt war. Er begrüßte die Kollegen, setzte sich zu ihnen und schenkte sich eine Tasse Kaffee ein. Delphine Moreau betrat als Letzte den Raum und nahm neben Ludovic Platz. Nun trug sie ein kurzes, rotes Kleid und schwarze, hochhackige, bis zu den Waden reichende Stiefel. Sie legte eine Mappe auf den Tisch. Ludovic begann mit der Besprechung.

»Delphine hat den Obduktionsbericht fertiggestellt«, informierte er seine Kollegen. »Ich schlage vor, sie trägt uns die Ergebnisse vor. Bitte, Delphine.«

Die Rechtsmedizinerin ergriff das Wort. »Lisette Binet ist an einem Schädelbruch gestorben, das hatte ich bereits am Fundort der Leiche festgestellt. Es existierte ein vorläufiger Verdacht auf eine Betäubung mit Trichlormethan aufgrund des spezifischen süßlichen Geruches. Vorläufige Tests des Blutes und des Urins bestätigten diese Hypothese. Es fanden sich nachweisbare Spuren der chemischen Substanz. Endgültige Untersuchungen müssen wir abwarten. Ich will nicht spekulieren, aber die Kraft, mit der die Frau die Treppe hinuntergeschleudert wurde, deutet auf einen Mann hin. Einen starken Mann.«

»Und auf einen Mann, der ein persönliches Motiv hatte«, merkte Lagarde an.

»Du meinst, der Täter hat die Frau gekannt?«, fragte Ludovic.

»So habe ich das nicht gemeint«, präzisierte der Kommissar seine Annahme. »Der Täter hat extrem emotional und wütend gehandelt. So, als müsste er eine innere Spannung entladen, die ihn ansonsten zerreißen würde. Er hätte Lisette Binet auch einfacher töten können. Das wollte er aber nicht. Er muss sie jedoch nicht zwingend gekannt haben.«

Cleroc nickte. »Das leuchtet mir ein.« Er wandte sich an Delphine. »Hast du noch etwas für uns?«

»Nicht mehr viel, Ludovic. Die Knochenbrüche zog sie sich bei dem Sturz zu. Die Annahme hat sich bestätigt. Ansonsten litt sie unter einer schweren Rheumaerkrankung und einer Sehschwäche. Die Netzhaut ist getrübt. Das ist vorläufig alles.«

»Danke, Delphine.«

»Kann es sein, dass Lisette Binet den Täter auf frischer Tat ertappt hat?«, fragte Valérie. »Bei einem

Einbruch? Vielleicht ist sie aus ihrem Mittagsschlaf aufgewacht und hat etwas gehört.«

»Möglich ist es schon«, antwortete Cleroc. »Sie besaß jedoch keine Reichtümer. Ihre Rente war klein. In ihrem Geldbeutel fanden wir drei Zehn-Euro-Scheine. In einer Schatulle im Schlafzimmer einige Schmuckstücke. Falls es ein Einbrecher war, hat er anscheinend nichts mitgenommen.«

Dumas spann den Faden weiter. »Sie ertappt ihn auf frischer Tat, er betäubt und tötet sie. Damit sie ihn nicht identifizieren kann. Erschrocken über seine tödliche Brutalität, flüchtet er. An seine Beute denkt er nicht mehr.«

Lagarde war skeptisch. »Ein Einbrecher mit Chloroform im Gepäck? Und selbst wenn. Die Aggressivität seines Verhaltens, weit über das erforderliche Maß hinaus, wird durch die Einbruchtheorie nicht erklärt.«

»Er wollte sichergehen, dass der Sturz tödlich ist«, argumentierte der Gendarm.

Für Lagarde war dieses Szenario nicht schlüssig. Er setzte zu einer Antwort an, als der Chef der Spurensicherung, François Anger, in das Besprechungszimmer stürzte.

»Wir haben den Täter«, rief er außer Atem. »Kollegen, wir haben ihn.« Er wühlte in seiner Mappe und legte eine Fotografie auf den Tisch. »Er heißt Olivier Nevers, einundvierzig Jahre alt, Wohnsitz in Barfleur.«

Triumphierend schaute er in die Runde. Lagarde betrachtete das Polizeifoto. Eigentlich waren es zwei Bilder. Nevers war erkennungsdienstlich behandelt worden. Einmal war sein Konterfei von vorne zu sehen. Ein riesiger Kopf mit einer groben Nase und kleine, eng zusammenstehende Augen. Er sah ungepflegt, gefährlich, düster und unberechenbar aus. Das Foto im Profil ließ eine hervorspringende Adlernase erkennen. Die Frisur, ganz Vokuhila, bauschte sich am Hinterkopf auf wie zottige Federn. Wenn man sich das Profil des Mannes und den Vogel aus dem Kinderbuch als Scherenschnitt vorstellte, war die Ähnlichkeit mit dem Raben verblüffend.

François Anger berichtete, wie er und seine Techniker auf den Mann gestoßen waren. Sie hatten im Haus von Lisette Binet Finderabdrücke genommen. Die meisten stammten logischerweise von der alten Frau selbst. Die übrigen sichergestellten Spuren verglichen sie mit Abdrücken in der zentralen Erfassungsdatei der Polizei. Zwei davon, nämlich jene, die sie auf der Brechstange und auf der Klinke der Kellertür zum Flur gefunden hatten, erwiesen sich als Treffer. Der Abgleich führte sie zu Olivier Nevers. Er war vor fünf Jahren verhaftet und erkennungsdienstlich behandelt worden. Anger hatte den damaligen Polizeibericht gelesen.

»Warum wurde er damals verhaftet?«, hakte Cleroc nach.

»Wegen Brandstiftung«, erwiderte Anger. »Olivier Nevers hat in Barfleur im Keller des Hauses, in dem seine Verlobte wohnte, ein Abteil in Brand gesteckt. Er hat alte Zeitungen angezündet und sie in eine Kellerbox geworfen. Dort waren Lackdosen, Reifen, defekte Elektrogeräte und alte Teppiche gelagert. Es kam zu einem Brand, der auf die Wohnungen übergriff. Die Bewohner wurden über die Drehleiter der Feuerwehr gerettet. Bis auf einen Studenten, der sich im Qualm verirrte und eine schwere Rauchvergiftung erlitt. Das Feuer war bald nach seinem Auffinden unter Kontrolle. Der Mann hat überlebt.«

»Weiß man, warum Nevers den Brand gelegt hat?«, wollte Valérie wissen.

»Seine Verlobte hatte ihn verlassen, eine gewisse Marcelle le Clerc.«

»Das war der Grund?«

Der Techniker nickte. »Ja. Der Verlust muss ihn schwer getroffen haben.«

»Wie ist die Polizei auf ihn gekommen?«, fragte Dumas.

»Ein Nachbar von Madame le Clerc hat ihn zur fraglichen Zeit aus dem Keller kommen sehen und daraufhin die Polizei verständigt. Kurz danach wurde Nevers verhaftet. Er hat die Tat sofort gestanden und auch sein Motiv erklärt.«

»An welchem Tag wurde er verhaftet?« In Lagarde keimte eine Vermutung auf.

»Am 22. März 2011.«

Der Kommissar blickte in die Runde. »In der Nacht des 23. März 2011 stürzte Germaine Marsault die Treppe hinunter. Das kann kein Zufall sein.« Er richtete seine Frage an François Anger. »Olivier Nevers kam am Tag der Brandstiftung nicht in Untersuchungshaft, nicht wahr?«

»Nein«, bestätigte Anger. »Nachdem er erkennungsdienstlich behandelt worden war, sollte ihn eine Polizeistreife in das Krankenhaus von Cherbourg bringen. Er hatte sich beim Entzünden der Zeitungen selbst Brandverletzungen zugefügt. Auf dem Weg dorthin ist er den Kollegen entwischt.«

»Und wo ist er jetzt?«, fragte Delphine Moreau. Sie stand am Fenster, das sie einen Spaltbreit geöffnet hatte, und rauchte. »Die Kollegen haben ihn doch sicher wieder eingefangen?«

»Er ist weg.«

Sie war irritiert. »Wie, weg?«

»Olivier Nevers ist seit seiner Flucht vor fünf Jahren verschwunden. Spurlos verschwunden. Wie vom Erdboden verschluckt. Es gab damals natürlich einen Fahndungsaufruf. Es ist jedoch nichts dabei herausgekommen.«

»Und gestern Nachmittag taucht er nach fünf Jahren in Jobourg auf und tötet Lisette Binet«, konstatierte Cleroc.

»Das ist ja unfassbar.«

Lagarde meldete sich zu Wort. »Kollegen von der Spurensicherung müssen nach Crasville und das Haus von Germaine Marsault nach Fingerabdrücken und sonstigen Spuren untersuchen. Insbesondere den Remisenschlüssel und die Klinke der Tür, die von der Garage in die Küche führt. Ihre ehemalige Nachbarin hat mit erzählt, dass das Haus seit fünf Jahren leer steht. Kaum jemand kümmert sich darum. Es verfällt langsam. Wäre es bewohnt, hätten wir keine Chance mehr. Aber unter diesen Umständen haben wir vielleicht Glück und finden etwas. Wir sollten nichts unversucht lassen.«

»Ich kümmere mich darum«, versicherte der Spurentechniker. Er führte ein kurzes Telefonat mit einem seiner Mitarbeiter.

»Ein Team fährt sofort los«, verkündete er. »Mein Stellvertreter spricht vorher mit dem Staatsanwalt und klärt die rechtlichen Formalitäten.«

»Danke, François. Wir geben einen neuen Fahndungsaufruf heraus«, entschied Cleroc.

»Unbedingt«, stimmte Lagarde ihm zu. Nachdenklich fuhr er fort: »Brandstiftung wird von forensischen Psychiatern als typische Tat von Menschen angesehen, die unfähig sind, Konsequenzen ihres Tuns realistisch einzuschätzen. Sie sind nicht in der Lage, ihre Konflikte zu lösen. Ebenso können sie mit ihren inneren Spannungen nicht umgehen und Kränkungen nicht adäquat verarbeiten.«

»Du meinst, der Mord an Lisette Binet war ein Versuch von Olivier Nevers, innere Spannungen zu lösen?«, fragte Valérie schockiert.

»Das ist durchaus möglich«, antwortete Lagarde.

»Was macht er dann um Himmels willen als Nächstes?«

»Ich weiß es nicht, Valérie. Wir werden zunächst klären, ob er auch Germaine Marsault auf dem Gewissen hat.«

Ludovic Cleroc rieb sich die schmerzenden Schläfen. Er hatte das ungute Gefühl, dass sich ein Sturm über ihnen zusammenbraute, dessen Dimension sie noch gar nicht einschätzen konnten. Er atmete tief durch und blickte in die Runde. »Ich schlage vor, wir vertagen uns. Ich möchte erst die Ergebnisse der Spurensicherung im Haus von Germaine Marsault abwarten. Falls die Kollegen nach so vielen Jahren überhaupt noch etwas finden. Ich danke euch für euer Engagement. Was haltet ihr von einem gemeinsamen Mittagessen? Ich möchte euch gerne einladen. Am alten Hafen gibt es ein neues, entzückendes, kleines Restaurant, in dem man sehr gut essen kann.«

Der Vorschlag wurde gerne angenommen. Als die Gruppe das Kommissariat verließ, hatte der Regen aufgehört. Erste Sonnenstrahlen kämpften sich durch die Wolkendecke, und sie beschlossen, einen Spaziergang zum Hafen zu machen. Aufgrund der bisherigen Erkenntnisse brauchten sie dringend frische Luft.

Das Restaurant am alten Hafen entpuppte sich als ehemaliges Fischerboot, das seinen letzten Ankerplatz auf dem Kai gefunden hatte. Der Rumpf war weiß lackiert und wurde von einem blauen Rahmen eingefasst. Der Steuerstand glänzte ebenfalls meerblau. Im Bauch des Schiffes gähnte eine rechteckige Höhlung, vor der eine von Ankerketten gehaltene Theke angebracht war. Dort konnte man bei einem Aperitif warten, bis ein Tisch frei wurde. Cleroc und seine Gäste hatten Glück. In dem gläsernen Vorbau, der beheizt war und den Wind aussperrte, fanden sie einen freien Platz. Der Wintergarten wurde von einer Metallkonstruktion stabilisiert, an der blaulila Glyzinien üppig rankten. Der Blick ging auf die Marina hinaus. Dort reihten sich Segler Mast an Mast auf den sich kräuselnden, graugrünen Wellen. Auf einer Bastion markierte ein rotweiß gestreifter Leuchtturm die Hafeneinfahrt. Gerade legte der Meerbus ab, der seine Fahrgäste zur Roten Galerie im Zentrum beförderte.

Ein Stewart in schicker Uniform brachte die Speisekarten. Nachdem er die Getränke, Weißwein und eine Karaffe Wasser, serviert hatte, stellte er eine Platte mit ockerfarbenen, rostroten und tanggrünen Wellhornschnecken auf den Tisch. Der Gruß aus der Küche war mit Zitronenschnitzen auf einem Algenbett angerichtet. Dazu wurden Brot und Petersilienmayonnaise gereicht. Mit zweizackigen, schmalen Gabeln zogen sie das köstliche Fleisch aus den gedrehten Schalen, tunkten es in die Sauce und verzehrten es mit Genuss.

»Wann triffst du dich mit den Geschwistern?«, fragte Cleroc, an Lagarde gewandt.

»Heute Nachmittag um fünfzehn Uhr. Nach dem Mittagessen muss ich los.«

»Was willst du ihnen sagen?«

»Ich denke, ich werde ihnen sagen, dass wir ein gemeinsames Gespräch mit ihren Eltern führen müssen. Wir können sie nicht außen vorlassen. Vielleicht liegt dann bereits die Auswertung der Fingerabdrücke vor, falls welche gefunden werden. Das wäre gut.«

»Davon gehe ich aus«, bemerkte Anger. »Mein Team kann sie mit Hilfe der technischen Ausstattung vor Ort vergleichen. Das geht relativ schnell.«

Nun wurden dreistöckige Meeresfrüchteplatten serviert. Bizarr geformte Austern, platte Teppichmuscheln, rosa Crevetten, pralle Jakobsmuscheln und schwarze Strandschnecken waren kunstvoll arrangiert. Jeweils auf der dritten Plattform thronte ein oranger Taschenkrebs. Die Krusten- und Schalentiere waren fangfrisch und schmeckten nach Ozean.

Lagarde beträufelte das Fleisch einer Auster mit Zitronensaft. »War eigentlich ein Fahrzeug auf Olivier Nevers zugelassen?«, fragte er Anger.

»Ja«, erwiderte er. »Ein alter Peugeot, Baujahr 1993, dunkelgrün.«

»Ist der Wagen irgendwo aufgetaucht?«

»Nein, der ist auch spurlos verschwunden.«

»Merkwürdig. Ein Auto kann sich doch nicht einfach in Luft auflösen.«

»Offenbar doch«, meinte der Techniker. Er griff nach einer Jakobsmuschel und genoss das feste, nussige Fleisch. Die Köstlichkeiten auf den Platten hatten sich bereits erheblich reduziert. Roselin Dumas machte sich über einen gewaltigen Krebs her. Valérie liebte Strandschnecken und nahm sich die letzte Portion. Delphine Moreau hatte ein Dutzend Austern, gewürzt mit einem Essigzwiebeldressing, aus der Schale geschlürft und rauchte, tief in Gedanken versunken.

»Wenn ihr einverstanden seid, treffen wir uns morgen wieder um zehn Uhr«, schlug Cleroc vor, während er zartes, weißes Crevettenfleisch aus einer Schale pulte. »Abhängig von der Auswertung der Fingerabdrücke werden wir unser weiteres Vorgehen besprechen.«

Seine Kollegen stimmten zu. Inzwischen waren alle davon überzeugt, dass Olivier Nevers in das Haus von Germaine Marsault eingedrungen war und sie getötet hatte.

Nach dem Käse und dem Mokka verabschiedete sich Lagarde. Er wollte pünktlich im Bistro eintreffen. Anette und Oscar sollten nicht auf ihn warten müssen.

Nach ungefähr einer halben Stunde erreichte der Kommissar das Bistro »Im Wind der Inseln«. Vor dem

Lokal suchte er sich einen sonnigen Platz an einem Tisch neben der alten Platane. Er bestellte gerade bei Gaston einen Milchkaffee, als sein Handy klingelte. Es war François Anger.

»Bingo«, sagte er.

»Mein Team hat Fingerabdrücke von Olivier Nevers auf dem Remisenschlüssel und der Klinke der Küchentür gefunden, wie du es vermutet hattest. Für uns war es ein Glück, dass das Haus seit dem Tod der alten Dame leer stand. Sonst wäre es sehr schwierig bis unmöglich gewesen, diese Spuren zu sichern.«

»Das ging aber wirklich schnell, François«, lobte ihn Lagarde. »Ich danke dir und deinem Team.«

»Keine Ursache, Philippe. Das ist unser Job. Ist Nevers der Mörder der alten Dame? Was meinst du?«

»Davon gehe ich aus, François. Die Kinder haben einen Mann das Haus verlassen sehen. Es war keine Einbildung. Ihre Beschreibung passt auf Nevers. Wer sollte es sonst gewesen sein?«

»Da hast du vermutlich recht.«

Die Männer beendeten ihr Telefonat. Die Information von Anger hatte den Kommissar alarmiert. Nevers mordete also weiter. Sie mussten ihn finden. So schnell wie möglich. Er trank einen Schluck von seinem Milchkaffee, als Anette und Oscar Marsault den Quai Henri Chardon überquerten. Das Mädchen hielt ihren Bruder an der Hand. Lagarde war erleichtert, da er diesmal kein rotes Sparschwein entdecken konnte. Herzlich begrüßte er die Geschwister und bat sie, sich zu ihm zu setzen. Anette hatte unter der karierten Schiebermütze eine ernste Miene aufgesetzt, der kleine Oscar strahlte ihn bewundernd an. Das Mädchen kam gleich auf das Geschäftliche zu sprechen.

»Nun, Herr Kommissar«, begann sie. »Haben Sie über unser Angebot nachgedacht?«

Lagarde unterdrückte ein Schmunzeln. Die Gymnasiastin war wirklich tough. »Eins nach dem anderen«, meinte er. »Zuerst bestellen wir etwas zu essen und zu trinken. Wie wäre es mit Kuchen und Kakao?«

Oscar nickte begeistert. Anette gab nach. Während die Geschwister Schokoladenkuchen aßen, erklärte er ihnen, was er vorhatte.

»Wir können uns nicht hinter dem Rücken eurer Eltern treffen. Wir müssen sie miteinbeziehen.«

Anette protestierte mit hochroten Wangen. »Das hat doch keinen Sinn. Sie haben mir schon damals nicht geglaubt. Ich kriege einen Riesenanpfiff, vielleicht sogar Hausarrest, weil ich keine Ruhe gebe. Wir beide können den Vertrag abschließen, ich bin schließlich volljährig. Das wissen Sie doch bereits.«

Jetzt war sie richtig verärgert. Lagarde versuchte, sie zu beruhigen.

»Du kriegst keinen Anpfiff, Anette. Wir haben neue Erkenntnisse gewonnen, die auch deine Eltern interessieren werden.«

Unauffällig machte er eine Kopfbewegung Richtung Oscar. Die junge Frau verstand sofort, was er meinte. Mit großen fragenden Augen blickte sie ihn an.

»Später, Anette«, bat er sie. »Sind eure Eltern zu Hause?«

Der kleine Oscar gab Auskunft. »Mama arbeitet halbtags. Nachmittags ist sie daheim. Wegen mir. Als ob ich nicht selbst auf mich aufpassen könnte.« Er war empört, dann erzählte er weiter. »Papa hat diese Woche Urlaub. Mama hat darauf bestanden, dass er endlich den Dachboden aufräumt.« Der Junge rollte die Augen. »Es gab Streit«, wusste er zu berichten. »Papa hat nachgegeben, wie immer. Bei uns ist Mama der Chef.«

Lagarde nickte verstehend, als ihm etwas einfiel. »Was habt ihr eigentlich euren Eltern erzählt, wo ihr jetzt seid?«

»Sie glauben, wir sind im Zirkus«, informierte ihn Oscar.

»Und wenn sie wissen wollen, was ihr erlebt habt?«

Der Kleine musterte ihn mitleidig. »Aber Herr Kommissar«, bemerkte er altklug. »Anette und ich haben schon Hunderte von Zirkusvorstellungen im Fernsehen gesehen. Wir improvisieren natürlich.«

Lagarde musste lachen. Die Geschwister waren wirklich bezaubernd.

»Ihr zwei habt es faustdick hinter den Ohren«,

stellte er fest. »Wenn ihr den Kuchen gegessen habt, fahren wir zu euch nach Hause. Einverstanden?«

»Einverstanden«, tönte es zweistimmig.

Das Haus der Familie Marsault lag in einem Wohngebiet im Süden von Saint-Vaast-la-Hougue. Der sonnengelb gestrichene Bungalow und der Garten machten den Eindruck, als ob die Familie gerne und intensiv hier lebte. Fahrräder und ein Skateboard lagen auf der Bauernwiese. In den Blumenbeeten blühten weiße Ranunkeln, violette Stiefmütterchen und gelbe Primeln. Wäsche flatterte auf der Leine. Ein Hund buddelte hingebungsvoll ein Loch, während der Maulwurf schon lange die Flucht ergriffen hatte. Farbige, transparente Fensterbilder verzierten das Küchenfenster. Neben der Eingangstür klimperte ein Muschelwindspiel.

Sie fanden die Eltern von Anette und Oscar im Esszimmer beim Kaffeetrinken. Das Mädchen stellte den Besucher vor.

»Das ist Kommissar Lagarde. Er möchte mit euch sprechen.«

Ihre Mutter erschrak. »Ist etwas passiert? Habt ihr etwas angestellt? Ich dachte, ihr besucht die Vorstellung des Wanderzirkus.«

»Aber nein, Mama«, beschwichtigte Oscar sie. »Wir stellen nie etwas an.« Auf den Zirkusbesuch ging er gar nicht erst ein.

Anette machte ihn auf ihren Hund aufmerksam.

»Oscar, schau doch mal bitte nach Eddi. Der buddelt sich ja kaputt.«

Eifrig rannte Oscar in den Garten und zog den sich heftig wehrenden Hund aus dem Loch. Ein kleiner Junge kam hinzu, ein Skateboard unter den Arm geklemmt. Oscar schnappte sich sein Sportgerät. Gemeinsam mit Eddi rannten die Jungs über die Wiese zu einem asphaltierten Platz.

»Gut gemacht, Anette«, lobte Lagarde sie. »Jetzt können wir reden. Oscar müssen wir mit dieser schrecklichen Geschichte nicht weiter belasten.«

Monsieur Marsault war alarmiert. »Was denn für eine schreckliche Geschichte?«

Lagarde und Anette setzten sich zu den Eltern an den Tisch. Den angebotenen Kaffee nahm der Kommissar gerne an. Er berichtete von dem Gespräch mit den Kindern am gestrigen Tag. Als Marsault hörte, dass Anette den Kommissar hatte engagieren wollen, funkelte er sie wütend an. Unbeeindruckt starrte sie zurück.

»Gestern Nachmittag wurde in Jobourg eine alte Dame die Treppe hinuntergestoßen«, berichtete Lagarde. »Wir wissen inzwischen, wer der Täter ist. Leider ist er spurlos verschwunden. Wir suchen ihn. Im Haus von Germaine Marsault wurden ebenfalls seine Fingerabdrücke gefunden.«

»Sie sind in mein Haus eingedrungen?« Marsault war entrüstet.

»Der Staatsanwalt von Cherbourg hat das Vorgehen abgesegnet. Außerdem gehe ich davon aus, dass Sie ein großes Interesse daran haben, zu erfahren, was Ihrer Mutter widerfahren ist.«

Marsault wurde rot. Seine Frau sah ihn vorwurfsvoll an. »Entschuldigen Sie, Herr Kommissar. Das war eine unpassende Bemerkung. Natürlich will ich wissen, was mit Maman passiert ist.«

»In Ordnung. Es tut mir leid, aber wir gehen davon aus, dass der Mann Ihre Mutter getötet hat.«

Anette begann zu weinen. »Meine liebe Omi! Das ist ja so furchtbar.«

»Der Mann sieht so aus, wie Ihre Tochter ihn beschrieben hat«, fuhr Lagarde fort. Er legte das Polizeifoto auf den Tisch.

«Der Rabe«, flüsterte Anette erschüttert. »Der Rabe hat meine Omi umgebracht.«

»Du hattest recht, Anette. Es war Mord«, bestätigte Lagarde.

Madame Marsault nahm ihre schluchzende Tochter in die Arme. Ihr Mann wirkte wie versteinert.

»Kennen Sie den Mann?«, fragte Lagarde. »Er heißt Olivier Nevers.«

Das Ehepaar schüttelte den Kopf. Sie hatten ihn noch nie gesehen und den Namen noch nie gehört.

»Und wie geht es jetzt weiter?«, wollte Marsault wissen.

»Wie gesagt, wir suchen ihn. Mit Hochdruck.« Mit

Blick auf Anette fuhr Lagarde fort. »Wir werden ihn finden, und er wird seine gerechte Strafe bekommen.«

Unter Tränen lächelte das Mädchen ihn an. »Davon bin ich fest überzeugt, Herr Kommissar. Sie sind der Beste.«

Marie-Louise Proust saß auf ihrer Terrasse und strickte. Auf dem Sessel neben ihr lag zusammengerollt der kleine, schwarze Panther und schlief. Als sie Lagarde hinter dem Zaun erblickte, winkte sie ihm erfreut zu.

»Warten Sie«, rief sie ihm zu. »Das Gartentürchen ist abgesperrt.«

Zwischen rosa blühenden Magnolien und Zierkirschen lief sie zur Pforte und schloss sie auf.

»Guten Tag, Herr Kommissar. Kommen Sie doch herein. Ich habe nicht damit gerechnet, Sie so schnell wiederzusehen.«

»Guten Tag, Madame Proust. Entschuldigen Sie bitte die Störung. Ich will Ihnen nur kurz etwas zeigen.«

»Aber Sie stören doch nicht. Ich freue mich über Ihren Besuch.«

Zusammen betraten sie die Terrasse.

»Nehmen Sie doch Platz, Herr Kommissar«, forderte die einsame Witwe ihn auf. »Ich genieße die letzten Sonnenstrahlen. Bald wird es kühl. Darf ich Ihnen ein Glas Wein anbieten? Ich habe im Keller einen fruchtigen weißen Burgunder. Trinken Sie doch ein Gläschen mit mir.«

Lagarde brachte es nicht über das Herz, der Frau die Bitte abzuschlagen.

»Ein kleines Glas trinke ich gerne mit Ihnen. Dann muss ich weiter.«

Während Madame Proust den Wein holte, betrachtete Lagarde die Bäume im Garten. Er staunte, dass die schneeweißen Knospen der Frühkirschen bereits blühten. Schließlich war es erst März. Die Witwe kam mit einem Tablett auf die Terrasse und goss den Wein in Kristallgläser. Auf einem Teller hatte sie Camembert und blaue Trauben angerichtet. Sie prosteten sich zu und tranken. Madame Proust sah ihn erwartungsvoll an.

»Der Wein schmeckt sehr fein und fruchtig«, versicherte Lagarde. »Er hat ein leichtes Aprikosenaroma.«

Marie-Louise Proust strahlte ihn an. Sie freute sich sichtlich über das Lob. Auffordernd zeigte sie auf die Käseplatte. »Greifen Sie zu. Wussten Sie übrigens, dass ein Priester das Rezept für den Weichkäse erfunden hat?«

»Nein, das ist ja interessant.«

»Der Mann war während der Französischen Revolution auf der Flucht. Eine Frau namens Marie Harel gewährte ihm Unterschlupf. Aus Dankbarkeit schenkte der Priester ihr das Rezept für seine Kreation.«

»Diese Erfindung wurde eine Erfolgsgeschichte«, meinte Lagarde und lachte.

Sie stimmte ein. »Das kann man wohl sagen. Aber verzeihen Sie. Ich rede mit Ihnen über Camembert, dabei wollten Sie mir doch etwas zeigen.«

»Ja, Madame Proust. Das ist richtig. Ich möchte Sie nicht erschrecken, aber ein Abgleich von Fingerabdrücken hat ergeben, dass tatsächlich ein Mann im Haus Ihrer Nachbarin war. Er steht unter dringendem Verdacht, Germaine Marsault getötet zu haben. Die Polizei hat ihn zur Fahndung ausgeschrieben.«

Marie-Louise Proust keuchte vor Entsetzen auf. »Also doch! Die arme Germaine. Was für ein grausames Ende.«

Der schwarze Panther spitzte die Ohren und stieß ein leises Maunzen aus, als hätte er verstanden, worum es ging.

Lagarde zeigte der Frau das Foto. »Ist das der Mann, den Sie am Markttag unter der Platane gesehen haben?«

Die Witwe studierte das Bild genau. »Er war einige Meter von mir entfernt. Sein Gesicht konnte ich deshalb nicht so deutlich erkennen. Aber die langen, dunklen Haare. Der wuchtige Kopf. Die unheimliche Ausstrahlung. Ja, er könnte es gewesen sein. Ziemlich sicher sogar.« Sie starrte auf die Fotografie. »Dieser Mann hat Germaine getötet?«

»Es deutet alles darauf hin.«

»Mein Gott, wie furchtbar!«

»Ja, Madame Proust, das ist furchtbar.«

Lagarde blieb noch eine Weile sitzen, bis die Frau sich ein wenig beruhigt hatte.

»Heute Nacht werde ich in meinem eigenen Haus Angst haben«, äußerte sie ihre Befürchtung.

Lagarde legte seine Visitenkarte auf den Tisch. »Verriegeln Sie Türen und Fenster. Wenn Ihnen etwas ungewöhnlich vorkommt, rufen Sie mich an.«

Die Witwe wirkte ein wenig erleichtert. »Dankeschön, Herr Kommissar. Das beruhigt mich ein wenig. Und viel Erfolg bei Ihren Ermittlungen.«

Lagarde stand vor dem herrschaftlichen Manoir von Crasville und dachte nach. Olivier Nevers hatte sich bereits am Nachmittag im Dorf aufgehalten. Madame Proust war sich ziemlich sicher gewesen, dass es sich bei dem Mann auf dem Foto und jenem unter der Platane um ein und dieselbe Person handelte. Nachdem er den Gendarmen entwischt war, war er hierher gefahren. Was hatte er hier gewollt? Hatte er Germaine Marsault gekannt? Oder hatte er sie zufällig entdeckt und beschlossen, sie zu töten? Aus welchem Grund sollte er das tun? Eine alte, wehrlose Dame? Zur Tatzeit hatte sein Peugeot auf dem Feldweg gestanden, verborgen hinter Gestrüpp. War er danach weggefahren? Aber wohin? Es hätte ihm klar sein müssen, dass die Polizei nach ihm suchen und sein Fahrzeug früher oder später finden würde. Es wäre äußerst riskant gewesen, es weiterhin zu benutzen. Aus diesem Grund könnte er es hier in der Nähe versteckt haben. Vielleicht hatte er nach dem Mord die Nacht im Fahrzeug verbracht und war am nächsten Morgen zu Fuß weitergezogen. Bis zum nächsten Bahnhof oder zu einer Bushaltestelle.

Lagarde sah sich um und überlegte. Im weiten Marschland, das sich bis zum Saum der Dünen ausdehnte, gab es keine Möglichkeit, ein Auto verschwinden zu lassen. Schon von weitem würde man es sehen. Es sei denn, Nevers hätte es in einem Salzbecken versenkt. Dort wäre es jedoch innerhalb weniger Tage entdeckt worden.

Westlich von Crasville erstreckte sich eine große Waldfläche. Dort könnte man ein Fahrzeug verbergen. Für diese Möglichkeit hätte Lagarde sich entschieden.

Kurz entschlossen lief er die wenigen Schritte bis zum Zentrum von Crasville und betrat das Bistro dort. An einem Tisch am Fenster saßen sich zwei Männer gegenüber. Sie waren in ihr Schachspiel vertieft. Hinter der Theke stand der Wirt und polierte den Zapfhahn. Die Stammgäste würden erst später eintreffen. Lagarde setzte sich auf einen Barhocker und bestellte Milchkaffee.

Als der Wirt das Getränk servierte, fragte er: »Sie waren doch gestern schon einmal hier, nicht wahr? Der Mann von der Polizei.«

»Ja. Das ist richtig. Ich würde Sie gerne etwas fragen.«

»Nur zu. Wenn ich helfen kann.«

»In dem Waldgebiet westlich von Crasville – gibt es da eine Scheune, eine Hütte, einen Unterschlupf?«

Der Wirt überlegte. »Ich komme da so gut wie nie hin. Aber warten Sie mal. Albert weiß das bestimmt. Albert!«, rief er.

Der Schachspieler wurde aus einer tiefen Konzentration gerissen und sah irritiert auf. »Was ist denn? Du störst unser Spiel.«

»Der Mann hier ist Polizist und will wissen, ob es im Wald von Crasville eine Hütte oder so etwas Ähnliches gibt.«

Albert wusste Bescheid. »Da steht das Fischerhäuschen von Jean, an einem kleinen See. Dorthin ist er geflüchtet, wenn seine Frau ihm zu sehr auf die Nerven ging. Zum Angeln und Bier trinken. Vor fünf Jahren ist er von seinem eigenen Traktor überrollt worden. Seitdem war, glaube ich, kein Mensch mehr dort. Seine Söhne haben am Angelsport kein Interesse.«

»Wie komme ich dahin?«, wollte Lagarde wissen.

Die Wegbeschreibung von Albert war kurz und präzise. Dann vertiefte er sich erneut in das Schachspiel.

Lagarde bedankte sich, beglich die Rechnung und verließ das Bistro. Er startete seinen Renault Express und fuhr die Landstraße in westlicher Richtung entlang, bis er auf einen Feldweg stieß, der in einigen

Schleifen durch Rübenäcker zum Forst führte. Lagarde folgte ihm bis zum Waldrand und weiter in den Wald hinein. Unter hohen Kiefern rumpelte sein Auto über den Schotterweg. Nach etwa achthundert Metern erreichte er eine Gabelung. Der breite Waldweg führte weiter geradeaus. Ein mit zerbrochenen Ziegeln aufgeschütteter Pfad verlief in südlicher Richtung. Rechts gab es einen Weg, der gerade noch breit genug für ein Fahrzeug war und nach Norden verlief. Lagarde entschied sich für die rechte Gabelung. Albert hatte von einer Kreuzung gesprochen, an der er in nördlicher Richtung weiterfahren sollte.

Der Weg beschrieb einen weiten Bogen, vorbei an Brombeergestrüpp, blühenden Haselsträuchern und Föhren mit schirmförmigen, blaugrünen Kronen.

In der Abenddämmerung tauchte vor einer Lichtung ein Birkenwäldchen auf. Dahinter befand sich ein Teich. Der Weg endete an einer Hütte. Lagarde ließ sein Auto auf dem Weg stehen, stieg aus und sah sich um. Das Nordufer des Weihers wurde von Schilfgras gesäumt. Auf der Südseite, wo er stand, wuchsen Eiben und Erlen. Das ruhige Wasser schimmerte obsidianschwarz. Ein Holzsteg, von Pfosten getragen, schwebte über dem kleinen See. Darauf lagen zwei grüne Plastikstühle, die der Wind umgeblasen hatte. Unter dem Steg breitete sich ein Seerosenteppich aus. Ein Teichrohrsänger trällerte sein Lied. Was sich hinter der niedrigen Holzbalustrade befand, konnte

Lagarde nicht sehen. Ein von Efeu überwucherter Jägerzaun versperrte ihm die Sicht. Er stieg auf den Ast einer Erle und spähte über die Barriere. Vor der alten Fischerhütte gab es eine kleine Terrasse, die von Springkraut und Brennnesseln überwachsen war. Hier war offenbar schon lange niemand mehr gewesen. Die rote Spitze eines gemauerten Grills, ein Holztisch und zwei Bänke ragten aus dem Giersch hervor.

Lagarde umrundete die Hütte und zog dabei Latexhandschuhe über seine Hände. Durch einen Lattenzaun war die Eingangstür zu erkennen. Das verrostete Vorhängeschloss der Gartenpforte war aufgebrochen. Er betrat das Grundstück und rüttelte an der verzogenen Eisentür, bis sie aufsprang. Eine Feldmaus huschte erschrocken an ihm vorbei. Auf der linken Seite des kleinen Raumes stand ein Feldbett. Die Matratze, Kissen und Wolldecken waren von Mäusen zerfressen. Eine Eckbank und ein Tisch waren mit Tierkot bedeckt. Auf der Oberfläche des Tisches standen abgebrannte Kerzen. An der Kopfseite des Raumes gab es ein Regal mit verstaubten Gläsern und Tassen, von dicken Spinnweben überzogen. An der linken Wand hatte ein Holzofen, dessen Türchen offenstand, seinen Platz. Dort roch es nach verbranntem Holz und Kohlenstaub. Neben einem Schrank, der Werkzeug und Anglerausrüstung enthielt, stand ein Kasten Bier. Die Flaschen waren leer und von Schimmel überzogen, die Etiketten von Mäusezähnen angenagt. Es war stickig in dem Häuschen, ein beißender Gestank erfüllte die Luft.

Lagarde trat aus der Fischerhütte und atmete tief durch. Über die Balustrade der Terrasse balancierte eine fette Bisamratte und tauchte im Wasser unter.

Er verließ das verwahrloste Grundstück und folgte einem Trampelpfad. Hinter einem Toilettenhäuschen, das aus Holzdielen gezimmert war und schief unter einer Erle stand, entdeckte er einen Hügel. Brennnesseln überwucherten ihn. Schlingpflanzen und Sternmieren hatten von ihm Besitz ergriffen. Lagarde schaute genauer hin. Das war kein Hügel. Jetzt konnte er die Umrisse eines Autos erkennen. Er zog die klebrigen Fänge der Pflanzen beiseite. Wie Kletten klammerten sie sich an das Blech. Die Farbe des Fahrzeuges war dunkelgrün. Als er am Heck die Nesseln mit Hilfe eines Astes entfernt hatte, konnte er die metallenen Buchstaben der Marke entziffern. Es handelte sich um einen Peugeot. Lagarde spähte durch die verdreckte Scheibe in das Wageninnere. Das Auto schien verlassen zu sein. Soweit er es in der einsetzenden Dunkelheit erkennen konnte, befand sich niemand darin. Nur Kletterpflanzen hatten sich darin eingenistet. Ein unangenehmer Geruch lag in der Luft. Der Schlüssel steckte im Zündschloss. Die Scheibe der Fahrertür war teilweise heruntergelassen und bildete einen circa fünfzehn Zentimeter hohen Spalt.

Entschlossen zog Lagarde gegen den Widerstand des Schöllkrautes die Beifahrertür auf. Ein bestialischer Gestank schlug ihm entgegen. Es war der Geruch von Aas und Verwesung. Entsetzt fuhr er zurück. Ein Fliegenschwarm schoss wie eine dunkle Wolke aus dem Fahrzeug. Die Leiber der Schmeißfliegen schillerten grün im Mondlicht. Es war ein feindseliges giftiges Grün.

Auf dem Rücksitz breitete sich zwischen hellen gezackten Flecken eine bräunliche zähe Masse aus, von der der Gestank ausging. Lagarde blickte auf Tausende von Eiern, Maden und Fliegen, die sich zwischen Federn und Tierkadavern zu krümmen schienen. Was war das? Er hatte keine Ahnung. Vielleicht handelte es sich um verendete Tiere, die durch den Fensterspalt in das Wageninnere gelangt waren und den Weg hinaus aus ihrem Gefängnis nicht mehr gefunden hatten. Sie befanden sich offensichtlich in unterschiedlichen Stadien der Verwesung. Lagarde machte sich im Moment keine großen Gedanken darüber. Das Einzige, was er wusste, war, dass er dieser ekelerregenden Geruchsquelle nicht mehr zu nahe kommen wollte. Rasch schloss er die Tür.

Als er zu seinem Wagen lief, durchdrang das laute weittragende Gelächter eines Grünspechtes den dunklen Wald. Es hörte sich gespenstisch an. Lagarde trank einen Schluck aus seiner Wasserflasche. Er war sich sicher, den Peugeot von Olivier Nevers gefunden zu haben. Hier stand er also seit fünf Jahren, und niemand hatte ihn entdeckt.

Er nahm sein Handy und informierte Ludovic und Roselin über seine Entdeckung. Dann setzte er sich in sein Auto und wartete. Seine Gedanken kreisten um den Fund, den er gemacht hatte. Für eine menschliche Leiche war die Masse auf dem Rücksitz zu klein. Vielleicht lag der flüchtige Mann irgendwo tot im Forst. Sie mussten das weitläufige Waldgebiet durchsuchen. Allerdings war die Wahrscheinlichkeit, dass sich Nevers davongemacht hatte, viel größer.

Nach einer knappen Stunde traf der Hauptkommissar aus Cherbourg ein. Die Scheinwerfer seines Dienstwagens ruckelten auf die Fischerhütte zu. Danach folgte der Kleinbus der Spurensicherung. Das letzte Gefährt dieses kleinen Konvois bildete der blau-weiße Renault der Gendarmerie von Barfleur.

Der kleine Salon war überheizt. Stickige Luft stand im Raum. Die ausgeblichenen verstaubten Vorhänge hatte er sorgfältig zugezogen und die Dunkelheit ausgesperrt. Niemand konnte ihn beobachten. Niemand durfte ihn beobachten. An der Holzdielenwand zwischen den beiden winzigen Fenstern klebten Schwarz-Weiß-Fotografien, die Ausschnitte aus seinem Leben in den letzten fünf Jahren zeigten. Ein Regal beherbergte einen Miniaturfernseher, ein Transistorradio, Kreuzworträtselhefte, eine KFZ-Reparaturanleitung und ein

Tierlexikon. Die Pornohefte waren im Bettkasten versteckt. Ein Schnappschuss in einem vergoldeten Rahmen hatte einen Ehrenplatz zwischen zwei Vasen mit Plastikrosen. Auf dem Bild war ein Paar zu sehen, das die Arme umeinander gelegt hatte und in die Kamera lachte. Ein violettes Hemd mit gelben Streifen hing auf einem Bügel am Regal.

Auf dem alten Campingtisch stand eine Flasche Schnaps. Sie war leer. Der alte Quacksalber hatte sie bis auf den letzten Tropfen ausgetrunken. Jetzt saß er zusammengesunken auf der Bettcouch und schnarchte leise. Ein Speichelfaden rann ihm aus dem rechten Mundwinkel. Im Schein der Deckenlampe erschien sein Gesicht gelblich grau. Tiefe Furchen durchzogen seine Pergamenthaut. Das schmutzig weiße Haar hing wirr auf seine schmächtigen Schultern.

Olivier Nevers saß auf einem Klappstuhl und beobachtete ihn geduldig. Die derbe Rabennase, der wuchtige Kopf und der massige Körper schienen noch riesiger geworden zu sein. Als er sicher war, dass der alte Mann fest schlief, erhob er sich leise. Die schwarze, abgeschabte Ledertasche mit den Arzneimitteln stand neben dem Tisch. Olivier zog geräuschlos die braune Flasche mit dem Chloroform heraus. Er entfernte den Verschluss und goss einen Teil der wasserklaren Flüssigkeit in ein Röhrchen. Dieser Vorgang musste schnell durchgeführt werden. Wichtig war es dabei, die Luft anzuhalten.

Rasch drehte er die Kappe auf die Flasche und verkorkte das Röhrchen. Das Chloroform stellte er in die Tasche zurück, das Röhrchen versteckte er an einem sicheren Platz. Er setzte sich wieder hin und war sehr zufrieden. *Olivier war clever.* Der senile Alte würde den Diebstahl nicht bemerken. Er beschloss, ihn aufzuwecken und nach Hause zu schicken. Olivier war müde und wollte in sein Bett. Er hatte wichtige Dinge zu erledigen und musste ausgeschlafen sein. Die Erfüllung seines Traumes rückte immer näher.

DAS HAUS VON PRÉVERT

DRITTER TAG

Die Kommissare Cleroc und Lagarde, die Rechtsmedizinerin Delphine Moreau und der Chef der Spurensicherung Anger hatten sich kurz vor zehn im Besprechungszimmer der Kripo Cherbourg versammelt. Die Männer tauschten sich mit lebhaften, verzweifelten Gesten über ein Rugbyspiel aus, das am Wochenende ausgetragen worden war. Ihre favorisierte Mannschaft hatte eine blamable Niederlage einstecken müssen. Moreau stand am Fenster, rauchte und fragte sich, wie man seine Zeit mit derartigen Banalitäten vergeuden konnte. Pünktlich zur vollen Stunde stießen der Chef der Gendarmerie von Barfleur und seine Assistentin Valérie dazu. Cleroc hatte für die Besprechung Kaffee, Wasser und Croissants aus der Polizeikantine bringen lassen. Als die Gruppe vollständig war, ergriff er das Wort.

»Guten Morgen, Kollegen. Ich danke euch, dass ihr gekommen seid. Zunächst möchte ich die Formalitäten klären. Mein Wunsch ist es, dass wir ein Team bilden. Ein gleichberechtigtes Team, unabhängig vom Dienstgrad. Unser Ziel ist es, Olivier Nevers zu finden. Ich gehe davon aus, dass er vor fünf Jahren Germaine Marsault und vorgestern Lisette Binet getötet hat. Wir wissen nicht, was er in Zukunft plant. Vielleicht einen dritten Mord.«

Valérie sah ihn entsetzt an. Auf diesen Gedanken war sie noch gar nicht gekommen.

Cleroc wandte sich an Lagarde. »Wenn du einverstanden bist, möchte ich dich als offiziellen externen Berater zu dem Fall hinzuziehen. Mit dem Polizeipräsidenten Lanoux habe ich bereits gesprochen. Er ist einverstanden. Ich sehe schon die Schlagzeilen in den Medien vor mir. Alte Damen werden sich in ihrem eigenen Heim nicht mehr sicher fühlen. Der öffentliche Druck wird immens werden. Ich kann jede Unterstützung gebrauchen. Was meinst du, Philippe?«

Lagarde hatte sich bereits entschieden. »Ich bin dabei, Ludovic.«

»Danke.« Cleroc sah auf Valérie und ihren Chef. »Euch beide möchte ich auch im Team haben. Ihr wart damals in Crasville als örtliche Gendarmerie zuständig. Deshalb seid ihr mit dem Fall vertraut. Lanoux ist auch damit einverstanden.«

Roselin Dumas wollte etwas sagen. Er schien aufgeregt.

»Moment«, bat Cleroc. »Ich bin noch nicht fertig. Was jetzt kommt, sage ich nur einmal. Dann will ich nichts mehr davon hören. Ihr habt nichts falsch gemacht. Gar nichts. Euer Vorgehen im Todesfall Germaine Marsault war absolut korrekt. Der Hausarzt der Frau hat den Totenschein noch vor Ort ausgestellt, weil alles auf einen Unfall hindeutete. Bei einem Gespräch gestern mit Philippe hat er Chloroformgeruch definitiv ausgeschlossen. Ein Kinderpsychologe hat in einem Gutachten bestätigt, dass die Aussage der damals dreizehnjährigen Anette Marsault nicht glaubwürdig war. Mehr konnte man nicht tun. Basta.«

Cleroc konnte äußerst energisch werden, auch wenn er normalerweise einen sanftmütigen Eindruck machte.

»Also, was sagt ihr zu meinem Vorschlag?«

Valéries fuchsroter Pferdeschwanz wippte vor Aufregung, ihre Augen strahlten. Erwartungsvoll blickte sie auf ihren Chef. Er hatte das letzte Wort.

»Einverstanden«, brummte Dumas. Er war mit dem Verlauf des Gespräches mehr als zufrieden. Letzte Nacht hatte er kaum Schlaf gefunden. Er hatte sich schwere Vorwürfe bezüglich der damaligen Ermittlungen gemacht und sich regelrecht in scheinbare Fehler hineingesteigert. Seine Assistentin war begeistert von der neuen Herausforderung. Sie würden einen Mörder jagen, bis er gestellt war.

Delphine Moreau meldete sich zu Wort. »Es kann doch durchaus sein, dass beim Tötungsdelikt von Germaine Marsault tatsächlich kein Chloroform verwendet wurde. Vielleicht hat sie sich so heftig gewehrt, dass der Täter beschloss, sein nächstes Opfer zu betäuben. Er hat sein Vorgehen verändert, angepasst. Wenn ihr so wollt, verfeinert.«

Cleroc stimmte ihr zu. »Das ist durchaus möglich, Delphine.« Er schenkte sich einen Kaffee ein, überlegte einen Moment und fuhr fort: »Also, Kollegen, jetzt sind wir ein Team. Ich schlage vor, dass François berichtet, welche Spuren am Teich, im Wald, in der Fischerhütte und im Fahrzeug gefunden wurden.« Erklärend wandte er sich an Delphine. »Philippe hat einen dunkelgrünen Peugeot im Forst bei Crasville entdeckt.«

Anger schlug eine Mappe auf und begann mit seinen Ausführungen. »Der Peugeot ist auf Olivier Nevers zugelassen. Wenn man die Wachstumszeit der Wildpflanzen berücksichtigt, kann man davon ausgehen, dass er dort tatsächlich seit fünf Jahren stand. Meine Kollegen und ich haben eine halbe Stunde gebraucht, um das zähe Gestrüpp zu entfernen. Wir haben den Wagen abgeschleppt und ihn in unsere neue kriminaltechnische Untersuchungshalle nach Cherbourg gebracht. Die Fahrzeugpapiere lagen im Handschuhfach. Auf Colaflaschen und Zigarettenschachteln konnten die Fingerabdrücke von Nevers sichergestellt werden.«

Er trank einen Schluck Kaffee, dann fuhr er mit seinem Bericht fort.

»Nun zu der undefinierbaren Masse auf dem Rücksitz. Die Laboruntersuchungen haben ergeben, dass es sich bei den Spuren ursprünglich um eine Lammschulter handelte. Sie war damals in einer Papiertüte verpackt gewesen. Durch den Verwesungsprozess kam es zu einer Madenbildung. Die Fliegen haben sich ständig vermehrt und waren im Auto eingeschlossen. Durch den Fensterspalt gelangten Kleintiere in das Auto, die nicht mehr herausfanden. Es handelte sich um Vögel, Eichhörnchen und Ratten.«

Delphine war erstaunt. »Nevers entwischt der Polizei. Irgendwann danach kauft er eine Lammschulter. Nachts tötet er Germaine Marsault. Schließlich lässt er seinen Peugeot im Wald stehen und verschwindet spurlos. Die Abfolge der Ereignisse finde ich seltsam.«

»Er war nachmittags auf dem Markt von Crasville«, erklärte Lagarde. »Vielleicht hat er sie dort gekauft und dann seine Pläne geändert.«

»Möglich«, meinte sie. »Aber dennoch seltsam.«

»Als Germaine Marsault getötet wurde, stand sein Peugeot auf einem Feldweg nahe Crasville«, erläuterte Lagarde. »Ich nehme an, dass er nach der Tat in den Wald fuhr. Es muss ihm klargeworden sein, dass er das Auto nicht mehr benutzen konnte. Die Polizei suchte ihn.«

Anger ergriff das Wort. »Ich gehe davon aus, dass Nevers in der Fischerhütte übernachtet hat. Seine

Fingerabdrücke befanden sich auf der Türklinke, auf dem Griff des Ofens und auf fünf Bierflaschen.«

Lagarde nickte dem Kollegen zu. »Jetzt fehlt uns noch der Zeitraum zwischen dem Marktbesuch am Nachmittag und der Durchführung der Tat nach Mitternacht.«

»Wir haben noch etwas gefunden«, berichtete Anger. »An einem Brombeergebüsch hatte sich ein Stofffetzen verfangen. Es handelt sich um einen festen dunkelgrauen Leinenstoff.«

»Die Nachbarin hat ausgesagt, dass der Mann auf dem Marktplatz einen dunklen Overall trug«, bemerkte Lagarde. »Das könnte passen.«

»Sonst noch etwas, François?«, fragte Cleroc.

»Eine Suchmannschaft mit Mantrailern hat heute Morgen nach Sonnenaufgang begonnen, den Forst von Crasville zu durchsuchen. Bisher haben sie nichts gefunden. Das war's vorläufig.«

»Ich danke dir.«

»Wo hat Nevers eigentlich gewohnt?«, erkundigte sich Valérie.

»Bei seiner Mutter in Barfleur«, klärte Cleroc sie auf. »Ernestine Nevers.«

»Und wo hat er gearbeitet?«, wollte Dumas wissen.

Cleroc hatte seine Hausaufgaben gemacht. »In einer Autowerkstatt in Réville.« Er rieb sich die Hände und dachte nach. »Ich möchte jetzt gerne die Aufgaben verteilen, um die Ermittlungen voranzutreiben. Folgendes Vorgehen habe ich mir überlegt: Ich spreche mit der damaligen Verlobten von Nevers, Marcelle le Clerc. Philippe, dich möchte ich bitten, seine Mutter aufzusuchen. Roselin, du übernimmst die Autowerkstatt. Valérie, du fährt bitte nach Jobourg und befragst die Nachbarn von Lisette Binet. Seid ihr einverstanden?«

Alle nickten.

»Gibt es noch Fragen?«

Die Kollegen verneinten. Bis auf Lagarde.

»Eine Frage geht mir andauernd durch den Kopf«, erklärte er. »Nevers tötete Germaine Marsault vor fünf Jahren. Lisette Binet fiel ihm vorgestern zum Opfer.«

Cleroc nickte. »Ich verstehe, worauf du hinaus willst. Darüber habe ich mir auch schon Gedanken gemacht.«

Delphine Moreau brachte es auf den Punkt. »Was hat der Täter in der Zwischenzeit getrieben? Ihr müsst nach alten Fällen suchen, bei denen der Tathergang ähnlich war.«

»Genau«, bestätigte Lagarde. »Für diese Aufgabe schlage ich Valérie vor. Bei Internetrecherchen ist sie unschlagbar.«

Die Polizistin lächelte ihn dankbar an.

»Einverstanden«, meinte Cleroc. Er schätzte die junge Polizistin sehr. Als sie gemeinsam den Mord an einer Frau aufgeklärt hatten, die vom Täter im Wald vergraben worden war, hatten ihn ihre messerscharfe Intelligenz und ihre Beobachtungsgabe sehr beeindruckt. »Übernimmst du die Aufgabe, Valérie?«

»Sehr gerne.«

»Gut. Dann machen wir uns an die Arbeit. Morgen früh um zehn Uhr treffen wir uns wieder. Ansonsten telefonieren wir. Ich wünsche euch viel Erfolg.«

Der Hauptkommissar eilte aus dem Raum. Zunächst musste er zu einer Gerichtsverhandlung, um in einem Strafprozess eine Aussage zu machen.

Delphine Moreau lehnte am offenen Fenster und zündete sich eine Zigarette an. Ein Windstoß fuhr durch ihre Haare.

»Wenn ich auf der Flucht bin und mir die Polizei auf den Fersen ist, gehe ich dann in aller Ruhe Lammschulter kaufen?«, sinnierte sie. »Dafür muss es eine plausible Erklärung geben. Und sie könnte wichtig sein.«

»Du würdest Zigaretten kaufen gehen«, scherzte Lagarde und grinste sie an.

»Und Diätcola«, ergänzte sie. Es war bei der Polizei allgemein bekannt, dass sie nach dem süßen, kalorienfreien Getränk regelrecht süchtig war.

»Wir finden eine logische Erklärung, Delphine«, versicherte der Kommissar.

»Davon gehe ich aus. Und jetzt entschuldigt mich bitte. Ich muss zurück in meinen Keller.«

Sie warf die Kippe aus dem Fenster und verließ den Besprechungsraum. François Anger begleitete sie. Sie diskutierten angeregt über die Stadien des Verwesungsprozesses und ihre jeweiligen Besonderheiten. Valérie packte ihre Unterlagen in eine Tasche. »Ich möchte gerne gleich nach Jobourg fahren«, erklärte sie. »Wenn du nichts dagegen hast, Roselin.«

»Ich dachte, wir gehen erst mal Mittagessen«, meinte ihr Chef erstaunt. »Hast du keinen Hunger?«

»Nein, mich hat das Ermittlungsfieber gepackt.«

»Wie du meinst. Du kannst den Dienstwagen nehmen. Ich kann sicher mit Philippe nach Barfleur zurückfahren.«

»Natürlich«, bekräftigte Lagarde. »Ich nehme dich gerne mit.«

»Und nach dem Mittagessen legen wir los.«

Gemeinsam verließen sie das Polizeigebäude. Auf dem Parkplatz winkten die Männer Valérie nach, bis sie im Verkehrsgewühl verschwunden war. Schließlich brachen sie auf und fuhren nach Barfleur zurück. Die beiden Polizisten hatten beschlossen, ihr Mittagessen »Im Wind der Inseln« nahe der Gendarmerie von Barfleur einzunehmen. Lagarde fand einen Parkplatz an der Mole. Es war Ebbe, und die Fischerboote saßen im Schlick fest. Dazwischen lagen verstreut weiße und rosa Bojen. Die grüne Algendecke wurde von Wasserläufen durchzogen. Jenseits des Hafenbeckens befand sich in einem Lorbeerhain eine kleine Ansiedlung aus Granitsteinhäusern mit roten und grauen Dächern. Auf der Kaimauer erhob sich auf einem steinernen Podest ein Leuchtturm. Als die Polizisten den Quai Henri Chardon überquerten, zerrten ungestüme Windböen an ihrer Kleidung. Es war ein kalter, stürmischer Tag. Die Sonne verbarg sich hinter einem dunklen Wolkengebirge.

Im Bistro fanden sie einen freien Tisch direkt hinter der Glasfront. Gaston begrüßte sie und reichte ihnen die Speisekarte.

»Ich empfehle das Tagesmenü«, sagte er. »Fischsuppe, gegrillter Wolfsbarsch, Rohmilchkäse, Mousse au Chocolat.«

Die Männer waren einverstanden. Bald genossen sie das gute Essen und diskutierten den Fall.

»Valérie wird bei ihren Recherchen doch nicht auf ein weiteres Verbrechen stoßen?« Der Gendarm war beunruhigt. »Was für ein Mensch vergreift sich an harmlosen, alten Damen?«

Lagarde verteilte geriebenen Käse auf den Croutons und setzte sie auf die Suppe. »Ein Mensch, der sehr wütend auf sie gewesen sein muss«, mutmaßte er. »Ich frage mich die ganze Zeit, ob Nevers die Frauen kannte. Wenn ja, was haben sie ihm getan?«

»Dann muss es eine Verbindung geben«, folgerte Roselin.

»Wie meinst du das?«

»Na ja, zum Beispiel, dass beide Frauen Lehrerinnen waren und ihn unterrichtet haben. Sie konnten ihn nicht leiden und haben ihn das spüren lassen. Meine Geschichtslehrerin hat mich gequält. Ich habe sie gehasst.«

»Du hast sie aber nicht getötet, nehme ich an.«

Der Gendarm lachte. »Nein, aber manchmal hätte ich es gerne getan.« Er hatte die Suppenschale leer gelöffelt und freute sich auf den Fisch.

»Wir werden den Hintergrund der beiden Frauen durchleuchten«, entschied Lagarde.

»Dein Gedanke ist gut. Womöglich stoßen wir auf eine Spur.«

Lagarde zerlegte den Barsch und sog den Duft des zarten Fleisches ein. »Wir werden sehen, was Valérie bei ihren Recherchen herausfindet«, meinte er. »Es kann ja auch sein, dass Nevers es genau auf die beiden Frauen abgesehen hatte. Dann stellt sich die Frage, warum er solange mit dem zweiten Mord gewartet hat.«

Roselin träufelte Zitronensaft auf die rösche, braune Haut des Fisches. »Womöglich war er im Gefängnis. Oder er war lange krank.«

»Wir werden das alles überprüfen«, versicherte Lagarde. »Was mich beunruhigt, ist die Frage, was Nevers vorhat. Verfolgt er einen Plan?«

»Wir müssen ihn so schnell wie möglich finden«, meinte Roselin.

Nachdem sie zum Abschluss ihres Mittagessens einen Mokka getrunken hatten, machte sich der Gendarm auf den Weg nach Réville. Er wollte die Autowerkstatt aufsuchen, in der Olivier Nevers vor fünf Jahren gearbeitet hatte. Auf der Küstenstraße herrschte wenig Verkehr. Nach einer Viertelstunde war er kurz vor seinem Ziel. Vor ihm erstreckte sich der schöne Sandstrand des kleinen Ortes. Er lag in einer sichelförmigen Bucht, die nach Süden ausgerichtet war. Vor dem Saum des Nadelwaldes zwischen Felsen standen bunt lackierte Holzhäuschen, die als Umkleidekabinen dienten. Im Sommer tummelten sich hier Einheimische und Touristen. Bei Flut stürzten sie sich in die Wogen, bei Ebbe veranstalteten sie Picknicks, spielten Volleyball und sonnten sich. Jetzt stemmte sich ein Pärchen gegen den Nordwind. Sie hielten sich an den Händen und lachten sich an. Auf dem alten, hölzernen Pier saßen alte Männer auf Klappstühlen und plauderten. Sie warteten auf die Flut, um ihre Angeln auszuwerfen. Die meisten von ihnen hatten ihre Hunde dabei, die friedlich auf den Planken lagen.

Roselin folgte der Hauptstraße durch das Städtchen, vorbei an Restaurants, Cafés, Patisserien und Souvenirläden. Vor einem Geschäft, ausgestellt auf einem Ständer, wurden Eimer, Kescher, kleine Schaufeln und Harken angeboten. Durch den Anblick dieser überaus praktischen Gegenstände kam ihm seine bevorzugte Freizeitbeschäftigung in den Sinn und zauberte ein Lächeln auf sein Gesicht. Dumas war ein leidenschaftlicher Pêcheur à Pied, ein Fischer zu Fuß. Wenn er dienstfrei hatte, zog es ihn bei Ebbe auf die unendliche Wattfläche auf der Suche nach Muscheln, Schnecken und Langusten. Morgen könnte es vielleicht klappen.

Fröhlich pfiff er eine Melodie. Am Ortsausgang passierte er die Kirche aus verwittertem grauem Granitstein. Der viereckige Turm wurde von einer Spitze gekrönt, die in den graphitgrauen Himmel stach. Eine ornamentierte Umrandung zierte ihren Sockel. Er überquerte ein Flussbett über eine sechsbogige Steinbrücke und fuhr auf einer Schotterstraße weiter. Die Werkstatt lag außerhalb des Ortes auf einem Stück Brachland zwischen Prielen, Salzbecken und Schilfgras. Das Grundstück war von einem Maschendrahtzaun umgeben, der am oberen Rand mit Stacheldraht umwickelt war. Das schwere Eisentor stand offen. Ein Bogen überspannte die Einfahrt. In der Mitte prangte das Logo des Betriebes. Ein silberner Autoreifen, der die Buchstaben AWD umschloss. Darunter stand der Firmenname: Autowerkstatt Dupont.

Der Gendarm stellte seinen Dienstwagen am Wegrand ab und ging in den Hof. Rechter Hand gab es eine Werkstatt mit einer Hebebühne und einer Grube, über der ein Fahrzeug stand. Überall lagen Reifen, Werkzeug und Ersatzteile auf dem Boden verstreut.

Aber eigentlich handelte es sich bei diesem Betrieb eher um einen Schrottplatz. Ausgeschlachtete Autos stapelten sich hinter einer gewaltigen verrosteten Presse. Daneben war ein Hügel aus alten Batterien aufgeschichtet. Ersatzteile für Personenkraftwagen, Traktoren, Lastfahrzeuge und Boote lagen sortiert auf der staubigen Erde.

Plötzlich schoss ein Hund aus der Werkstatt, rannte auf Roselin zu und bellte furchterregend. Der Gendarm schrak zusammen. Vor Hunden hatte er großen Respekt. Vor allem vor Kampfhunden. Der Pitbull stoppte abrupt einen Meter vor ihm, fixierte ihn mit stechenden glutroten Augen und knurrte ihn böse an. Er bleckte lange, messerscharfe, gelbe Zähne. Es handelte sich um ein besonders hässliches Exemplar mit einer platten schiefen Schnauze, einem Trommelbauch und dünnen krummen Beinen.

»Zurück, Wotan!«, schrie ein Mann.

Er war vor der Werkstatt aufgetaucht und lief nun auf den Gendarmen zu. Der Hund gehorchte und trottete davon. Als er sein Herrchen erreichte, bekam er als Lob für seine Wachsamkeit einen liebevollen Klaps. Dabei bückte sich der Mann und bot Roselin die Rückenansicht seines dunkelgrauen Overalls dar. In den Leinenstoff war das Firmenlogo eingewirkt. Ein silberner Reifenkreis mit den Buchstaben AWD in der Mitte, die jetzt auf dem Kopf standen. Anette hatte den Ring und zwei der Buchstaben in jener

Nacht gesehen und immer wieder präzise beschrieben. Niemand hatte ihr geglaubt. Auch er nicht.

»Was will die Polizei hier?«, fragte der Mann in barschem Ton. Er war groß, breitschultrig und muskulös. Seine kupferfarbenen Haare fielen in wilden Locken um sein Gesicht. Die Züge waren grob und unsympathisch.

Dumas stellte sich vor und forderte: »Ich möchte den Chef sprechen.«

»Der steht vor Ihnen.«

»Wie heißen Sie?«

»Jean-Pierre Dupont. Also, was wollen Sie?«

»Ich komme wegen Olivier Nevers.«

»Der Blödmann arbeitet schon seit fünf Jahren nicht mehr hier. Der ist einfach abgehauen und hat mich mit der ganzen Arbeit sitzen lassen. Aber egal, ich hätte ihn sowieso gefeuert. Damals war die Polizei ständig hier und hat ihn gesucht. Und jetzt kommt wieder einer daher.«

»Warum wollten Sie ihn feuern?«

»Er hat mich betrogen, der miese Kerl. Wegen Marcelle.«

»Was hat er denn gemacht?«

»Wir verkaufen Autoteile. Das ist unser Hauptgeschäft. Olivier war eigentlich immer zuverlässig und hat auf verschiedenen Touren unsere Händler angefahren. Kurz bevor er verschwand, hat er bei einem Kunden nach alten Batterien gefragt. Er hat sie eingeladen und mitgenommen. Statt sie hier abzuliefern, hat er sie an einen Schrotthändler verhökert. Das Geld hat er in die eigene Tasche gesteckt. Noch bevor er zurück war, hat der Kunde angerufen und gefragt, ob die Batterien eingetroffen sind. So bin ich Olivier auf die Schliche gekommen. Es war reiner Zufall.«

Dumas nickte. In der Schrotthändlerbranche kam es häufiger zu Betrügereien. Wer würde es schon merken, wenn ein Kotflügel aus einem Schrottberg fehlte.

»Wieso wegen Marcelle?«, fragte er. »Das verstehe ich nicht.« Dupont schnaubte verächtlich.

»Sie war damals seine Verlobte. Ständig wollte sie Geld von ihm. Ich glaube sogar, dass der Trottel für den Sex mit ihr bezahlen musste. Sein Lohn hat nicht mehr gereicht.«

»Sie meinen, deshalb hat Nevers Sie bestohlen. Weil sein Geld für die Forderungen und Ansprüche seiner Verlobten nicht gereicht hat?«

»Genau. Das meine ich.«

»Und was für ein Typ war er sonst so?«

»Bevor er Marcelle kennenlernte, war er zuverlässig und vertrauenswürdig. Er hat, ohne zu murren, zusätzliche Touren übernommen, wenn meine anderen Mitarbeiter Feierabend machen wollten. Er war ein gutmütiger, vertrauensseliger Kerl. Marcelle hat ihn um den Finger gewickelt. Für sie hätte er alles getan. Sie war seine große Liebe. Merkwürdig fand ich, dass

Olivier noch bei seiner Mutter lebte. In seinem Kinderzimmer. Sie hat für ihn gekocht und gewaschen. Wie für ein kleines Kind. Aber na ja. Soll doch jeder nach seiner Façon leben.«

»Hat Nevers sich mal bei Ihnen gemeldet oder Sie besucht?«

»Nein, ich habe nie mehr etwas von ihm gehört.«

»Haben Sie eine Ahnung, wo er stecken könnte?«

»Nein. Nicht die geringste. Aber warum suchen Sie ihn überhaupt und stellen so viele Fragen? Immer noch wegen damals?«

»Ich kann Ihnen keine Auskunft geben, da es sich um ein laufendes Ermittlungsverfahren handelt«, erklärte der Gendarm. Er reichte dem Schrotthändler seine Visitenkarte. »Rufen Sie bitte an, wenn Sie etwas von Nevers hören.«

»Mache ich. Ich glaube aber nicht, dass er sich meldet. Ich bekomme noch das Geld für die Batterien von ihm.« Dupont lachte. »Das kann ich wohl abschreiben.«

»Wahrscheinlich«, stimmte Dumas zu. »Ich danke Ihnen für das Gespräch.«

»Keine Ursache. Jetzt habe ich Ihnen nicht einmal einen Kaffee angeboten. Dabei bin ich normalerweise gar nicht so unhöflich.«

»Ist schon in Ordnung«, erwiderte der Gendarm. »Ich muss sowieso weiter. Auf Wiedersehen, Monsieur Dupont.«

Als Roselin Dumas den Hof verließ, blickte Jean-Pierre Dupont ihm mit undurchdringlicher Miene hinterher. Der Polizist wendete sein Dienstfahrzeug und folgte dem Schotterweg zurück nach Réville.

Während das Auto über die Kiesel holperte, dachte er über die Aussage von Dupont nach. Hatte der Mann die Wahrheit gesagt? Er war sich keineswegs sicher. Außerdem konnte er es sich gut vorstellen, dass auf diesem abgelegenen, mit Stacheldraht gesicherten Grundstück krumme Geschäfte an der Tagesordnung waren. Vielleicht war der Werkstattbetrieb nur Tarnung für kriminelle Machenschaften.

Plötzlich fiel ihm ein, dass er Brigitte anrufen wollte. Sie war seine siebzehnjährige Tochter und wohnte noch bei ihm zu Hause. Ihre Mutter hatte sie verloren, als sie noch ganz klein war. Sie war die Jüngste von vier Geschwistern, und Roselin liebte sie über alles. Nach einem Praktikum auf einem Reiterhof hatte sie sich entschieden, weiter die Schule zu besuchen und das Abitur zu machen. Er war stolz auf sie. Aber in letzter Zeit steckte sie immer mit diesem Viktor zusammen, den sie letzten Sommer kennengelernt hatte. Roselin ermahnte sich selbst. Brigitte war vernünftig. Sie konnte gut auf sich selbst aufpassen. Er verhielt sich wirklich wie eine Glucke. Valérie hatte schon recht. Trotzdem tippte er die Handynummer seiner Tochter ein.

Am Cap Cotentin lagen zwischen Meer und Heideland bezaubernde kleine Weiler. Die Häuser aus Sandstein und Schiefer schmiegten sich aneinander und trotzten auf diese Weise starkem Wind und Stürmen. Niedrige Steinmauern schützten Pferde, Kühe und Schafe vor den kräftigen Böen. Goldgelber Stechginster wuchs auf den Felsplateaus. Das Ende der Welt war ein wilder Landstrich, ausgezeichnet mit einem intensiven Licht, den Gesängen des Meeres und süßem Heideduft. Hohe Klippen stürzten sich in die Tiefe.

Valérie hatte Jobourg erreicht und stand vor dem Haus von Lisette Binet. Im geharkten Vorgarten blühten in einem Bottich weiße, rote und lila Ranunkeln. Das Häuschen mit den wasserblauen Fensterläden stand jetzt leer. Die Polizistin dachte traurig an die alte Frau, die so jäh und grausam aus ihrem Leben gerissen worden war. Schräg versetzt hinter dem Anwesen, in einem Bauerngarten, lag das Haus ihres Nachbarn. Paul Besson hatte die Polizei gerufen, weil er sich Sorgen um Lisette Binet gemacht hatte. Ansonsten wäre sie erst viel später gefunden worden. Ein Chloroformgeruch hätte nicht mehr festgestellt werden können.

Valérie folgte einem Fußweg zwischen niedrigen Holzzäunen, öffnete die Gartenpforte und klingelte an der Haustür. Schnell rückte sie noch ihre Krawatte zurecht.

Ein Mann um die siebzig Jahre alt öffnete. Er

stützte sich schwer auf einen Gehstock. Sein Gesicht war bleich und wirkte versteinert. Die grauen Haare standen wirr vom Kopf ab. Das karierte Hemd, das in einer braunen Cordhose steckte, war falsch zugeknöpft. Es war Paul Besson. Sie hatte ihn in jener schrecklichen Nacht kennengelernt. Nachdem er erfahren hatte, was seiner Nachbarin zugestoßen war, war er in einen Schockzustand gefallen und hatte kein Wort mehr sprechen können. Der Notarzt hatte ihn versorgt. Einen Krankenhausaufenthalt hatte der Mann abgelehnt. Er schien seit dem Verbrechen um Jahre gealtert zu sein. Warme braune Augen musterten die junge Frau. Dann huschte ein Lächeln über sein Gesicht.

»Ich erkenne Sie wieder«, sagte er. »Sie waren auch dabei, als Lisette gefunden wurde.«

Valérie lächelte zurück. »Guten Tag, Monsieur Besson. Sie haben recht, ich war auch dabei. Darf ich eintreten? Ich möchte Ihnen gerne ein paar Fragen stellen.«

»Natürlich. Kommen Sie. Gehen wir doch in die Küche. Ich habe gerade Tee gekocht.«

Die Polizistin folgte ihm in den kleinen ordentlichen Raum. Sie setzten sich an einen Holztisch, dessen Platte von Messerkerben übersät war.

»Möchten Sie eine Tasse Tee?«, fragte Paul Besson. »Zum Aufwärmen. Es ist ja ein stürmischer kalter Tag.«

»Gerne.«

Mit zittrigen Händen füllte er das dampfende Getränk in Porzellanbecher.

»Wie geht es Ihnen, Monsieur Besson?«, erkundigte sich Valérie fürsorglich.

»Nun, nicht besonders gut, ehrlich gesagt. Der brutale Mord an meiner Nachbarin hat mich aus der Bahn geworfen. Ich trauere um sie und finde nachts keinen Schlaf.«

»Das tut mir sehr leid, Monsieur Besson. Sie beide waren befreundet, nicht wahr?«

»Ja, wir kannten uns schon von Kindesbeinen an. Wir sind beide in Jobourg aufgewachsen und haben immer hier gelebt. Am Cap de la Hague ist es so schön, da will man nicht weg.«

Die Polizistin nickte voller Überzeugung. Diese Einstellung konnte sie verstehen. Es war wirklich wunderschön hier.

»Ist in den letzten Tagen oder Wochen etwas Außergewöhnliches passiert? Gab es beunruhigende Vorfälle? Haben Sie seltsame Beobachtungen gemacht?«, fragte sie.

Der alte Mann schüttelte bedauernd den Kopf. »Mir ist überhaupt nichts aufgefallen. Alles war wie immer. Lisette hat einen ausgeglichenen Eindruck auf mich gemacht. Sie war fröhlich und voller Lebensmut. So kannte ich sie.«

Valérie hatte noch eine Frage. »Was uns besonders

interessiert, Monsieur Besson. Wie hat Lisette Binet den Tag verbracht, bevor sie getötet wurde? Wo war sie? Hat sie jemanden getroffen? Hat sie Ihnen etwas erzählt?«

Bei dem Wort »getötet« zuckte er zusammen. Der Mann tat Valérie leid. Das Böse war in seine friedliche Welt eingedrungen. Nichts war mehr wie vorher, und so würde es bleiben. Paul Besson versuchte, sich zu sammeln.

»Ich weiß leider nicht, wo Lisette an diesem Tag war. Sie ging häufig am Meer spazieren. Besonders liebte sie den Klippenpfad am Cap von Jobourg. Dort, wo die Felsen bald hundertdreißig Meter hoch sind. Sie fühlte sich vom Ozean magisch angezogen. Er hat ihr den Mann genommen und ihn nie wieder freigegeben. Am Wasser war sie ihm so nahe wie nur irgend möglich.«

Traurig schaute er aus dem Fenster auf das Haus von Lisette Binet. Nie wieder würde sie ihm lächelnd zuwinken oder ihn auf ein Stück selbst gebackenen Napfkuchen einladen.

Seufzend fuhr er fort. »Am Meer hat sie Vögel beobachtet. Sturmmöwen, Brandgänse und Seeschwalben. Zugvögel finden an der Steilküste geeignete Rastplätze. Lisette liebte Tiere.«

Valérie bemerkte, dass dem Mann immer wieder die Augen zufielen. Er war müde und erschöpft. Sie würde ihn jetzt in Ruhe lassen. Ihre Fragen hatte er beantwortet. Leider hatten sich keine neuen Hinweise ergeben. Sie verabschiedete sich von Monsieur Besson, wünschte ihm viel Kraft in seiner Trauer und hinterließ ihre Visitenkarte auf dem Küchentisch.

Es gab noch ein Haus, das unmittelbar an das Grundstück von Lisette Binet grenzte. Das flache rechteckige Gebäude aus Sandstein sah eher wie ein umgebauter Ziegenstall aus. Das Strohdach hatte schon bessere Tage gesehen. Der türkisgrüne Lack blätterte von den Fensterläden. Geranien in einem Tontopf brauchten dringend Wasser. Im Hof standen mannshohe Skulpturen aus Naturstein, die an überdimensionale dicke Zwerge erinnerten. Sie trugen Zipfelmützen, Hüte und lustige Kappen. Ihre runden Nasen sprangen aus den dickbackigen Gesichtern. Es waren keine freundlichen Gestalten. Sie zogen Grimassen und Fratzen. Ein Gnom streckte die Zunge heraus. Neben der Eingangstür lehnte eine Bank an der Fassade, davor stand ein wackliger Tisch. Ein übervoller Aschenbecher, ein silberner Leuchter mit altrosa Kerzen und ein Wasserglas mit einem Rest Rotwein befanden sich auf der Holzfläche.

Valérie konnte keine Glocke entdecken und klopfte mit der Faust gegen die Tür. Ein Mann, ungefähr in ihrem Alter, riss die Tür auf und starrte sie ungehalten an. Vielleicht hatte sie ihn bei einer wichtigen Arbeit gestört. Die ausgewaschene staubige Jeans saß auf seinen schmalen Hüften. Ein schwarzes Muskelshirt betonte die kräftigen Oberarme. Die Füße steckten in Sportschuhen ohne Schnürsenkel. Er hatte dunkelblonde gewellte Haare, die ihm bis zu den Schultern reichten, und hellblaue Augen. Die Nase war ein wenig breit, der Mund schön.

Plötzlich überzog ein Lächeln sein Gesicht. »Valérie?«, fragte er ungläubig.

»Raymond?«

Zögerlich umarmten sie sich.

»Was machst du denn hier?« Er war noch immer fassungslos. Sein Blick glitt über ihre Uniform. »Du bist tatsächlich zur Polizei gegangen«, stellte er fest. »Natürlich. Wenn du dir etwas vornimmst, ziehst du es durch. Das war schon immer so.«

Valérie fand ihre Sprache wieder. »Du bist doch damals nach New York gegangen. Wegen der aufstrebenden Kunstszene. Was machst du hier? In diesem Weiler am Ende der Welt?«

»Das ist eine lange Geschichte. Komm rein, trink einen Kaffee mit mir.«

Sie folgte ihm durch einen langen dunklen Flur, von dem aus ein Torbogen in einen großen Raum führte. Die südliche Wand war entfernt und durch einen Unterzug sowie Glas ersetzt worden. So war ein großes lichtdurchflutetes Atelier entstanden. Steinblöcke aus Kalk in verschiedenen Größen und Formen waren über den Raum verteilt. Manche waren noch unberührt. Andere zeigten erste menschliche

Körperteile und Gesichtszüge. Hammer, Schlägel, Fäustel und Meißel lagen auf dem Boden, der mit Staub überzogen war. Ein Lichtstrahl fiel in das Atelier. Goldene Partikel schwebten in der Luft wie ein filigraner Schleier. In einer Ecke gab es eine Sitzgelegenheit.

Der Künstler holte zwei Tassen Kaffee aus der Küche. Valérie war immer noch fassungslos. Ihre erste große Liebe saß ihr gegenüber. Raymond de Clavette. Der charmante, unverbindliche, wilde, schöne Raymond, der damals die Welt erobern wollte und den sie so sehr geliebt hatte. Als sie sich nach dem Abitur entschlossen hatte, die Polizeilaufbahn einzuschlagen, war er empört gewesen. Absolut empört. Sie strebte ein biederes, langweiliges, ereignisloses Leben an. Das hatte er ihr vorgeworfen. Er wollte in die USA, Bildhauerei studieren und als Künstler Karriere machen. Sie hatten sich getrennt, und er war abgereist, ohne sich von ihr zu verabschieden. Dieses gefühllose Verhalten hatte ihr beinahe das Herz gebrochen. Das war jetzt sieben Jahre her.

Raymond grinste sie an. »Es hat nicht funktioniert in New York. In der Kunstszene geht es knallhart zu. Wenn man keine finanziellen Mittel, keine Beziehungen und keine Mäzene hat, ist man chancenlos.« Er zündete sich eine Zigarette an. »Ich bin zurückgekommen. Mit meiner amerikanischen Freundin Diana. Wir haben den alten Ziegenstall für einen

Apfel und ein Ei gekauft und umgebaut. Wir träumten von einem freien und unabhängigen Leben als Künstlerpaar. Diana malt. Was waren wir naiv! Kurz und gut, wir sind kläglich gescheitert. Keine Aufträge, kein Geld, kein Erfolg. Diana hat mich irgendwann gehasst und mir die Schuld an unserem Scheitern gegeben. Sie verabscheute das einsame Leben hier. Unsere Mittellosigkeit. Die Stille. Eines Morgens war sie nicht mehr da.«

»Und jetzt?«, fragte Valérie.

»Jetzt arbeite ich als Steinmetz in einem Betrieb in Les Pieux. Eine gute alte Handwerkertätigkeit. Der Traum ist zerplatzt. Manchmal verkaufe ich eine Figur. Davon leben kann ich nicht.«

»Das tut mir leid, Raymond«, erwiderte Valérie. »Du bist sehr begabt.«

Der junge Mann lachte bitter. »Das reicht leider nicht. Aber ich will nicht jammern. Wie geht es dir?«

»Gut, Raymond. Mir gefällt es bei der Polizei.«

»Und was macht die Liebe? Du siehst wunderschön aus.«

»Danke. Ich habe keine feste Beziehung.«

»Ah, ja. Aber jetzt erzähle doch mal, warum du an meine Tür geklopft hast.«

»Deine Nachbarin, Lisette Binet, ist vorgestern ermordet worden. Deshalb bin ich hier. Ich befrage ihre direkten Nachbarn.«

»Ich habe davon gehört. Beim Bäcker. Das ganze

Dorf ist in Aufruhr. Ein schreckliches Verbrechen. Die arme alte Dame! Manchmal haben wir ein wenig geplaudert, wenn wir uns auf der Straße getroffen haben. Sie war ein lieber Mensch, der in sich ruhte.«

»Ist dir irgendetwas Ungewöhnliches aufgefallen?«

»Nein. Nichts. Am Morgen vor dem Mord habe ich sie noch gesehen.«

»Hat sie dir erzählt, was sie an diesem Tag vorhatte?«

»Madame Binet hat irgendetwas erzählt. Sie hatte wohl etwas Besonderes vor.«

Valérie spürte, wie Adrenalin durch ihren Körper pulsierte. »Was hatte sie vor?«

Raymond sah sie ratlos an. »Ich weiß es nicht, Valérie. Ich habe nicht zugehört. Das Geplauder der alten Dame hat mich nicht im Geringsten interessiert.«

Die Polizistin war enttäuscht – und wütend. Dieses ignorante Verhalten war typisch für Raymond. Er war ein egozentrischer Künstler, der sich ausschließlich um sich selbst drehte. Er war der Fixstern, um den alle anderen kreisen sollten.

»Du musst dich erinnern«, drängte sie ihn. »Es ist wichtig.«

Er zuckte die Achseln. »Tut mir leid.«

Es hatte keinen Sinn.

»Okay, Raymond. Ich lasse dir meine Karte da. Wenn es dir einfällt, rufst du mich sofort an. Ich erwarte, dass du dich bemühst. Wir müssen das Verbrechen an der Frau so schnell wie möglich aufklären. Und jetzt muss ich weiter. Danke für den Kaffee.«

Der Bildhauer begleitete sie bis zur Haustür. Sie küssten sich zum Abschied auf die Wangen.

»Gehst du mal mit mir essen?«, fragte er.

»Nur, wenn du dich erinnerst, was Lisette Binet dir erzählt hat. Und auch dann nur vielleicht.«

»Ich schwöre es, Valérie. Ich werde mir das Gehirn zermartern.«

»Salut, Raymond. Ich erwarte deinen Anruf.«

»Salut, Valérie. Ich hätte bei dir bleiben sollen.«

Sie gab ihm keine Antwort und lief zu ihrem Wagen. Der stürmische Wind zerrte an ihrem Pferdeschwanz. Unwirsch trocknete sie ihre Tränen mit dem Ärmel der Dienstjacke.

Wie ferngesteuert, ohne nachzudenken, fuhr sie weiter nach Westen, auf die Spitze des Kaps zu. Im letzten Winkel der Landzunge, nahe dem Ort Omonville-la-Petite, parkte sie den Dienstwagen vor einem Mäuerchen und stieg aus. Hinter der steinernen Begrenzung thronte ein typisch normannisches Steinhaus. Dieses besondere Haus, das seit Jahren ein Museum war, hatten sie und Raymond besucht, kurz nachdem sie sich ineinander verliebt hatten. Über eine knarzende, schmale Holztreppe waren sie damals in den ersten Stock gestiegen und hatten in einem hellen Atelier Skizzen, Entwürfe und Zeichenutensilien bestaunt. Über der Platte auf den Malerböcken hatte ein Engel geschwebt. Anschließend waren sie an den Strand von Ecalgrain gefahren. Dort hatten sie sich, die Blicke scheu voneinander abgewandt, ausgezogen, waren in das Meer gerannt und weit hinausgeschwommen. Auf dem sonnenwarmen Sand hatten sie ein Picknick veranstaltet und sich im goldenen Abendlicht zum ersten Mal geliebt.

Das Granitsteinhaus mit den weißen Läden und Sprossenfenstern war von wildem Wein und Rosen überwuchert. Es stand in einem großen Garten, teils verdeckt von Azaleensträuchern, davor eine blühende Margeritenwiese. Tief in Gedanken versunken, betrat Valérie den stillen, verwunschenen Garten. Jacques Prévert hatte dieses kleine Paradies namens Cap de La Hague mit seinen Freunden in den dreißiger Jahren entdeckt und sich später dort ein Haus gekauft. Berühmte Künstler wie Miro, Picasso oder Juliette Gréco waren in seinem Heim gern gesehene Gäste gewesen. Gefeiert wurde in einem Garten, der malerisch und versteckt in einem Mühlental lag. Der zu seiner Zeit populärste Lyriker Frankreichs hatte hier bis zu seinem Tod mit seiner Frau Janine und seiner Tochter Michèle gelebt. Er starb 1977. Das Haus beherbergte ein Museum, das dem Künstler gewidmet war. Es stellte eine Hommage an ihn dar. Die Besucher konnten erleben, wie schlicht und geschmackvoll er gelebt hatte. Gleichzeitig war es möglich. temporäre Ausstellungen und Collagen des Dichters zu besichtigen. Damals hatten sie und Raymond im Schatten einer Azalee auf der Wiese hinter dem Haus gesessen. Er hatte ihr aus dem Gedichtband »Paroles« von Prévert vorgelesen. Ein Gedicht handelte von einem Paar, das aneinander vorbeilebte und sich schon lange nichts mehr zu sagen hatte. Valérie hatte es unsäglich traurig gefunden.

»So werden wir nie«, hatte Raymond ihr beschwörend ins Ohr geflüstert und sie geküsst.

Stimmen rissen sie aus ihrer melancholischen Reise in die Vergangenheit. Eine Frau und ein Mann, der ein Mädchen an der Hand führte, traten aus dem Granithaus. Es waren Touristen, die Werke und Fotografien von Prévert bewundert hatten und sich nun begeistert darüber austauschten. Die niedliche Kleine schleckte ein Schokoladeneis, das ihr Vater im Museumscafé für sie gekauft hatte. Sie riss sich von der Hand los und hüpfte fröhlich auf die Polizistin zu.

»Schau mal, was ich für ein tolles Eis von meinem Papi bekommen habe!«, rief sie.

»Das sieht wirklich lecker aus«, antwortete Valérie und lächelte das Mädchen warmherzig an. Sie liebte Kinder. »Vielleicht kaufe ich mir auch so ein Eis.«

»Weißt du, was heute noch viel toller war?« Große dunkle Augen blickten sie erwartungsvoll an.

»Keine Ahnung. Verrätst du es mir?«

»Ja. Der Wanderzirkus. Der war wirklich toll. Die Clowns mit den roten Nasen haben mir am besten gefallen. Sie waren so lustig.«

»Das kann ich mir gut vorstellen«, versicherte die Polizistin.

Ihr war gar nicht lustig zumute.

Das Paar verließ mit seiner Tochter den Garten. Die Kleine winkte zum Abschied. Valérie verscheuchte energisch ihre trüben Gedanken. Sie durfte bei der Aufklärung eines Verbrechens mitarbeiten. Darauf war sie sehr stolz.

Entschlossen lief sie zum Auto und machte sich auf den Weg nach Barfleur. Wichtige Recherchearbeit wartete auf sie.

Ludovic Cleroc stand vor einem schmalen zweistöckigen Ziegelsteinhaus in der Hafenstraße von Barfleur. Marcelle le Clerc wohnte im Dachgeschoss. Er öffnete die Eingangstür und stieg auf einer schmalen, knarrenden Holztreppe in den dritten Stock. Im Flur roch es nach Bratkartoffeln, Bohnerwachs und Kaffee. Vor der Wohnung im ersten Stock versperrten ein Kinderwagen und ein Buggy den Weg. Aus dem Inneren drangen Kindergeschrei und das schrille Gezeter einer genervten Frau. Neben der Tür im obersten Stock standen eine Kiste mit leeren Plastikflaschen und ein vertrockneter Farn in einem Tontopf. Niemand öffnete auf sein Klopfen hin.

Cleroc besah sich den Korridor genauer. Das Haus hatte schon bessere Tage gesehen. Putz bröckelte von den Wänden, Zierkacheln waren gesprungen, die Holzdielen waren ausgeblichen und wölbten sich. Geduldig wartete er, dann pochte er erneut an das verzogene Türblatt. Diesmal energischer. Jetzt waren Schritte zu vernehmen. Und ein gereiztes Fluchen. Jemand riss die Tür auf. Vor ihm stand eine Frau. Sie war etwa fünfunddreißig Jahre alt, mittelgroß und schlank. Lange, blonde, ungekämmte Haare umrahmten ein herzförmiges, blasses Gesicht, in dem sich erste Falten zeigten. Die Augen waren von einem wässrigen Blau, die Pupillen unnatürlich geweitet, der Mund war schmal, wirkte fast verbissen. Vor einigen Jahren war sie sicherlich attraktiv gewesen, jetzt sah sie verlebt aus. Sie trug eine kurze, schwarze Satinhose und ein graues Unterhemd, dessen Saum aufgerissen war. Cleroc vermutete, dass er sie geweckt hatte. Sie sah müde und verschlafen aus.

Als ihr missmutiger Blick über die gepflegte Pferdeschwanzfrisur, den eleganten, eisengrauen Anzug, die perfekt sitzende, schimmernde Krawatte und die polierten Lederschuhe wanderte, verzogen sich ihre Lippen zu einem spöttischen Grinsen. Ein Backenzahn fehlte.

»Sie haben sich verlaufen«, stellte die Frau fest. »Zu mir wollen Sie bestimmt nicht.«

»Ich habe mich nicht verlaufen«, widersprach Cleroc. Er deutete auf das handgeschriebene Namensschild. »Sie sind doch Marcelle le Clerc?«

Ihr Gesicht drückte Misstrauen aus. »Wer will das wissen?«

»Hauptkommissar Cleroc«, stellte er sich vor und zeigte seinen Dienstausweis.

»Was wollen Sie von mir?«

»Ich möchte mit Ihnen über Olivier Nevers sprechen.«

»Der Typ ist seit fünf Jahren verschwunden. Da gibt es nichts zu sprechen.«

»Der Hausflur scheint mir nicht der geeignete Ort für ein Gespräch zu sein«, entgegnete Cleroc. »Darf ich hereinkommen?«

»Und wenn ich nein sage?« Ihr Ton wies eine latente Aggressivität auf.

»Dann bekommen Sie eine Vorladung auf das Polizeipräsidium in Cherbourg.«

»Was sind denn das für Methoden!«, fauchte sie ihn an. »Ich will meinen Anwalt sprechen, und zwar sofort.«

Der Kommissar glaubte nicht, dass sie einen Rechtsanwalt hatte. Sie bluffte.

»Ich habe nur einige Fragen«, versuchte er sie zu beschwichtigen. »Dann bin ich wieder weg.«

»Also gut, kommen Sie rein. Aber viel Zeit habe ich nicht.« Sie versuchte, ihre Stimme gleichgültig klingen zu lassen.

Er folgte ihr in einen winzigen Korridor. Linker Hand befanden sich das Badezimmer und eine Küche, in der man sich kaum umdrehen konnte. Auf der Ablage stapelte sich schmutziges Geschirr. Neben dem Mülleimer reihten sich leere Weinflaschen einer billigen Sorte. Marcelle le Clerc führte ihn in einen Raum auf der rechten Seite, in dem es nach Zigaretten roch. In einer Nische unter der Dachschräge hatte ein breites Bett seinen Platz. Kissen und Laken waren zerwühlt. Darunter lag ein pinkfarbener Spitzenbody zwischen Staubmäusen. An der rot gestrichenen Stirnseite stand ein einfacher Schrank mit verspiegelten Türen, davor befanden sich ein Bistrotisch und zwei Klappstühle. Kleidung lag auf dem fleckigen Linoleumboden verstreut. Durch das Dachfenster drang wenig Licht. Der Polizist stellte fest, dass Marcelle le Clerc in bescheidenen, wenn nicht gar armseligen Verhältnissen lebte.

»Setzen Sie sich«, forderte sie ihn auf. »Wollen Sie einen Kaffee?«

Ludovic Cleroc lehnte höflich ab. Der kurze Blick in die Küche hatte ihm genügt.

»Arbeiten Sie?«, fragte er.

»Was hat das mit Olivier zu tun?«

»Beantworten Sie bitte meine Frage.«

»Selbstverständlich arbeite ich. Meinen Sie, ich lebe von Sozialhilfe? Ich bin Bardame in einem Club. Dort schufte ich jede Nacht für einen Hungerlohn.

Ohne Trinkgelder würde ich gar nicht über die Runden kommen.«

»Haben Sie dort Nevers kennengelernt?«

Marcelle le Clerc lachte hämisch auf. »Wo denken Sie hin! Olivier ging nie in Nachtbars. Das konnte er sich gar nicht leisten.«

Sie zündete sich eine Zigarette an. Cleroc litt schweigend. Schließlich war es ihre Wohnung. Er räusperte sich.

»Wie lange waren Sie verlobt?«, wollte er wissen.

»Verlobt!«, schnaubte sie. »Überall hat er erzählt, wir seien verlobt. So ein Quatsch! Ich verlobe mich doch nicht mit einem Hilfsarbeiter, der Schrott durch die Gegend fährt. Wir waren nie verlobt.«

»Gut, ich verstehe«, meinte Cleroc. »Wie lange waren sie zusammen?«

»Wir waren nie richtig zusammen. Wir kannten uns ungefähr elf Monate, bevor er sich in Luft auflöste.«

»Aber Sie waren doch ein Paar?«

»Ach so, Sie meinen Sex.« Sie musterte ihn abschätzend. »Wir waren höchstens vier-, fünfmal intim. Olivier war ein riesiger, unterbelichteter, ungehobelter, ungepflegter Kerl.«

»Hat er Ihnen Geld gegeben?«

Empört funkelte sie ihn an. »Nicht, was Sie meinen. Er hat manchmal einen kleinen Betrag in die Haushaltskasse gelegt. Oder er hat mich zum Essen eingeladen. In ein einfaches Restaurant. Einmal hat er mir ein billiges Parfum geschenkt. Das war alles.«

Cleroc nickte verstehend. »Haben Sie eine Erklärung, warum er Ihr Kellerabteil in Brand gesetzt hat?«

Sie zuckte mit den Schultern. »Olivier hat mich ständig beobachtet und kontrolliert. Auch mein Handy. Dabei hat er herausgefunden, dass ich seit einigen Wochen einen Liebhaber hatte. Einen großzügigen Mann. Verstehen Sie? Olivier war stinksauer und hat versucht, das Haus abzufackeln. Beinahe wären wir verbrannt. Ich denke, das war der Grund.« Sie warf die Kippe in ein Glas mit Wasser. »Seine Mutter wollte nicht, dass wir befreundet sind. Olivier hat noch bei ihr gewohnt – als erwachsener Mann. Einmal habe ich ihn besucht. In seinem ehemaligen Kinderzimmer war eine Eisenbahn aufgebaut. Ich glaube, er hat wirklich damit gespielt. Nach diesem Besuch bekam ich Hausverbot von seiner Mutter. Ständig behauptete sie, ich würde ihren Sohn nur ausnutzen und ihm sein hart verdientes Geld abnehmen. Einmal hat sie mich sogar vor meiner Haustür abgefangen und mich als Schlampe beschimpft. Stellen Sie sich das mal vor.«

Marcelle le Clerc war aufrichtig entrüstet und steckte sich die nächste Zigarette an. Der Kommissar musterte die Frau nachdenklich. Inzwischen hatte er einen Eindruck gewonnen, welche Art von Beziehung diese Frau und der flüchtige Olivier Nevers geführt hatten. Sie prostituierte sich und konsumierte Drogen. Cleroc tippte auf synthetisches Rauschgift. Zum Beispiel Speed, das Kokain der Armen. Die Kristalle wurden klein gehackt und zerdrückt, dann zog man sich das Pulver mit einem aufgerollten Blatt Papier oder einem Geldschein in die Nase. Er hatte auf ihren bloßen Armen keine Einstichstellen entdecken können. Le Clerc hatte mit Sicherheit Geld von Nevers verlangt, damit er in ihrer Nähe sein durfte.

Cleroc stellte eine letzte Frage. Die verqualmte Luft raubte ihm den Atem. »Wo könnte Olivier Nevers sich aufhalten? Wir suchen ihn nach wie vor.«

»Ich weiß es nicht. Es ist mir auch völlig egal. Er hat sich nicht mehr bei mir gemeldet. Nicht einmal Geld hat er mir geschickt.«

Sie fragte nicht, warum die Polizei nach fünf Jahren plötzlich wissen wollte, wo sich Nevers aufhielt. Das fand Cleroc seltsam. Er erhob sich.

»Vielen Dank, Madame le Clerc, dass Sie Zeit für mich hatten. Ich finde alleine hinaus. Auf Wiedersehen.«

Als Marcelle le Clerc hörte, wie die Wohnungstür zufiel, holte sie billigen Weinbrand aus dem Schrank. Sie setzte an und nahm einen großen Schluck aus der Flasche. Dann durchwühlte sie den Kleiderberg nach ihrem Handy. Nachdem sie es gefunden hatte, tippte sie hektisch eine Nummer ein.

Als der Hauptkommissar vor das Haus trat, atmete er tief durch. Er empfand die frische salzige Luft als Balsam. Gemächlich schlenderte er die Hafenstraße entlang. Die schmale Gasse mit dem Kopfsteinpflaster mündete in den Quai Henri Chardon an der Hafenpromenade. Jetzt wusste Cleroc, wo er hinwollte. Nach dieser Befragung wollte er »Im Wind der Inseln« in Ruhe ein Bier trinken und seinen Gedanken nachhängen.

Trotz der Kälte und des rauen Windes setzte er sich ins Freie unter die Markise und bestellte bei Gaston ein Kronenbourg. Er streckte die langen Beine aus und beobachtete die aufkommende Flut, die sich in das Hafenbecken ergoss. Schaumkronen saßen auf den Wellenkämmen. Ein Schwarm Silbermöwen schlug mit den Flügeln und zog kreischend auf den Ozean hinaus.

Cleroc trank einen Schluck und dachte über Olivier Nevers nach. Er hatte bei seiner Mutter gelebt, die ihm vorschrieb, welcher Umgang der Richtige für ihn war. Marcelle le Clerc hatte sie abgelehnt. Die Frau durfte nicht mehr auf Besuch kommen. Dabei hatte Nevers sich nach Liebe gesehnt, nach einer festen stabilen Partnerschaft, nach etwas, worauf man sich verlassen konnte. Er wollte ein liebenswerter Mensch sein, mit dem eine Frau gerne zusammen sein mochte. Sein Wunsch hatte sich nicht erfüllt. Seine Freundin hatte ihn betrogen. Aus Frust darüber hatte er die Kellerbox angezündet. Aber weshalb tötete er Rentnerinnen? Das ergab keinen Sinn. Cleroc konnte keinen Zusammenhang erkennen. Das Motiv des flüchtigen Riesen für diese Morde lag noch immer im Verborgenen. Clerocs Handy spielte eine Melodie und riss ihn aus seinen Gedanken. Ein Kollege teilte ihm mit, dass sich ein Hafenarbeiter aus Saint-Vaast-la-Hougue gemeldet hatte. Der Mann hatte den Fahndungsaufruf mit dem Foto von Olivier Nevers in einer Tageszeitung entdeckt. Nach Arbeitsschluss, in etwa einer Stunde, würde er die Kripo von Cherbourg aufsuchen, um eine Aussage zu machen. Ob Cleroc dabei sein wolle?

Der Kommissar bezahlte die Rechnung und machte sich auf den Weg. Hoffnung keimte in ihm auf. Vielleicht wusste der Hafenarbeiter, wo sich Olivier Nevers aufhielt oder aufgehalten hatte.

Die Wohnung von Ernestine Nevers befand sich in der Nähe des Rathauses von Barfleur in einer kleinen ruhigen Gasse. Philippe Lagarde studierte die Namensschilder neben den Klingeln. Die Mutter von Nevers wohnte im Hinterhaus. Er drückte auf den Klingelknopf und durchschritt einen hohen Torbogen und den Eingangsbereich. Durch eine unverschlossene Tür gelangte er in einen gepflasterten Hof, der von zwei grauen Granithäusern begrenzt wurde. Dahinter erhob sich eine offene einstöckige Scheune. Auf dem Betonboden standen zwei Autowracks und ein alter Traktor. Die erste Ebene wurde als Lager für Brennholz genutzt. In einer Nische zwischen dem Haupthaus und dem hinteren Gebäude hatte sich jemand neben einem Forsythienbusch eine Sitzecke eingerichtet. Den Tisch der Biergarnitur zierten ein gehäkeltes Deckchen, ein selbst getöpferter Aschenbecher und eine winzige Vase mit Gänseblümchen. An den Häusern im Hinterhof gab es keine Namensschilder.

Lagarde überlegte noch, welche Wohnung die von Ernestine Nevers sein könnte, als er eine Frauenstimme hörte, die durch ein gekipptes Fenster drang.

»Kommen Sie herein! Die Tür ist offen.«

Er betrat den Flur und klopfte an die Zimmertür, hinter der er die Stimme vermutete.

»Kommen Sie nur!«

Lagarde gelangte in einen kleinen Salon. Auf dem Sofa neben dem Fenster thronte ein weiblicher Buddha. Die Frau, die ihn hereingebeten hatte, war ungeheuer dick. Die Augen in dem fleischigen Gesicht wirkten wie Stecknadelköpfe. Von der Nase sah man nur die Spitze. Der schmallippige Mund zeichnete einen Strich über dem Dreifachkinn. Strähnige, dünne, mausgraue Haare klebten an ihrem runden Kopf. Aus den kurzen Ärmeln des Pullovers quollen Speckringe. Die schwarze überdimensionale Jogginghose spannte sich um die Oberschenkel. Die dicken Füße steckten in Männerbadelatschen.

»Guten Tag«, begrüßte Lagarde die Frau freundlich. »Sind Sie Madame Nevers? Ernestine Nevers?«

»Ja, die bin ich.«

Er stellte sich vor und legte seinen Dienstausweis vor ihr auf den Tisch.

»Guten Tag. Setzen Sie sich doch«, forderte die Frau ihn auf. Sie nahm die Fernbedienung und schaltete den Fernseher aus. Ihr Strickzeug legte sie neben sich. Der Kommissar nahm in einem Sessel ihr gegenüber Platz.

»Wissen Sie, ich bin eine kranke Frau und kann mich nur mit Mühe bewegen. Kaputte Knie, abgenutzte Wirbel im Rückgrat, hoher Blutdruck und noch einiges mehr. Deshalb habe ich Sie nicht an der Tür begrüßt.« Die hellen Äugelein musterten ihn freudig. »Sie haben meinen Olivier gefunden, nicht wahr? Nach fünf langen Jahren. Das wurde aber auch Zeit. Wie sehr ich mich darüber freue. Es geht ihm doch hoffentlich gut?«

»Es tut mir leid, Madame Nevers. Wir haben Ihren Sohn nicht gefunden.«

Die Freude verflüchtigte sich aus ihrem Gesicht. Traurig sah sie ihn an. »Nein?«

»Nein.«

Sie wischte sich eine Träne aus dem Augenwinkel. »Ich habe solche Angst, dass ihm etwas zugestoßen ist. Sonst würde er sich doch melden. Olivier ist ein guter Junge. Er weiß, dass ich mir Sorgen um ihn mache.« Ein tiefer Seufzer entwich ihrem massigen Körper. »Die Polizei muss nach ihm suchen.«

»Wir suchen nach ihm, Madame Nevers. Haben Sie eine Vorstellung, wo er sein könnte?«

»Nein. Er wollte damals vor fünf Jahren auf dem Markt von Crasville eine Lammschulter für mich kaufen. Dort gibt es das beste Fleisch weit und breit. Und dann ist er nicht zurückgekommen.« Sie überlegte. »Da fällt mir etwas ein. Einmal hat er mir eine Ansichtskarte geschickt. Mit einem wunderschönen Bild. Das ist aber schon lange her.«

Diese Information war interessant. Die Postkarte könnte ein Anhaltspunkt sein.

»Haben Sie die Karte noch?«

Sie zeigte auf einen bunten Schuhkarton, der auf einem Regal stand. »Können Sie mir bitte diese Kiste geben?«

Lagarde holte die Schachtel und reichte sie ihr. Während Ernestine Nevers zwischen Briefen, Fotos und Postkarten nach dem Gruß ihres Sohnes suchte, ließ der Kommissar seine Blicke durch das Zimmer wandern. Eine Wand des Salons war in einem kräftigen Orangeton gestrichen. Die gegenüberliegende Seite leuchtete in frischem Apfelgrün. Auf den staubigen Ablageflächen drängten sich Nippesfiguren, Elfen aus Stein, Metall und Glas sowie Miniaturleuchttürme. Der graue Filzboden war schon lange nicht mehr gesaugt worden. Eine Fototapete nahm die Stirnseite des Wohnzimmers ein. Sie zeigte einen rotweiß gestreiften Leuchtturm auf einer Düne. Im Hintergrund ersteckte sich ein tiefblaues Meer.

Ernestine Nevers bemerkte sein Interesse an dem Bild. »Ich komme selten aus meiner Wohnung«, erklärte sie. »Im Urlaub war ich noch nie. Dafür hat das Geld nicht gereicht. Wenn ich das Foto anschaue, stelle ich mir vor, dass ich zwischen Strandhafer im warmen Sand sitze und das Meer riechen kann.«

Sie wühlte weiter in dem Karton.

»Da ist sie ja«, sagte sie zufrieden.

Sie gab Lagarde die Ansichtskarte. Er betrachtete das Bild. Darauf war ein Wasserschloss abgebildet. Türme, Bastionen, Schieferdächer und Kamine erhoben sich hinter einem Schilfgürtel und dicht belaubten Bäumen. Im Vordergrund glitzerte das Meer in der Sonne. Der Kommissar hatte dieses Märchenschloss noch nie gesehen und wusste nicht, wo es sich befand. Er drehte die Karte um und las: *Südbretagne, Halbinsel Rhuys, Wasserschloss Suscinio.*

Folgender Text war mit ungelenken Druckbuchstaben auf die Rückseite geschrieben:

Liebe Mutter,
viele Grüße aus der Bretagne. Mir geht es gut. Mach Dir keine Sorgen. Bis bald.

Dein Olivier

Das war alles. Die Karte war am 24.03.2015 abgestempelt worden. Letztes Jahr im März.

»Eine schöne Karte, nicht wahr?«

»Ja, Madame Nevers. Und dieser Gruß war das einzige Lebenszeichen Ihres Sohnes in den letzten fünf Jahren?«

»Ja, leider.«

Lagarde beschloss, die Frau auf den Feueranschlag anzusprechen. Womöglich hatte sie eine Erklärung für die Brandstiftung durch ihren Sohn.

»Olivier hat im Haus seiner Freundin ein Kellerabteil angezündet, bevor er verschwand.«

Madame Nevers schaute ihn böse an. »Das war er nicht. Mein Olivier macht so etwas nicht. Er ist ein anständiger Junge. Dieses Luder Marcelle hat das behauptet. Aus Rache, weil er sie verlassen hat.« Sie griff nach einem Taschentuch und rieb sich die Augen trocken. »Mein Olivier hatte kein Glück mit den Frauen. Immer geriet er an die Falschen. Bei mir hatte er es gut. Ich habe für ihn eingekauft, gekocht, seine Wäsche gebügelt, auch wenn es mir aus gesundheitlichen Gründen schwergefallen ist.«

Zutraulich erzählte Ernestine Nevers dem Kommissar von Oliviers Freundinnen. Sie waren alle nicht gut genug für ihren Sohn gewesen. Auf der Arbeit hatte er ein Mädchen kennengelernt. Seine Mutter fand, die beiden seien zu jung für eine Beziehung. Außerdem war der Vater der Freundin Alkoholiker und noch dazu arbeitslos. So eine Familie war kein Umgang für Olivier. Sie gab keine Ruhe, bis er sich von dem Mädchen getrennt hatte.

Drei Jahre später hatte er Denise mit nach Hause gebracht. Seine Mutter vertrat die Ansicht, dass die junge Frau ihn nur ausnutzte. Außerdem saß ihr Bruder im Gefängnis. Mit solchen Leuten konnte man doch nicht verkehren. Unter ihrer ständigen Kritik war die Beziehung zerbrochen.

Schließlich hatte ihr Sohn zufällig die Bekanntschaft von Marcelle le Clerc gemacht. Aufgrund seiner bisherigen Erfahrungen hatte Olivier die Beziehung vor seiner Mutter vorsichtshalber verheimlicht. Sie fand es trotzdem heraus. Daraufhin hatte sie Marcelle vor deren Haus abgepasst und ihr die Meinung gesagt.

»Sie hat ihn nur ausgenutzt«, erklärte Ernestine Nevers. »Das Geld hat sie ihm aus der Tasche gezogen. Ich habe alles getan, damit mein Olivier glücklich wird. Sogar zu einer Aussprache habe ich mich mit diesem Flittchen getroffen. Und was macht sie? Sie bricht einen Streit vom Zaun. Eine Bardame ist doch keine Frau für meinen Olivier.«

Ernestine Nevers war erschöpft von der für sie langen aufreibenden Geschichte.

»Würden Sie mir ein Glas Wasser aus der Küche holen?«, bat sie.

»Natürlich, gerne.«

Lagarde verließ den Salon und ging zu der winzigen Küchenzeile. Er nahm ein Glas aus dem Schrank und füllte es mit Leitungswasser. Auf dem Herd stand ein Topf, in den eine undefinierbare Flüssigkeit eingebrannt war. Der Mülleimer musste dringend geleert werden. Mehrere Körbe mit schmutziger Wäsche waren in der kleinen Wohnung verteilt. Der Kommissar hatte den Eindruck, dass die kranke Frau mit ihrem Haushalt überfordert war. Neben der Kochnische gab es eine Schlafkoje. Die Tagesdecke war ordentlich über das Bettzeug gebreitet. Auf dem Nachttisch lagen einige Packungen mit starken Schlaftabletten. Ein Paar beigefarbene Gesundheitsschuhe stand auf dem verblichenen Bettvorleger, daneben lagen aufgerollt schwarze Kniestrümpfe.

Lagarde warf einen Blick in das Zimmer von Olivier. Das schmale Bett war gemacht. Auf dem Teppich war eine Modelleisenbahn aufgebaut. Bunte Spielzeugautos reihten sich auf dem Fenstersims. Auf einem Regal lag ein Ball. Über einem Nagel, der in der Wand steckte, hing ein Schal in den Farben der örtlichen Fußballmannschaft. In einer Blechdose schimmerten Murmeln. Es war das Zimmer eines Kindes. Lagarde beschlich das ungute Gefühl, dass in dieser kleinen Familie etwas total schiefgelaufen war. Nachdenklich ging er in den Salon zurück und reichte der Frau das Wasser.

»Danke, Herr Kommissar. Sie sind sehr aufmerksam.« Sie trank einen großen Schluck.

»Ich werde mich jetzt verabschieden, Madame Nevers«, erklärte Lagarde. »Danke, dass Sie sich Zeit für mich genommen haben.«

»Ich freue mich immer über Besuch«, antwortete sie. »Besonders, wenn er so nett ist.« Hoffnungsvoll sah sie den Kommissar an. »Werden Sie meinen Olivier finden?«

»Davon gehe ich aus, Madame Nevers.«

»Das ist schön. Dann sind wir wieder eine Familie. Olivier und ich.«

Cleroc saß am Schreibtisch in seinem Büro. Er hatte sich einige Notizen von dem Gespräch mit Marcelle le Clerc gemacht und anschließend mit seiner Freundin Suzanne telefoniert. Jetzt schaute er aus dem Fenster und hing seinen Gedanken nach. Der Wind trieb Wolken vor sich her und hatte den Regen verscheucht. Vom Himmel war ein blauer Streifen zu sehen. Der Kommissar hatte eine hässliche Scheidung hinter sich. Nun war er in Suzanne verliebt. Er fühlte sich glücklich in der Beziehung mit ihr. Sie war als erfolgreiche Anwältin in einer Sozietät beschäftigt. Seit einiger Zeit verspürte sie den Wunsch, sich selbstständig zu machen. Heute hatte sie die geeigneten Räumlichkeiten für ihre Kanzlei gefunden. Suzanne war ganz aus dem Häuschen vor Freude über ihre Entdeckung. Nach seinem Dienst würden sie die Wohnung im alten Hafenviertel von Cherbourg gemeinsam besichtigen. Anschließend würde er seine Freundin zum Abendessen ausführen. Cleroc dachte über ihr gemeinsames Leben nach. Sie hatten gut bezahlte sichere Jobs, einen großen Freundeskreis und lebten in stabilen Verhältnissen. Olivier Nevers, der Hilfsarbeiter, hatte Marcelle le Clerc, die Bardame, kennengelernt und sich in sie verliebt. Das Geld war knapp, die Lebensumstände waren prekär. Eine feste Beziehung und Liebe waren unter diesen Umständen sicher ein großer Halt. Der Plan war jedoch nicht aufgegangen.

Ein zögerliches Klopfen an der Tür unterbrach seine Überlegungen.

»Herein«, rief er.

Ein Mann betrat das Büro. Er trug eine Arbeitshose, eine blaue Jacke und derbe schwarze Schnürstiefel. In den Händen hielt er eine Schiebermütze, die er nervös knetete. Er hatte ein markantes ansprechendes Gesicht und einen Dreitagebart.

»Guten Tag«, grüßte er beherzt. »Mein Name ist Baptiste Dauvin. Ich soll mich bei Kommissar Cleroc melden.«

Der Ermittler stand auf und schüttelte dem Mann die Hand. »Da sind Sie bei mir richtig«, meinte er. »Ludovic Cleroc, Hauptkommissar. Guten Tag. Schön, dass Sie gekommen sind. Setzen wir uns doch an den kleinen Tisch. Möchten Sie einen Kaffee oder ein Wasser?«

»Nein, danke, Herr Kommissar. Ich möchte nur meine Aussage machen.«

»Wie Sie wollen«, entgegnete Cleroc. »Sie haben also das Fahndungsbild in der Zeitung gesehen und den Mann wiedererkannt.«

»So ist es«, bestätigte Dauvin mit fester Stimme. »Ich arbeite im Hafen von Saint-Vaast. Am 22. März 2011 wurde meine dritte Tochter geboren. Wir haben gefeiert. Meine Kollegen und ich. In der alten Hafenspelunke. Dort habe ich den Mann gesehen.«

Der Kommissar versuchte, seine Enttäuschung zu verbergen. Der Arbeiter hatte vor fünf Jahren einen Mann in der Kneipe gesehen, der der Ablichtung auf dem Fahndungsfoto ähnlich sah. Es gab keinen aktuellen Hinweis.

Baptiste Dauvin fuhr fort. »Der Mann kam am späten Nachmittag und blieb bis nach Mitternacht. Er saß am Tisch neben uns, spielte Karten und trank Bier.«

»Warum ist er Ihnen aufgefallen?«, wollte Cleroc wissen.

»Ich hatte ihn vorher dort noch nie gesehen. Seine große Hakennase war auffällig. Und er machte einen aggressiven Eindruck. Als stünde er unter Strom. Seine Ausstrahlung wirkte richtig bedrohlich. Einmal fühlte er sich beim Skat betrogen und packte einen Mitspieler am Kragen. Fast hätte es eine Schlägerei gegeben. Deshalb ist mir der Mann in Erinnerung geblieben. In der Hafenspelunke geht es normalerweise friedlich zu. Wir dulden keinen Ärger.«

Cleroc nahm die Fotografie aus einer Akte und zeigte sie dem Arbeiter. »Sind Sie sicher, dass es dieser Mann war?«

»Hören Sie, die Geschichte ist fünf Jahre her. Ich kann es nicht beschwören, dass er es war. Aber wenn ich mir nicht ziemlich sicher wäre, wäre ich nicht hergekommen. Ich wollte helfen.«

»Sie haben uns geholfen, Monsieur Dauvin«, versicherte der Kommissar. »Wir sind auf jeden Hinweis angewiesen. Können Sie sich erinnern, was der Mann anhatte?«

»Ja, einen Arbeitsoverall, so wie viele andere in der Kneipe auch. Er war allerdings nicht blau wie unsere Arbeitskleidung, sondern grau. Auf der Rückseite war ein silberner Ring mit Buchstaben. Mehr weiß ich nicht.«

»Das ist durchaus viel, wenn man bedenkt, wie viel Zeit vergangen ist«, lobte Cleroc ihn. »Ich danke Ihnen für Ihre Aussage. Ein Kollege von mir wird Sie zu Protokoll nehmen. Sie unterschreiben, dann können Sie nach Hause gehen.«

Nachdem der Kommissar den Hafenarbeiter zu einem Polizisten gebracht hatte, sah er auf die Uhr. Er nahm seinen Mantel vom Garderobenständer und eilte aus dem Präsidium. Bis zum Treffen mit Suzanne hatte er noch zehn Minuten. Das war knapp. Sie konnte fuchsteufelswild werden, wenn man sie warten ließ und ihre kostbare Zeit stahl. Mit schnellen Schritten lief er zum alten Hafen. Kalte Böen bliesen in sein Gesicht. Cleroc merkte es nicht. Er freute sich auf Suzanne.

Philippe Lagarde war nach der Befragung von Ernestine Nevers zu seinem Haus gefahren. Nun stand er auf der Terrasse und pfiff nach dem Wildkater Alexandre. Das Tier ließ sich nicht blicken. Nach dem bedrückenden Gespräch in diesem kleinen stickigen Salon von Madame Nevers sehnte sich Lagarde nach Bewegung und frischer Luft. Er beschloss, einige Kilometer auf dem alten Zöllnerweg zu wandern. Früher war der Pfad von Zöllnern benutzt worden, um die Küste zu überwachen. Das felsige, schwer zugängliche Ufer mit seinen Spalten, Grotten und Höhlen war der ideale Ort für Schmuggler gewesen. Sie hatten einen florierenden Schwarzhandel zwischen dem Kontinent und den Inseln betrieben.

Der Kommissar schlüpfte in eine Regenjacke und zog Stiefel mit dicken rutschfesten Sohlen an. Entschlossen marschierte er los. Er atmete tief durch. Der unverkennbare Geruch des Meeres tat ihm gut. Letzte Sonnenstrahlen trafen auf den einsetzenden Regen. Grüne, gelbe, orangene, rote und violette Bänder leuchteten vor einer schwarzen Wolkenwand. Lagarde gelangte auf einen Dünenpfad, dem er in nördlicher Richtung folgte. Die Sandberge wechselten sich mit kleinen felsigen Buchten ab. Dort ankerten grünbauchige Boote an Bojen. Gedrungene Katen aus Granitstein dienten als Lagerstätten für die Fischer. Auf einer Landzunge erhoben sich aufrecht stehende Steinansammlungen auf einer Matte aus gelben Wildblumen, grünen Flechten und braunem Strandgras.

Schließlich wurde die Dünenlandschaft flacher und verlor sich in einem Seekiefernwald. Dahinter folgte eine raue Felsenküste. Auf einer von Wellen umtosten Klippe thronte einsam ein kleiner weißer Leuchtturm. Ein aufkommender Sturm peitschte das Meer gegen schwarze Steinbrocken. Die See brodelte, die Brandung grollte, Gischt spritzte auf. Die Sonne schwebte als weiß-oranger Ball über einem Felsarchipel. Der Ärmelkanal wechselte seine Farbe von blaugrau zu blauschwarz.

Lagarde erreichte den malerischen Hafen von Gatteville-Le-Phare, der im Dämmerschein lag. Weiße, graue und rosafarbene Häuser reihten sich an der Promenade aneinander. Aus den Bistros und Cafés drang warmes einladendes Licht. Dort traf man sich vor dem Diner auf einen Aperitif. Runde Lampen beleuchteten die Mole und spiegelten sich als goldene Girlanden im Hafenbecken. Boote wiegten sich auf der seidigen schwarzen Wasseroberfläche.

Der Kommissar beschloss, zum Restaurant von

Odette zu Fuß zu laufen. Sie waren dort zum Abendessen verabredet. Die Hälfte der Strecke hatte er bereits hinter sich gelassen. Er verließ das pittoreske Dorf und wanderte landeinwärts nach Westen. Zunächst folgte er der Landstraße, dann bog er in einen Feldweg ab. Die Motorengeräusche der vorbeifahrenden Autos und die grellen Scheinwerfer störten seine Gedanken. Er lief an einem Rübenacker vorbei, auf dem sich Krähen versammelt hatten. Die schwarzen Vögel schienen sich zu unterhalten. Während er sich gegen den Wind stemmte und Regentropfen über sein Gesicht rannen, dachte er an Ernestine Nevers und deren Sohn. Die Mutter hatte geklammert. Sie hatte ihrem Sohn keine Luft zum Atmen gelassen. Sie hatte ihm ein selbstbestimmtes Leben verwehrt, und er hatte sich aus dieser Bevormundung nicht befreien können. Jedes Mal, wenn er sich verliebt hatte, hatte sie dafür gesorgt, dass die Beziehung in die Brüche ging. Was passierte mit der Psyche eines Mannes, der sich nach Liebe und Nähe sehnte, wenn diese existenziellen menschlichen Grundbedürfnisse nicht erfüllt wurden?

Zwischen Nebelschleiern tauchte in einer Senke ein einsam gelegener Bauernhof auf. Rauch stieg aus dem Schornstein auf. Dahinter, auf einer Anhöhe, streckten schwarze kahle Bäume ihre Äste in den sich verdunkelnden Himmel. Kein Mensch war zu sehen. Der Weg führte den Kommissar in einen Buchenhain.

Die Zweige der alten Bäume bildeten ein dunkelgrünes Spalier über seinem Kopf.

Plötzlich war ein Plätschern zu vernehmen. Am Wegrand entsprang zwischen moosigen Felsbrocken eine Quelle. Das Wasser rauschte über glatte Kieselsteine und durch gezackte Farne in ein Bachbett. Wären Elfen, Feen und Waldgeister durch die Dotterblumenstengel gehuscht, es hätte ihn nicht gewundert. Die kühle Luft duftete nach frischem Harz, feuchter Erde und Tannennadeln.

Versonnen lief er weiter. Nach einem Kilometer brachte der Pfad ihn auf die Landstraße zurück. Dort gab es eine Abzweigung, die zum Campingplatz und weiter zum Restaurant Mirabelle führte. Nach wenigen Minuten hatte er sein Ziel erreicht. Auf dem Parkplatz standen bereits einige Autos. Bald war Abendessenszeit. Lagarde hatte Hunger. Der Schotterweg zwischen dem Haupthaus und dem Restaurant mit der anschließenden Remise wurde durch Laternen romantisch beleuchtet. Neben der Eichentür ergossen sich Blauregenkaskaden vom kegelförmigen Schieferdach bis zum Boden. Zwischen den Blüten funkelten winzige weiße Sterne. Der Duft war betörend.

Lagarde trat in den Eingangsbereich und hängte seine tropfnasse Regenjacke an die Garderobe über den Schirmständer. Dann ging er in das Restaurant. Wohlige Wärme empfing ihn. Im alten Steinkamin loderte ein Feuer. Drei Tische waren besetzt. Odette stand bei einem Paar und besprach mit ihm die Menüfolge. Als sie ihren Lebensgefährten entdeckte, breitete sich ein Strahlen auf ihrem schönen Gesicht aus. Sie entschuldigte sich bei den Gästen und lief auf ihn zu. Er bekam zwei Wangenküsschen.

»Da bist du ja schon«, stellte sie fest. »Ich dachte, du kommst erst später. Wegen der Ermittlungen.«

»Ich habe für heute Schluss gemacht«, erklärte er. »Nach der Befragung heute Nachmittag hatte ich das Gefühl, dass ich mir ein gutes Essen verdient habe.«

Seine Freundin musterte ihn amüsiert von oben bis unten. »Wie siehst du denn aus? Bist du durch den Wald hierhergerobbt? Das hier ist ein Restaurant und keine Imbissstube für Förster und Waldarbeiter«, scherzte sie.

Sie lachten.

»Ich habe einen Spaziergang gemacht«, erzählte er. »Ich brauchte frische Luft und Ruhe, um nachzudenken.«

»Das kann ich verstehen. Der Fall geht dir nicht aus dem Kopf. Am besten setzt du dich in die Nische mit dem Weinregal. Dort fällst du in deiner Aufmachung nicht so auf.«

»Dein Charme ist manchmal überwältigend«, entgegnete Lagarde grinsend.

»Setz dich in deine Ecke, du Naturbursche«, wies

sie ihn an. »Wir trinken einen Aperitif zusammen, danach muss ich in die Küche. Jacques schwächelt. Er hat sich erkältet.«

Jacques war ihr Koch – sensibel, empfindlich und meisterlich. Lagarde setzte sich in die Nische neben dem Kamin. Odette brachte ihm ein Bier. Für sich hatte sie ein Glas Champagner dabei. Lächelnd nahm sie an seiner Seite Platz.

»Ein Bier für den Oberförster«, frotzelte sie.

»Danke, mein Liebling. Das ist jetzt genau das Richtige.«

Sie stießen an, und er nahm einen großen Schluck.

Odette musterte ihn forschend. »Wie war dein Tag? Du siehst müde aus.«

»Ich habe mit der Mutter des flüchtigen Nevers geredet. Sie ist krank und fettleibig. Deshalb verlässt sie ihre Wohnung kaum. Irgendwie sitzt sie da wie eine Spinne in ihrem Netz. Das Gespräch war sehr aufschlussreich. Sie hat alle Beziehungen, die ihr Sohn führen wollte, zerstört. Ich habe einen Blick in sein Zimmer geworfen. Es ist ein Kinderzimmer. Mit einer Modelleisenbahn und Spielzeugautos. Er hat bei ihr wie ein kleiner Junge gelebt.«

»Das ist wirklich merkwürdig«, bemerkte Odette.

»Das kann man wohl sagen. Morgen früh trifft sich unser Team erneut, um die durchgeführten Befragungen zu besprechen und das weitere Vorgehen festzulegen.«

»Ihr wisst noch immer nicht, wo Nevers sich aufhält?«, fragte sie.

»Nein. Wir haben keine Ahnung. Er kann sich noch in der Nähe von Jobourg aufhalten oder irgendwo an einem anderen Ort. Der Fahndungsaufruf hat bisher nichts ergeben. Ich bin sehr beunruhigt. Wir müssen ihn schnellstens finden. Der Mann ist sehr gefährlich. Wir wissen nicht, was er vorhat.«

Odette nickte. »Vielleicht hat er einen Plan. Einen teuflischen Plan.«

»Das ist durchaus möglich.«

Odette drückte seine Hand. »Es tut mir leid, mein Liebster. Ich muss jetzt in die Küche. Sonst dreht Jacques durch. Für dein Menü habe ich Kalbsleber mit Steinpilzen und Schalotten, Kartoffelmeerrettichplätzchen und in Butter geschwenkten Mangold vorgesehen. Wenn es dir recht ist.«

»Wunderbar.« Lagarde liebte Lebergerichte.

»Ich bringe dir gleich dein Essen. Als Vorspeise empfehle ich Gänseleberpaté mit Schlehenmus im Blätterteigmantel.«

Sie warf ihm eine Kusshand zu und verschwand in der Küche.

Lagarde genoss das köstliche Abendessen. Die Wanderung hatte ihn hungrig gemacht. Das Paar, mit dem Odette vorhin gesprochen hatte, erregte seine Aufmerksamkeit. Die Frau trug einen großen auffälligen Hut, ihre Lippen waren knallrot geschminkt.

Der Mann war mit einem Smoking bekleidet. Er hatte einen cremefarbenen Seidenschal lässig um seinen Hals geschlungen. Die beiden tranken Bollinger und unterhielten sich angeregt. Die Frau kam Lagarde bekannt vor. Vielleicht war sie eine bekannte Schauspielerin oder eine Chansonsängerin. Es fiel ihm nicht ein.

Nach dem Dessert trank er einen Mokka und überflog die Tageszeitung. Schließlich zog er sich in die Privaträume von Odette zurück. Die schmutzigen Stiefel stellte er neben die Eingangstür. Auf Socken ging er in ihr Schlafzimmer. Dort zog er sich aus, machte es sich auf dem Bett bequem und schaltete den Fernseher ein. Er zappte durch die Programme, bis er den richtigen Sender gefunden hatte. Bald fesselte ihn die Übertragung eines Rugbyspiels. Als er lautstark über ein Foul schimpfte, betrat Odette das Schlafzimmer.

»Feierabend«, sagte sie und gähnte. »Ich bin müde.«

Lagarde lächelte sie zärtlich an. »Dann komm schlafen. Ich schalte den Fernseher aus.«

»Ich glaube, ich nehme noch ein heißes Bad.«

»Das ist eine gute Idee. Ich bin dabei.«

Kurz darauf lagen sie entspannt in der großen Eckbadewanne. Das heiße Wasser dampfte. Die Schaumberge dufteten nach Lavendel. Teelichter in Glasschalen flackerten. Auf dem Wannenrand stand für jeden eine Flöte mit perlendem Champagner. Odette schloss die Augen und stöhnte wohlig. Mit dem ungeschminkten Gesicht und den nassen Haaren sah sie wunderschön und natürlich aus. Lagarde massierte ihre Füße, die auf seinen Schultern ruhten.

»Wer war eigentlich die Frau mit dem Vogelnest auf dem Kopf?«, wollte er wissen.

»Eine ganz berühmte Schriftstellerin«, klärte Odette ihn auf. »Der Name fällt mir jetzt nicht ein. Sie schreibt jedes Jahr ein Buch, das immer ein Bestseller wird. Über sich selbst sagt sie, dass sie ständig mit Geschichten schwanger geht und schreibbesessen ist.«

»Und ihr Begleiter?«

»Ein bekannter Verleger aus Paris. Sie haben zwei Zimmer reserviert. Wahrscheinlich handelt es sich um ein Geschäftsessen. In Paris kann sie nirgendwo ungestört dinieren. Ihre Fans folgen ihr überall hin.«

Odette ließ sich mit dem Kopf unter Wasser gleiten. Nach einigen Sekunden tauchte sie prustend wieder auf. Sie öffnete die Augen und blinzelte ihn an.

»Heute bin ich wirklich erschöpft«, meinte sie. »Der Abend war anstrengend. Hoffentlich fällt Jacques nicht aus. Dann muss ich kochen.«

»Du hast doch bald Betriebsferien«, überlegte Lagarde. »Wir könnten gemeinsam Urlaub machen.«

Sie strahlte ihn an. »Das wäre schön. Einfach mal wegfahren. Keine Verpflichtungen, sondern Freiheit.«

Während Lagarde ihren Rücken mit einem Schwamm liebkoste, dachte er darüber nach, wo es ihr gefallen könnte. Île de Ré? La Rochelle? Fort Boyard? Das wäre doch eine gute Idee.

Sobald Valérie nach Hause gekommen war, hatte sie es sich bequem gemacht. In Jogginghosen und einem Schlabberpullover saß sie in der Küche und aß einen Avocadosalat. Im Hintergrund lief leise Musik. Patricia Kaas, ihre Lieblingssängerin. Die Polizistin hatte ein schlechtes Gewissen, weil sie die Verabredung zum Abendessen mit dem Chef der Drogenfahndung von Cherbourg abgesagt hatte. Luc warb seit längerer Zeit um sie und war enttäuscht über die Absage gewesen. Er hatte sich auf den gemeinsamen Abend gefreut. Sie teilten eine Leidenschaft. Beide waren passionierte Reiter und besaßen ein Pferd. Wenn ihr Dienstplan es erlaubte, galoppierten sie über die endlosen Strände des Cotentin. Die Polizistin konnte sich nicht entschließen, sich auf eine feste Beziehung mit Luc einzulassen. Valérie hatte tiefen Schmerz empfunden, als sie von Raymond verlassen worden war. So eine Enttäuschung wollte sie nicht noch einmal erleben. Nun war er nach Jobourg zurückgekehrt. Der Traum vom freien, unabhängigen Künstlerleben war zerplatzt wie eine schillernde Seifenblase. Der Erfolg war ausgeblieben. Dabei war er wirklich hochbegabt. Jetzt hatte er sie zum Essen eingeladen. Valérie ertappte sich dabei, wie sie sich in ihrer Phantasie eine leidenschaftliche Liebesszene in seinem Atelier vorstellte. Auf dem Boden zwischen den skurrilen Skulpturen. Sie fragte sich, ob sie Raymond noch immer liebte. Energisch schüttelte sie den Kopf. Das war vorbei. Er hatte sie zu sehr verletzt. Sie wischte die negativen Gedanken beiseite. Es galt, sich an die Arbeit zu machen.

Nachdem sie die Küche aufgeräumt hatte, ging sie in den Salon und setzte sich an ihren Schreibtisch. Sie klappte den Laptop auf und schaltete ihn ein. Konzentriert recherchierte sie im Internet. Sie suchte nach Fällen, die Ähnlichkeiten oder Übereinstimmungen mit den Morden an den beiden Rentnerinnen aufwiesen. Ludovic hatte ihr die Aufgabe übertragen. Darüber hatte sie sich sehr gefreut. Sie wollte ihre Sache gut machen.

Die Polizistin stöberte in Datenbanken, suchte in zentralen Registern und durchforstete Einträge und Querverbindungen. Immer wieder variierte sie ihre Eingaben. Zwischendurch kochte sie sich einen Tee. Nach zwei Stunden machte sie eine Entdeckung, die ihre volle Aufmerksamkeit erregte. Mit glühenden Wangen forschte sie weiter. Sie hatte etwas gefunden. Der Eintrag war markant. Fasziniert studierte sie den Inhalt des Berichtes. Aufgeregt trommelten ihre Finger auf der Tischplatte.

»Verdammt noch mal, das gibt es doch nicht.«

Valérie war wie elektrisiert.

»Wir kriegen dich«, flüsterte sie. »Schon bald. Und dann zieh dich warm an.«

Olivier Nevers hatte sich unbemerkt den alten Kastenwagen seines Chefs ausgeliehen. Über Nebenstraßen fuhr er in der Dunkelheit in das Zentrum von Barfleur. Langsam ließ er das Auto durch die Hafenstraße rollen. Er bog um die Ecke und stellte es auf einem unbebauten verwilderten Grundstück ab. Dann lief er zu dem Haus, in dem Marcelle lebte. Gegenüber, in einem Gärtchen, versteckte er sich hinter dichtem Gebüsch. Olivier war schlau. Normalerweise arbeitete sie bis um drei Uhr in der Frühe in dieser Nachtbar. Sie müsste bald heimkommen. Er wusste, dass sie nach der langen anstrengenden Schicht immer sehr müde war und meistens direkt ihre Wohnung aufsuchte, um zu schlafen.

Geduldig wartete er.

Nach einer Viertelstunde hielt ein Wagen unter einer Laterne vor ihrer Haustür. Es war ein teures Auto, und es schien nagelneu zu sein. Ein Mann saß am Steuer. Neben ihm konnte Olivier Marcelle erkennen. Marcelle mit dem anmutigen schönen Gesicht und den langen blonden Haaren, die sich wie Seide anfühlten. Er spürte, wie Erregung in ihm aufstieg. Ein wildes Verlangen ergriff von ihm Besitz. Er wollte seine Verlobte wiederhaben. Der Mann und Marcelle küssten sich.

Olivier kam es vor wie eine halbe Ewigkeit. Brennende Eifersucht explodierte in seinem Herzen. Das Paar stieg aus. Der Mann ging um das Auto und legte den Arm um seine Begleiterin. Rasender Zorn packte Olivier. Wieder küssten sich die beiden leidenschaftlich, der Mann knetete die Brust von Marcelle.

Olivier kostete es alle Kraft, sich zu beherrschen. Am liebsten wäre er aus dem Gestrüpp gestürmt und hätte den aufdringlichen Typen niedergeschlagen, der sich an seine große Liebe heranmachte. In seiner unbändigen Wut hatte er einen Oleanderbusch gepackt und ihn mit übermenschlicher Kraft aus der Erde gerissen. Er merkte es gar nicht. Vor Abscheu zitternd, kauerte er hinter den Sträuchern und starrte auf das Paar.

Endlich lösten sie sich voneinander. Eng umschlungen betraten sie das Haus. Die Tür fiel zu und sperrte Olivier aus. Er spuckte verächtlich auf den Boden. Marcelle betrog ihn mit einem anderen Mann. Unkontrollierbare Eifersucht zerfraß ihn. Er lief zurück zu dem Kastenwagen und holte einen Gegenstand aus einer Kiste auf dem Rücksitz.

Als er sich der Edelkarosse näherte, sah er sich unauffällig nach allen Seiten um. Er zückte das Messer, holte aus und zerstach die Autoreifen. Einen nach dem anderen. Er begnügte sich nicht mit den Einstichen, sondern riss lange Schlitze in die Räder, brodelnd vor abgrundtiefem Hass.

Nachdem er sein Zerstörungswerk vollendet hatte, keuchte er. Hastig lief er zum Kastenwagen, startete ihn und verschwand in der Dunkelheit.

Er hatte es nicht weit.

DER LEUCHTTURM VON NOIRMOUTIER

VIERTER TAG

Pünktlich um zehn Uhr hatte sich das Team im Polizeipräsidium von Cherbourg um den Besprechungstisch versammelt. François Anger fehlte. Der Leiter der Spurensicherung hatte sich entschuldigt. Er musste den Einsatz der Suchtrupps im Wald von Crasville koordinieren. Zum Kaffee, dem Wasser und den obligatorischen Croissants gab es diesmal Brot mit Schinken, Käse und Lachs. Cleroc vertrat die Ansicht, dass während aufreibender Ermittlungsarbeiten das leibliche Wohl der Polizisten nicht vernachlässigt werden durfte. Sie benötigten alle Kraft. Er begrüßte seine Kollegen und blickte auf seine Notizen. Die Tagesordnung wies als ersten Punkt die Ergebnisse der Befragungen auf, die sie gestern Nachmittag durchgeführt hatten. Er wollte die Person Olivier Nevers besser kennenlernen, um mögliche Erklärungen und vor allem ein Motiv für sein grausames Handeln zu finden.

Valérie durchkreuzte seine Pläne. Sie rutschte unruhig auf ihrem Stuhl hin und her und meldete sich schließlich beherzt zu Wort.

Cleroc lächelte sie aufmunternd an. »Bitte, Valérie.«

»Ich habe etwas gefunden«, platzte die Polizistin heraus. Ihre Wangen waren rot vor Aufregung. »Einen Eintrag in der zentralen Datenbank der Polizei. Am 23. März 2013 hat ein Mann versucht, Fleur Salmon zu töten. Auf der Insel Noirmoutier. Er ist nachts in ihr Haus eingedrungen und wollte sie mit Chloroform betäuben. Sie wachte auf, bevor er ihr den getränkten Lappen auf Mund und Nase drücken konnte, und trat nach ihm. Der Lappen fiel auf den Boden. Der Einbrecher zerrte sie aus dem Bett, schleifte sie durch den Flur und stieß sie die Treppe hinunter. Das Opfer hatte Glück und überlebte den Sturz. Sie hatte den Täter in den Unterarm gebissen und wehrte sich heftig. Vielleicht war das der Grund, dass er die Frau nicht mit aller Kraft nach unten schleudern konnte. Außerdem lag auf dem Schuhregal, auf das sie prallte, eine dicke Daunenjacke, die den Stoß abfederte. Sie wurde bewusstlos. Als sie wieder aufwachte, war der Angreifer über alle Berge, und sie rief die Polizei. Der Täter wurde nie gefunden. Trotz des Bisses konnte keine DNA sichergestellt werden. Die Polizei ging damals davon aus, dass der Mann sein Opfer für tot hielt.«

Ihre grünen Augen sprühten Funken, als sie in die Runde blickte.

»Wie alt ist die Frau?«, fragte Lagarde.

Valérie blätterte in ihren Notizen. »Sie ist zweiundsiebzig Jahre alt. Also war sie damals neunundsechzig.«

»Hat sie alleine gelebt?«, hakte er nach.

»Ja, Fleur Salmon war einige Wochen vorher Witwe geworden.«

»Hat das Opfer den Täter beschreiben können?«

»Er hatte eine Hakennase, die sie an einen Raben denken ließ. Diesen Eindruck gab sie später zu Protokoll. Und er war sehr groß und stark.«

Einen Moment lang war es still. Die Mitglieder des Teams waren voll konzentriert. Dann bemerkte Lagarde mit Überzeugung in der Stimme: »Er war es. Olivier Nevers war der Angreifer. Die Personenbeschreibung passt. Der Tathergang stimmt mit den Morden an Germaine Marsault und Lisette Binet überein.«

»Bis auf das fehlende Trichlormethan bei Germaine Marsault«, ergänzte Delphine.

»Korrekt«, stimmte Lagarde ihr zu. Nachdenklich fuhr er fort: »Crasville, 23. März 2011, Noirmoutier, 23. März 2013, Jobourg, 23. März 2016. Was hat das zu bedeuten?«

»Es ist ein ganz besonderer Tag für ihn, definitiv«, meinte Delphine. Sie ging zum Fenster, öffnete es und steckte sich eine Zigarette an.

»Das denke ich auch«, bekräftigte Lagarde ihre Hypothese. »Wir müssen herausfinden, was an diesem Tag passiert ist. Wofür steht er?« Er dachte an das Gespräch mit Ernestine Nevers. »Die Mutter von Olivier Nevers hat eine Postkarte von ihm bekommen. Abgestempelt in Sarzeau auf der bretonischen Halbinsel Rhuys, am 24.03.2015.«

Die Kollegen schauten ihn verblüfft an.

»Hast du auch Informationen über ein Tötungsdelikt oder einen Mordversuch an einer älteren Dame in der Südbretagne um dieses Datum herum gefunden?«, fragte er Valérie.

»Nein, Philippe, nur diesen einen Eintrag in einer Datenbank der Polizei.«

Lagarde überlegte. »Kannst du eine Suchanfrage in deinen Laptop eingeben?«

»Ja, klar.«

Geschäftig klappte sie ihren Computer auf, schaltete ihn ein und griff nach der Maus.

»Ich bin bereit, Philippe.«

»Okay, dann gebe bitte folgende Begriffe ein: Unfall, 23. März 2015, ältere Frau, Rhuys.«

Valérie tippte konzentriert und scrollte durch die Seite mit den Ergebnissen. Sie öffnete das Archiv der örtlichen Tageszeitung von Sarzeau und überflog den Text. Ihr Gesicht wurde blass.

»Das ist ja unglaublich«, murmelte sie.

»Eine alte Frau hatte einen Unfall«, meinte Lagarde. »Sie fiel nachts die Treppe hinunter.«

»Exakt«, bestätigte die Polizistin. »Marguerite Vaucluse, einundsiebzig Jahre alt.«

»War sie tot?«

»Ja«, flüsterte Valérie entsetzt. »Es war genauso

wie bei Germaine Marsault. Ihr Tod wurde als Unfall eingestuft.«

»Olivier Nevers war zu diesem Zeitpunkt auf Rhuys«, stellte Lagarde fest. »Was haben diese Orte zu bedeuten? Warum war Nevers dort? Dafür muss es einen Grund geben. Er hat einen weiten Kreis gezogen. Innerhalb von fünf Jahren. Der Weiler Crasville bei Barfleur, die kleine Insel Noirmoutier südlich von Nantes, die Halbinsel Rhuys in der südöstlichen Bretagne und schließlich Jobourg am Cap de la Hague. Jetzt ist er fast wieder an seinem Ausgangspunkt angelangt.«

»Wir müssen nach Noirmoutier fahren«, entschied Cleroc. »Es ist wichtig, dass wir mit der Frau sprechen, die überlebt hat. Und auf Rhuys müssen wir mit der Polizei reden.«

»Das sehe ich auch so«, stimmte Lagarde ihm zu. »Und zwar sofort. Wir dürfen keine Zeit verlieren. Dieser Nevers ist eine wandelnde Zeitbombe.«

Der Hauptkommissar aus Cherbourg nickte bekümmert. »Du hast recht, Philippe. Aber ich kann hier eigentlich nicht weg. Zwei Kollegen sind ausgefallen. Mutterschutz und Sabbathalbjahr in Tibet.«

Roselin Dumas meldete sich zu Wort. »Natürlich geht der Mordfall vor. So ist das nun mal bei der Polizei. Aber Madame Florence hat morgen Geburtstag. Ich habe ihr versprochen, heute Abend bei den Vorbereitungen zu helfen. Sie wird unsere Verlobung auflösen, wenn ich nicht komme. Was soll ich denn jetzt machen?« Er lachte ein wenig verlegen.

Jetzt ruhten alle Blicke hoffnungsvoll auf Lagarde.

»Gut, dann fahre ich«, erklärte er. »Das ist kein Problem.« Er lächelte, als er Valéries flehenden Blick bemerkte. »Mit Valérie. Wenn Roselin sie entbehren kann.«

»Ich kann sie nie entbehren«, behauptete der Gendarm. »Aber ich muss wohl.«

»Danke, Roselin.«

Die Polizistin war begeistert von ihrer neuen Aufgabe. Jetzt würden Philippe und sie sogar eine Dienstreise machen. Cleroc war sehr zufrieden mit dieser Lösung, die junge Polizistin und Lagarde waren ein unschlagbares kleines Team. Er griff nach seiner Tagesordnung und verkündete: »Ich würde gerne die restlichen Punkte noch abarbeiten. Währenddessen kann meine Sekretärin euch auf Noirmoutier und Rhuys bei den zuständigen Behörden ankündigen und um Amtshilfe und Unterstützung bitten. Die Gendarmerie von Noirmoutier wird sicher bereit sein, einen Befragungstermin mit Fleur Salmon zu vereinbaren und euch zu begleiten. Nach unserer Besprechung können Valérie und Philippe sich auf den Weg machen. Jetzt wollen wir die Ergebnisse der gestrigen Befragungen zusammentragen. Fängst du bitte an, Roselin?«

Der Gendarm setzte sich aufrecht hin, rückte den Schlips zurecht und begann mit seinem Bericht. »Olivier Nevers hat bis zu seinem Verschwinden einige Jahre für den Schrotthändler Jean-Pierre Dupont gearbeitet. Das Logo der Firma besteht aus einem silbernen Autoreifen, der die Initialen AWD einkreist. Autowerkstatt Dupont. Es befindet sich auf der Rückseite des grauen Arbeitsoveralls. Anette Marsault hat das Emblem in jener Nacht identifiziert. Nevers stand kurz vor dem Rausschmiss. Er hat gebrauchte Batterien eines Händlers verkauft, anstatt sie in seiner Firma abzuliefern. Dupont vermutet, dass er das Geld für seine Verlobte Marcelle le Clerc brauchte. Anscheinend hat sie immer wieder Bargeld und Geschenke von ihm gefordert. Weiter erwähnte Dupont, dass Nevers damals noch bei seiner Mutter gewohnt hat. Diesen Umstand fand er seltsam. Er hat nach dem Verschwinden von Nevers nie wieder etwas von ihm gehört.«

»Danke, Roselin«, sagte Cleroc. »Valérie, machst du bitte weiter.«

»Gerne, Ludovic.« Sie griff nach ihrem Notizblock. »Paul Besson, der Nachbar von Lisette Binet, weiß nicht, wo sie sich am Tag vor ihrem Tod aufgehalten haben könnte. Er ist sehr angeschlagen seit diesem traumatischen Erlebnis und trauert um sie. Es gibt einen weiteren Nachbarn, einen Bildhauer namens Raymond de Clavette.«

Die Polizistin errötete leicht. Lagarde bemerkte es und fragte sich, warum.

»Der Künstler hat am Morgen vor dem Verbrechen Madame Binet zufällig auf der Straße getroffen und mit ihr einige Worte gewechselt. Sie hat ihm anscheinend erzählt, was sie vorhatte. De Clavette kann sich aber nicht mehr daran erinnern. Wenn es ihm einfällt, ruft er mich an. Ich habe ihn ermahnt, sich anzustrengen. Nach meinem Bauchgefühl zu urteilen, könnte diese Information sehr wichtig sein. Vielleicht hat sie unterwegs ihren Mörder getroffen. Mehr habe ich leider nicht zu berichten.«

»Danke für deine Bemühungen, Valérie«, bemerkte Cleroc. »Sehr gut gemacht. Hoffentlich kann sich dieser Bildhauer bald an die Pläne von Madame Binet erinnern. Nun zu meinem Gespräch mit Marcelle le Clerc. Sie wohnt in einfachen Verhältnissen und arbeitet nachts als Bardame in einem Club. Sie bestreitet, mit Nevers verlobt gewesen zu sein. Auch waren sie nur einige Male intim. Außerdem behauptet sie, dass sie von Nevers kein Geld bekommen hat. Nur ab und zu einen kleinen Zuschuss für die Haushaltskasse. Ich hatte bei meinem Besuch den Eindruck, dass sie gelegentlich Drogen konsumiert, und ich vermute, dass sie sich prostituiert. Sie hat angeblich keine Ahnung, wo sich ihr ehemaliger Freund aufhält.« Cleroc blickte auf Lagarde. »Philippe?«

»Ja, Ludovic. Ernestine Nevers lebt ebenfalls in

prekären Verhältnissen. Sie leidet an verschiedenen Krankheiten und ist fettleibig. Ihre Wohnung verlässt sie kaum. Ihr Sohn hatte im Laufe der Jahre drei Freundinnen. Durch ihr Eingreifen hat sie es jedes Mal geschafft, dass die Beziehung scheiterte. Keine Frau war ihr gut genug. Olivier Nevers lebte in seinem Kinderzimmer zwischen den alten Spielsachen. Seine Mutter hat ihn komplett versorgt. Sie hat ihren Sohn seit fünf Jahren nicht mehr gesehen und keine Vorstellung, wo er sich aufhalten könnte. Sie hofft sehr, dass wir ihn bald finden.«

»Das hoffe ich auch«, bemerkte Hauptkommissar Cleroc trocken.

»Ich habe noch etwas recherchiert«, berichtete Lagarde. »Roselin und ich haben überlegt, ob sich Germaine Marsault und Lisette Binet gekannt haben, also ob Nevers sie vielleicht aus einer Einrichtung, einer Behörde oder einer Gruppe kannte, auf die er wütend war. Ein Sozialamt zum Beispiel oder eine Schule. Ich gehe jedoch davon aus, dass sich die beiden Frauen höchstwahrscheinlich nie im Leben begegnet sind. Madame Marsault hat schon immer in Crasville gewohnt und war Hausfrau und Mutter. Lisette Binet hat Jobourg nie verlassen, war ebenfalls Hausfrau und hat mitunter in der Dorfbäckerei ausgeholfen. Außerdem sind wir ja auf ein weiteres Verbrechen und einen scheinbaren Unfall gestoßen. An Orten, die weit entfernt liegen. Auch die Theorie, dass Nevers längere Zeit krank oder im Gefängnis war, hat sich damit zerschlagen. Erstens habe ich nichts gefunden, was darauf hindeutet. Zweitens haben wir nun eine zeitliche Abfolge, die für einen Serientäter durchaus typisch sein kann.«

Bei dem Wort Serientäter zuckte Dumas zusammen. So etwas hatte es hier auf der Halbinsel noch nie gegeben. Das konnte nicht sein. Er betete, dass Philippe sich irrte.

Lagarde fuhr fort: »Nevers steigert das Tempo seiner Anschläge, zwei Jahre, wieder zwei Jahre, dann nur noch ein Jahr. Der Rhythmus verkürzt sich. Er kann auf die befreiende Tat nicht mehr so lange warten. Das heißt für uns, Kollegen, dass wir keine Zeit verlieren dürfen.«

Cleroc nickte ernst. »Philippe hat recht. Genauso ist es. Eine Sache habe ich noch. Gestern hat sich ein Hafenarbeiter aus Saint-Vaast gemeldet. Baptiste Dauvin. Er kann sich erinnern, dass ein Mann, auf den die Beschreibung von Olivier Nevers passt, am 22.03.2011 in der Hafenspelunke von Saint-Vaast war. Dort hat Dauvin damals mit Kollegen die Geburt seiner Tochter gefeiert. Aufgrund dieser Aussage können wir Nevers' Tagesablauf mehr oder weniger lückenlos ab dem Zeitpunkt rekonstruieren, als ihn die Nachbarin von Germaine Marsault auf dem Markt gesehen hat. Das hilft uns leider nicht weiter.«

Der Hauptkommissar schaute in die Runde. Er

wirkte äußerst besorgt. »Der Fahndungsaufruf hat keine weiteren Ergebnisse gebracht. Es ist wie verhext. Keiner hat Nevers gesehen. Das gibt es doch nicht. Ein Killer zieht durch das Land und tötet alte Frauen auf brutalste Weise. Und wir wissen nicht, wo er steckt. Kollegen«, sagte er beschwörend, »wir müssen ihn finden.«

Die Polizisten hatten sich von den Kollegen aus Cherbourg verabschiedet und fuhren gemeinsam zurück nach Barfleur. Der Gendarm setzte Lagarde vor seinem Anwesen ab, anschließend fuhr er Valérie nach Hause. Sie wohnte in der Rue du Lavoir im südlichen Teil des Fischerortes. Lagarde packte seinen kleinen Reisekoffer. Sie hatten beschlossen, zunächst auf die Insel Noirmoutier zu fahren und mit Fleur Salmon zu sprechen. Um vierzehn Uhr wollten sie starten. Ihr Ziel lag vierhundertvierzehn Kilometer von Barfleur entfernt. So würden sie gegen achtzehn Uhr dreißig dort eintreffen. Eine kleine Kaffeepause eingeschlossen. Die Sekretärin von Cleroc hatte mit der Gendarmerie von Noirmoutier-en-l'Île telefoniert. Sie würden einen Termin mit Madame Salmon vereinbaren und die Kollegen aus Barfleur zu dem Gespräch begleiten. Eine halbe Stunde später traf bereits die Bestätigung ein. Fleur Salmon war bereit, die Polizisten aus der Normandie um neunzehn Uhr zu empfangen und mit ihnen zu sprechen. Am nächsten Tag wollten sie nach Sarzeau auf der Halbinsel Rhuys fahren. Dort wurden sie gegen dreizehn Uhr in der örtlichen Gendarmerie erwartet. Am Abend würden sie rechtzeitig zu Madame Florences Geburtstagsfeier zurück sein. Eine Absage wäre ein nicht wiedergutzumachender Affront gewesen. Der Zeitplan war straff, aber machbar. Sie konnten es sich nicht leisten, kostbare Zeit zu verlieren.

Lagarde rief Odette an und informierte sie über seine Pläne. Erstaunlicherweise reagierte sie nicht eifersüchtig, weil er mit einer Frau über Nacht unterwegs sein würde. Odette und Valérie verband eine lose, aber innige Freundschaft. Die Polizistin half ihr manchmal in ihrem Treibhaus bei der Aufzucht und Pflege des Gemüses. Valérie liebte Gartenarbeit. Sie hatte ein Händchen für Pflanzen und konnte bei den praktischen Tätigkeiten gut abschalten. Dafür verwöhnte Odette sie mit kulinarischen Genüssen aus ihrer Küche. Bei diesen Gelegenheiten hatten sie sich immer viel zu erzählen.

Lagardes Lebensgefährtin berichtete, dass sie am Abend eine große Gesellschaft erwartete. Vor Mitternacht würde sie keinesfalls ins Bett kommen. Sie verabredeten sich für den folgenden Abend. Lagarde würde seine Freundin abholen, um mit ihr an der Geburtstagsfeier von Florence teilzunehmen. Sie brauchten unbedingt noch ein Geschenk. Jacques, der Meisterkoch, und Gérard, der Oberkellner, würden sich um das Restaurant kümmern.

Philippe Lagarde füllte auf der Terrasse die Futterschalen von Alexandre, der sich nicht blicken ließ. Nachdem er Türen und Fenster verriegelt hatte, verstaute er sein Gepäck im Kofferraum und fuhr zu Valérie. Die Polizistin erwartete ihn bereits auf dem Gehsteig vor ihrem Haus. Als sie seinen himmelblauen Renault Express erblickte, winkte sie ihm mit einem strahlenden Lächeln. Sie sah gut aus in ihrer blauen Uniform mit dem hellblauen Hemd, der perfekt sitzenden Krawatte und den schwarzen Schnürstiefeln. Die Dienstmütze saß keck auf dem dicken, fuchsroten, geflochtenen Zopf. Als Lagarde ausstieg, bemerkte er, dass ihre grünen Augen unternehmungslustig funkelten. Sie freute sich auf ihre gemeinsame Dienstreise. Valérie war ehrgeizig und fest entschlossen, dazu beizutragen, Olivier Nevers zu finden.

»Salut, Valérie.«

»Salut, Philippe. Wie ich mich freue, dass ich dich begleiten darf. Ich bin ganz aufgeregt. Wir werden bestimmt etwas herausfinden.«

Lagarde wollte ihren Enthusiasmus nicht bremsen. Diese Hoffnung hegte er ja ebenfalls.

»Das glaube ich auch, Valérie. Lass uns fahren. Madame Salmon erwartet uns um neunzehn Uhr.«

Er nahm ihre Reisetasche und stellte sie neben seinen Koffer auf die Ladefläche. Es konnte losgehen. Sie hatten Glück mit dem Reisewetter. Die Sonne strahlte von einem kobaltblauen Himmel. Vereinzelte Schafswolken schwebten scheinbar bewegungslos über der grünen Landschaft. Ein mildes Lüftchen wehte. Es duftete nach Frühling. Sie fuhren die Küste entlang nach Süden. Ein sanftes Dünenband, weite Strände und das Wattenmeer erstreckten sich linker Hand. In der Ferne glitzerte der Ärmelkanal.

Im Dorf Ravennoville reihten sich zwischen leuchtend grünen Strandgrasteppichen zu Ferienhäusern umgebaute Fischerkaten. Ihr Weg führte sie an Saint-Lô vorbei und weiter auf der Autobahn nach Avranches. Bald überquerten sie die Grenze zwischen der Normandie und der Bretagne.

Lagarde erzählte Valérie von der Burg Fougères, die nur einige Kilometer östlich auf einer Halbinsel im Fluss Nançon thronte. Sie war eine der größten Wehranlagen Europas und sah aus wie das Märchenschloss von Schneewittchen. Die Polizistin war begeistert und beschloss, in nächster Zeit einen Ausflug dorthin zu unternehmen. Sie liebte alte Festungsbollwerke.

Nach einigen Kilometern fuhren sie an Rennes, der Hauptstadt der Bretagne, vorbei. Die schöne Stadt mit kunstvollen Fachwerkhäusern, mittelalterlichen Gassen und charmanten Cafés war eine kunstsinnige Metropole mit viel Flair. Südwestlich von Rennes breitete sich der größte Wald der Bretagne aus. Der Forêt de Paimpont war nach einer Sage das Reich des Zauberers Merlin.

Nach etwa sechzig Kilometern erreichten sie die

alte Hauptstadt der Bretagne, Nantes. Sie begeisterte ihre Besucher mit der malerischen Altstadt, der quirligen Fischhalle, dem Antiquitätenmarkt und bezaubernden Créperien. Allein die Einkaufspassage mit ihren ornamentierten Eisentreppen, goldverzierten Säulen, weißen Putten und hohen Stuckdecken war einen Besuch wert.

Über schmale gewundene Landstraßen ging es weiter. Weites flaches Marschland, durchzogen von Wasserläufen, erstreckte sich bis zur Küste. Über eine Brücke gelangten sie nach Noirmoutier, einer kleinen länglich geformten Insel im Atlantik. Es war kurz nach halb sieben und inzwischen dunkel. Während der Fahrt hatten sie über ihren Fall gesprochen. Die mörderische Tour von Olivier Nevers bereitete ihnen Kopfzerbrechen. Sie fragten sich, was er in Zukunft plante. Beide waren sich einig, dass er ein bestimmtes Ziel verfolgte, das ihnen jedoch rätselhaft erschien. Valérie hatte sich ein Herz gefasst und Lagarde von der Begegnung mit Raymond de Clavette erzählt. Der Kommissar hatte ihr vorgeschlagen, die Einladung zum Abendessen anzunehmen. So konnte sie sich vielleicht über ihre Gefühle für diesen Mann klar werden und dann entscheiden, ob sie an einer erneuten Beziehung mit ihm interessiert war. Die Polizistin war unschlüssig. Aber sie hatte ihrem Kollegen gestanden, dass das zufällige Zusammentreffen mit Raymond sie sehr aufgewühlt hatte.

Die Inselstraße führte sie durch Heideland, Salzgärten und Dünen zum Hauptort, Noirmoutier-en-l'Île. Dort wohnte Fleur Salmon. Sie fuhren die enge Hauptstraße entlang und folgten dann nach einer Kreuzung einem asphaltierten Weg, der zum beliebten Hauptstrand der Insel, dem Plage des Dames, führte. Ungefähr siebenhundert Meter davor, am Rand eines Steineichenwaldes, befand sich das Haus von Fleur Salmon. Die Polizisten fuhren durch ein offen stehendes Eisentor in den mit feinen Steinen geschotterten Hof. Dort stellten sie das Auto ab und stiegen aus. Wie vereinbart wurden sie von einem Polizisten der örtlichen Gendarmerie erwartet. Er stellte sich als Jean-Luc Béliers vor und drückte den Kollegen aus der Normandie fest die Hand. Sie sahen sich neugierig um. Eine vornehme alte Villa erhob sich zwischen hohen Nadelbäumen. Gegenüber stand ein schlichtes, weiß verputztes Gebäude mit einem leicht schräg abfallenden, roten Ziegeldach. Es war in drei Wohnparzellen aufgeteilt. Zwischen den kleinen Vorplätzen standen Trennwände aus Holz. Die verglasten Eingangstüren wurden von grün lackierten Läden flankiert.

Lagarde vermutete, dass es sich bei dem Gebäude früher um Viehstallungen gehandelt hatte. Fleur Salmon wohnte im mittleren der drei Reihenhäuser. Über dem Eingang brannte eine Lampe. Auf der Terrasse standen ein Holztisch mit zwei fest installierten Sitzbänken und ein eingeklappter Sonnenschirm. Kleidung trocknete auf einem Wäscheständer. Vergissmeinnicht sprossen aus einem Holzbottich. An der Wand lehnte ein Kehrbesen. Der Vorplatz war ordentlich gefegt. Sie konnten keine Klingel entdecken. Der Gendarm Béliers klopfte an die Tür. Durch die Glasscheibe sahen sie eine alte Frau auf sich zukommen. Sie ging langsam und schwerfällig.

Schließlich drehte sie den Schlüssel um und öffnete die Tür. Freundliche braune Augen blickten auf die Ermittler. Die zweiundsiebzigjährige Fleur Salmon war klein und sehr korpulent. Die grauen Haare umrahmten ein fülliges Gesicht, auf dem sich ein warmes Lächeln zeigte. Sie trug ein altrosafarbenes Wollkleid und schwarze Gesundheitsschuhe.

»Guten Abend«, sagte sie mit einer überraschend tiefen Stimme. »Ein Gendarm Béliers hat heute Morgen angerufen und sich und zwei Polizisten aus der Normandie angekündigt. Ich nehme an, Sie sind das.«

»Guten Abend, Madame Salmon«, antwortete der Gendarm und lächelte sie an. »Sie haben recht. Wir sind das.«

Er stellte sie vor, und sie zeigten der Frau ihre Dienstausweise.

»Dürfen wir eintreten?«, fragte der Gendarm. »Die Kollegen aus Barfleur möchten gerne mit Ihnen sprechen. Ich werde als Vertreter der zuständigen örtlichen Behörde anwesend sein, wenn Sie einverstanden sind.«

»Aber gerne. Ich habe Sie schon erwartet. Normalerweise bekomme ich abends keinen Besuch. Und das Fernsehprogramm ist manchmal so langweilig. Kommen Sie herein.«

Die Terrassentür führte direkt in die kleine Küche. Vor der beige gefliesten Wand gab es einen Kühlschrank und einen Herd. Daneben standen ein hoher hellblau lackierter Holzschrank sowie ein Schuhregal. Über der Ablage waren Garderobenhaken angebracht. Gegenüber befand sich eine schmale Essecke, die mit Holzpaneelen umfasst war. Links davon führte eine Wendeltreppe in den ersten Stock. Die Elektroheizung gab eine trockene Wärme ab. Über dem Tisch verbreitete eine Makrameelampe mit braunen Kordeln ein warmes gelbes Licht. Herbstlaub verzierte die Tischdecke aus Kunststoff. An der Wand hing eine gerahmte Landkarte von Noirmoutier.

Madame Salmon bat die Polizisten, Platz zu nehmen. Sie hatte Tee gekocht, der nach Erdbeeren und Sahne duftete. In einer Glasschale hatte sie die echten köstlichen Butterkekse aus Nantes angerichtet. Sie setzten sich auf die Eckbank, und die alte Dame goss Tee in filigrane Tassen. Nachdem sie die Kanne auf das Stövchen platziert hatte, sah sie ihre Gäste bekümmert an.

»Der Anlass Ihres Besuches ist leider sehr ernst.

Gendarm Béliers hat am Telefon gesagt, dass sie aktuell in einem Fall ermitteln und deshalb mit mir über den Angriff reden wollen. Den Angriff in der Nacht des 23. März 2013.« Ihre Stimme zitterte. »Ich hätte ihn fast nicht überlebt. Mein Schutzengel hat gut auf mich aufgepasst.«

Lagarde fragte einfühlsam: »Wie geht es Ihnen jetzt, Madame Salmon?«

»Herr Kommissar, ich will nicht jammern. In meinem Alter muss man die Zähne zusammenbeißen. Sonst kann man sich gleich am Friedhof anstellen und warten, bis man an die Reihe kommt.« Sie lächelte tapfer. »Aber dieses Erlebnis war entsetzlich. Bei dem Sturz von der Treppe habe ich mir neben den Prellungen und Schürfwunden einen Schlüsselbeinbruch zugezogen, der lange nicht verheilt ist. Ich habe noch heute erhebliche Beschwerden. Und wenn ich auf der Straße einem großen Mann mit Hakennase begegne, bekomme ich Panikattacken und zittere wie Espenlaub. Jeden Morgen kommt ein Pflegedienst, richtet meine Medikamente und hilft mir beim Duschen. Eine entzückende kleine Praktikantin räumt die Wohnung auf und bereitet mir ein Frühstück zu. Abends koche ich selbst. Ich mache eben ganz langsam. Dann geht es schon.«

Valérie war berührt von der Tapferkeit der alten Dame. »Haben Sie Freunde oder Bekannte, die sich um Sie kümmern?«, fragte sie.

»Ich habe hilfsbereite nette Nachbarn«, berichtete Fleur Salmon. »Sie kaufen manchmal für mich ein. Ich gehe jeden Sonntag in die Kirche. Zweimal in der Woche findet im Pfarrhaus ein Seniorennachmittag statt. Am Dienstag gab es sogar ein klassisches Konzert. Bei diesen Veranstaltungen habe ich einen älteren Herrn mit vollendeten Umgangsformen kennengelernt. Wir machen gemeinsame Spaziergänge mit seinem Hund. Am liebsten laufen wir den Küstenweg entlang. Bis zur Mündung des Flusses. Manchmal schaue ich zu, wenn er Boule spielt.«

»Sehr schön, Madame Salmon«, erwiderte Valérie. »Sie sind nicht alleine, das ist ganz wichtig.« Es fiel ihr schwer, die Frage zu stellen, aber es musste sein. »Würden Sie uns bitte erzählen, was in der Nacht vom 23. März 2013 passiert ist?«

Madame Salmon nickte. »Ja, natürlich. An diesem Abend bin ich früh zu Bett gegangen. Ich träumte von meinem verstorbenen Mann Georges. Er saß in einem Lehnsessel neben meinem Bett, und wir unterhielten uns – über eine Urlaubsreise, die wir in jungen Jahren unternommen hatten. Damals sind wir mit seinem Motorrad, einem Zelt und wenig Geld in der Tasche in die Berge gefahren. Ich glaube, es war unser schönster Urlaub.« Sie überlegte und fuhr fort. »Plötzlich sah er nicht mehr mich an, sondern starrte erschrocken zum Fenster. Vorsicht, Fleur, flüsterte er mit angstgeweiteten Augen. Ich wachte auf. Im Halbdunkel beugte sich ein riesiger Mann über mich. Er hatte etwas in der Hand. Es roch nach Chemie. Ich trat mit den Beinen nach ihm und schlug ihm meine Bibel über den Kopf. Danach machte er ein Geräusch, dass mir das Blut in den Adern gefrieren ließ. Es war ein teuflisches Zischen, als ob es aus einem Höllenschlund entwich. Seine Augen glühten feuerrot. Er griff mit Händen wie Schraubstöcke nach mir, riss mich aus dem Bett, schleifte mich durch den Korridor und stieß mich die Treppe hinab. Ich glaube, ich war so voller Entsetzen und Angst, dass ich nicht einmal geschrien habe. Lähmende Schwere hatte von mir Besitz ergriffen. Als ich das Bewusstsein wiedererlangte, war der Mann verschwunden.«

Die furchtbare Erinnerung ließ sie schaudern. Fröstelnd trank sie einen Schluck Tee.

Valérie legte behutsam ihre Hand auf den Arm der Frau. »Es tut mir so leid«, sagte sie. »Sie sind sehr tapfer, Madame Salmon.«

»Es geht schon wieder. Danke.« Energisch wischte die alte Dame ihre Tränen fort. »Ich habe überlebt. Das ist das Wichtigste. Mein Georges hat mich gewarnt, der gute alte Georges.« Sie besann sich auf ihre Rolle als Gastgeberin. »Probieren Sie doch die Kekse. Sie sind wirklich gut.«

Lagarde kostete das Gebäck. »Sagen Sie, Madame Salmon, können Sie sich noch an irgendetwas erinnern? Auch wenn es Ihnen bedeutungslos erscheint.«

»Mir ist tatsächlich noch etwas eingefallen«, erzählte sie. »Allerdings erst Wochen nach dem Überfall. Ich hielt es nicht für wichtig und habe es wieder vergessen. Aber jetzt, wo Sie fragen.«

Valérie spürte, wie ein Adrenalinstoß durch ihren Körper fuhr.

»Im Halbdunkel meines Schlafzimmers konnte ich den Ärmel des Mannes sehen. Seine Kleidung war dunkel, aber der Stoff am Unterarm war bunt. Gelb und violett. Eine seltsame Aufmachung.«

Das fand Lagarde auch. Was könnte das bedeuten?

»Und da war noch etwas«, berichtete Madame Salmon weiter, angefeuert durch das offensichtliche Interesse ihrer Gäste. Sie fand die Polizisten ausgesprochen nett und wollte ihnen unbedingt helfen. Vor allem dieser freundliche Kommissar mit den schönen, meerblauen Augen und dem ansprechenden maskulinen Gesicht hatte es ihr angetan. »Bevor ich einschlief, habe ich Musik gehört. Chanson d'Amour. Das Lieblingslied von Georges und mir. Der Wind hat die Melodie zu meinem Fenster getragen. Von weit her. Vielleicht vom Festland. Es war wunderschön. Die Klänge haben mich in den Schlaf gewiegt.«

Lagardes Kopfhaut begann zu prickeln. Interessiert beugte er sich vor. »Wie hat sich diese Melodie angehört?«

Madame Salmon versuchte, ihre damaligen flüchtigen Eindrücke in Worte zu fassen. »Die Klänge waren nostalgisch, sehr romantisch, und die Musik hörte sich irgendwie blechern an.«

Die Polizisten wechselten rasch einen Blick. Sie wussten nicht, wie sie diese Information einordnen sollten.

»Ich habe noch eine Frage«, bemerkte Lagarde. »Ist zu der Zeit, als der Überfall auf Sie stattfand, noch irgendetwas hier in der Gegend passiert? Etwas, das mit Ihnen und dem Anschlag gar nichts zu tun hatte? Etwas Besonderes, Außergewöhnliches? Etwas, das sich vom Alltagstrott abgehoben hat?«

Fleur Salmon dachte lange nach. Dann begannen ihre Augen zu glänzen. Sie erhob sich und holte einen Aktenordner aus der Kommode im Salon. Sie legte ihn auf den Tisch, schlug ihn auf und begann konzentriert, die Seiten umzublättern. Dabei erklärte sie: »Ich sammle Zeitungsausschnitte. Von außergewöhnlichen Ereignissen, die bei uns in der Gegend geschehen sind. Das ist ein Hobby von mir. Ah, da ist ja der Artikel.«

Sie nahm die Folie mit dem Bericht und einer Fotografie aus dem Hefter. Die Polizisten betrachteten das Bild. Es zeigte einen Schäfer mit seinem Hund. Das rechte Vorderbein des Tieres war bandagiert.

»Im März 2013 hat ein Wanderschäfer in den Marschen auf dem Festland eine Schafherde gehütet. Nachts kamen zwei Wölfe aus dem Wald von La Roche. Sie griffen die Tiere an. Zwei Lämmer haben sie gerissen. Es brach ein Tumult unter den Schafen aus. Sie rannten in alle Richtungen davon. Der Schäferhund wollte die Lämmer retten und wurde dabei verletzt.«

»Wölfe?« Valérie wollte es nicht glauben.

»Ja«, bestätigte die alte Frau mit aufgeregter Stimme. »Wölfe, hier bei uns. Stellen Sie sich das mal vor.«

Lagarde studierte das Farbfoto mit dem Wanderschäfer. Die Aufnahme war grobkörnig und nicht besonders scharf. Er konnte jedoch deutlich erkennen, dass der Mann hünenhaft und kräftig war. Die kurzen Stoppelhaare waren hellblond. Die Nase groß und unförmig. Der Mann trug einen dunkelgrünen Wollumhang, der bis zu den derben Stiefeln reichte. Eine riesige Hand umfasste den Wanderstab. Der Kommissar las den Namen des Schäfers, der unter der Ablichtung vermerkt war. Er hieß André le Nôtre. Sein deutscher Schäferhund hörte auf den Namen Napoleon. Es war ein schönes Tier mit langem seidigem braunschwarzem Fell. Inmitten der Herde auf einer Wiese stand ein rostrot gestrichener Schäferkarren. Im Hintergrund zeichnete sich dichter Mischwald ab. Schließlich überflog er den Bericht. Dem Journalisten war es vortrefflich gelungen, die Dramatik der Wolfsattacke darzustellen. Lagarde gab Madame Salmon den Artikel zurück.

»Das ist ja wirklich eine unglaubliche Geschichte«, bemerkte er. »Können Sie sich noch an weitere Geschehnisse erinnern?«

»Nein, Herr Kommissar. Aber ich finde, das reicht auch. Der Überfall auf mich und das plötzliche Auftauchen der Wölfe. Normalerweise ist das hier eine friedliche Gegend.«

Lagarde lächelte sie an. »Da haben Sie natürlich recht, Madame Salmon.« Er erhob sich. »Es war sehr freundlich von Ihnen, mit uns zu sprechen. Wir haben unsere Fragen gestellt und verabschieden uns jetzt. Sie haben uns sehr geholfen. Vielen Dank. Auch für die Bewirtung.«

»Keine Ursache. Ich habe mich über Ihren Besuch gefreut.«

»Ich lasse Ihnen meine Visitenkarte hier. Wenn Ihnen noch etwas einfällt, rufen Sie mich einfach an.«

Valérie stapelte noch rasch Tassen und Teller auf ein Tablett und stellte es auf die Ablage neben der Spüle. Die alte Dame war gerührt über so viel Umsichtigkeit. Als die Polizisten schließlich ihre Küche verlassen hatten, stand sie im Rahmen ihrer Terrassentür und sah ihnen nach. Sie wartete dort, bis sie ihr Fahrzeug zwischen den eng stehenden Bäumen gewendet hatten. Ihr Besuch holperte im Renault Express über die unebene Sandfläche des Hofes. Madame Salmon winkte, bis er das Tor passiert hatte. Der Gendarm Jean-Luc Béliers folgte ihnen in seinem Dienstwagen. Die Einladung der netten Kollegen zum Abendessen hatte er leider ablehnen müssen. Er hatte Spätdienst und musste zur Wache zurückkehren.

Als Lagarde sich in den fließenden Verkehr einfädelte, knurrte Valéries Magen. Sie hatten unterwegs auf einer Autobahnraststätte einen kurzen Stopp eingelegt, einen Kaffee getrunken und ein Sandwich gegessen. Das war schon ewig her.

»Du hast Hunger«, stellte er fest. »Ich auch. Die süßen Kekse waren lecker, aber jetzt brauchen wir ein ordentliches Abendessen.«

»Das ist eine sehr gute Idee«, meinte die Polizistin. »Hast du eine Ahnung, wo man hier schön essen kann?«

»Ja, habe ich. Lass dich überraschen.«

Sie ließen den Hauptort hinter sich, fuhren am Meeresaquarium vorbei und folgten für einen Kilometer der Inselstraße. Schließlich bog Lagarde in einen Schotterweg ein. Vor einem erleuchteten Glaswürfel parkte er. Sie stiegen aus und betrachteten die nächtliche Landschaft. Der volle Mond tauchte die Salzgärten in ein weiches milchiges Licht. Die Gärten waren in Rechtecken angelegt und wurden von Schilf umsäumt. Der Abendwind kräuselte die dunkle Wasseroberfläche. Vereinzelt standen kleine Hütten an den Becken. Es roch nach Fisch und Tang. Grillen zirpten, Frösche quakten, ansonsten war es still. Vor langer Zeit hatten Mönche auf Noirmoutier Meersalz gewonnen. Das wertvolle weiße Gold hatte ihnen Reichtum und ein gutes Leben beschert. Nachdem das industriell produzierte Salz erfunden worden war, brach der lukrative Markt ein. Heutzutage kauften Touristen das Salz, das sehr nährstoffhaltig war, einen einzigartigen Geschmack aufwies und nach Veilchen duftete.

Der Imbiss mit den Meeresfrüchten bestand aus einer einfachen Holzhütte und einem verglasten Vorbau. Er diente als Schutz vor den Windböen und dem Nieselregen, der an manchen Abenden unvermittelt einsetzte. Die Polizisten betraten den Wintergarten. Fröhliches Stimmengewirr schlug ihnen entgegen. Das Lokal war gut besucht. Sie fanden einen Zweiertisch vor einer Glasfront mit Blick auf ein Salzbecken, in dem sich die Mondscheibe spiegelte. Rotweiß karierte Tischdecken waren über die Holztische gebreitet. Darauf standen Teelichter in Glasschalen und kleine Porzellanvasen mit malvenfarbenen und weißen Mimosenblüten. Zwischen den Blumen steckten Erdbeerbaumzweige, an denen rote Früchte glänzten. Eine junge Frau brachte ihnen die Speisekarte und nahm die Getränkebestellung auf. Lagarde orderte nach Absprache mit seiner Kollegin Mineralwasser und Muscadet. Das war ein wunderbarer trockener Weißwein aus den Lagen rund um Nantes, der vorzüglich zu Fischgerichten passte. Sie vertieften sich in die Menüauswahl und entschieden sich für Austern und geräucherten Meeraal als Vorspeise. Als Hauptgang bestellte Valérie Miesmuschel in Sahnesauce, Speck und Wein. Lagarde hatte Appetit auf gegrillten Zackenbarsch. Als die Getränke serviert worden waren, goss Lagarde ein. Sie stießen an.

»Auf einen raschen Ermittlungserfolg«, meinte er.

»Genau«, stimmte Valérie zu. »Darauf trinke ich auch.« Sie schnupperte am Wein. »Ich rieche Aprikosen«, stellte sie fest. »Was für ein Bouquet, himmlisch.«

Sie nahm einen großen Schluck und ließ ihre Blicke durch den schlichten, gemütlichen Gastraum und über die mondbeschienenen Salzgärten schweifen. Schließlich strahlte sie ihren Kollegen an.

»Es ist so schön hier. Was für eine bezaubernde, kleine Atlantikinsel. Ein richtiger Geheimtipp.«

»Morgen unternehmen wir eine kleine Rundfahrt, bevor wir nach Sarzeau fahren«, versprach er ihr.

»Sehr gerne.« Vorfreude ließ ihre Augen glänzen.

Während sie ihr Menü genossen, kam Valérie auf die Aussagen von Fleur Salmon zu sprechen.

»Dieser gelbviolette Ärmel des Eindringlings geht mir nicht aus dem Kopf. Was für ein Oberteil könnte er getragen haben? So ein Papageienoutfit besitze ich nicht.«

Der Kommissar überlegte. »Ein Sporttrikot, vielleicht.«

»Das wäre eine Erklärung«, stimmte sie ihm zu. »Sportkleidung ist häufig schrill. Meinem Geschmack entspricht das nicht.« Nachdenklich tunkte sie eine pralle Muschel mitsamt der schwarzen Schale in den Sahnesud. »Und die Melodie, Philippe? Chanson d'Amour? Was könnten uns diese romantischen, nächtlichen Klänge, herübergeweht vom Festland, sagen? Wo genau kamen sie her? Fand irgendwo ein Dorffest statt? Ein Konzert? Eine große Feier?«

Der Kommissar legte sein Besteck auf den Teller und wischte sich mit der Serviette den Mund ab. Selten hatte er einen so guten Zackenbarsch gegessen. Zart und butterweich. Er legte den Kopf schief und grinste sie an. »Liebe Valérie, ich habe keinen blassen Schimmer.«

Sie grinste zurück. »So wie ich dich kenne, wird sich das schnell ändern.«

Als sie ihr Mahl beendet hatten, tranken sie einen starken Mokka. Die Polizistin musste ausgiebig gähnen.

»Es war ein langer Tag«, entschuldigte sie sich.

»Das stimmt. Wir zahlen und brechen auf«, schlug der Kommissar vor. »Die effektive Sekretärin von Ludovic hat zwei Zimmer mit Frühstück für uns reserviert. Wir logieren im stillgelegten Leuchtturm von Noirmoutier-en-l'Île. Er wurde zu einer Herberge für Touristen umgebaut, die ein besonderes Flair bevorzugen. Sie liegt nördlich vom Plage des Dames an einer wildromantischen Felsküste inmitten eines Erdbeerbaumwaldes.«

»Wow, das hört sich spannend an.«

Die beiden Ermittler verließen das Restaurant und fuhren zurück zum Hauptort. Ihr Weg führte sie am Haus von Fleur Salmon vorbei. Im Salon brannte noch Licht. Durch die weißen Scheibengardinen konnten sie das Flimmern des Fernsehers wahrnehmen. Vor dem Plage des Dames bogen sie in einen Kiesweg ein. Er wurde von herrschaftlichen Fachwerkvillen aus früheren Epochen gesäumt, die von Bodenleuchten angestrahlt wurden. Sie beeindruckten mit ornamentierten Balustraden, Wintergärten, getragen von kunstvoll geschnitzten Holzrahmenwerken, sowie fassadenbreiten Terrassen, die von steinernen Löwen bewacht wurden. Knorrige, alte Erdbeerbäume und Steineichen überragten die eindrucksvollen Bauwerke aus der Blütezeit der Insel. Der süße Duft von Kamelien und Mimosen lag schwer in der Luft. Die Besitzer dieser Villen waren berühmte Regisseure, erfolgreiche Künstler und hochrangige Politiker, die den Sommer auf der Insel verbrachten.

Zwischen dicht belaubten Bäumen tauchte die Kuppel des Leuchtturmes auf. Der Fahrweg endete an einem bekiesten Parkplatz für die Gäste der außergewöhnlichen Herberge. Im matten Schein von antiken Lampen stiegen die Polizisten aus und holten ihr Gepäck aus dem Kofferraum. Sie folgten einem beleuchteten Wegweiser und umrundeten den Turm auf einem Schotterweg bis zum Strand. Der Leuchtturm, der vor ihnen in den Himmel ragte, setzte sich aus einem weißen Turm und einem kleineren gemauerten Leuchtfeuer mit halbrunder, roter Spitze zusammen. Die Spitze wurde von einem grauen Häubchen gekrönt. Ein weiß verputzter Flachbau schloss sich an. Zwischen gelb blühenden Mimosenbäumen lag versteckt ein Granitsteinhäuschen. Dort hatte früher der Leuchtturmwärter gewohnt. Zur Eingangspforte führte eine steile, steinerne Treppe. Am Rand jeder Stufe stand eine Tonschale mit roten Rebhuhnbeeren. Über der Holztür wiegte sich an einer Eisenvorrichtung eine orange brennende Schiffslaterne. Die Polizisten liefen die Stiegen hinauf. Auf der Plattform angelangt, blickten sie auf den dunklen Ozean. Sanfte Wellen glitten auf den Sand und zwischen Felsbrocken. Sie verursachten ein leises archaisches Rauschen.

Lagarde betätigte die Schiffsglocke. Kurz darauf öffnete ein Mann die Tür. Er trug eine königsblaue Kapitänsuniform mit silbernen Knöpfen und eine Schirmmütze. Die Jacke spannte über seinem dicken Bauch. Ein weißer, gepflegter Vollbart bedeckte sein Gesicht unter der runden Nase. Zwischen seinen Lippen steckte eine Meerschaumpfeife. Er nahm die Pfeife aus dem Mund und begrüßte seine Gäste herzlich. »Willkommen im Leuchtturm von Noirmoutier-en-l'Île«, sagte er. »Treten Sie ein.«

Sie folgten ihm zu einem glänzenden Mahagonitresen, der als Empfang diente. In dem kleinen Raum mit der gewölbten Decke roch es nach würzigem Tabak. Der Kapitän blätterte im Gästebuch und blickte lächelnd auf.

»Die beiden Polizisten aus Barfleur«, stellte er fest. »Ich habe zwei Zimmer für Sie reserviert. Im dritten und vierten Stock. Darüber befindet sich die Laternenkuppel. Es sieht fantastisch aus, wenn der Lichtstrahl in der Dunkelheit über die See gleitet. Das wird Ihnen gefallen. Sie sind heute Abend die einzigen Gäste. Wenn Sie in der Nacht ein schauriges Heulen vernehmen, behalten Sie die Ruhe. Das ist nicht der Klabautermann, sondern der Wind, der um den Leuchtturm pfeift.« Er lachte polternd über seinen Scherz. »Frühstück gibt es von acht bis zehn Uhr, im kleinen Gästeraum neben der Bar. Apropos Bar. Wenn Sie wollen, können Sie vor dem Schlafengehen dort noch einen Drink nehmen. Eine Stunde mache ich noch Dienst, dann krieche ich in meine Koje.«

Lagarde sah seine Kollegin fragend an. »Hast du Lust auf einen Schlummertrunk?«

»Ja, Philippe. Ich habe noch nie einen Drink in einem Leuchtturm genommen.«

»Gut«, wandte er sich an den Kapitän. »Wir bringen unser Gepäck auf die Zimmer, anschließend treffen wir uns in der Bar.«

»Ich freue mich«, sagte der Kapitän und händigte

seinen Gästen die Schlüssel aus, die an schweren, goldenen Ankern befestigt waren.

Die Ermittler stiegen im Gänsemarsch die steile, beklemmend enge Wendeltreppe hinauf. Im dritten Stock führte eine schmale Holztür direkt in ein winziges, halbrundes, jadegrünes Zimmer. Es verfügte über ein französisches Bett, einen verspiegelten Schrank und einen Schreibtisch, der vor dem Panoramafenster stand. Der bleiche Mond schien in den Raum. Grüne und rote Positionslichter blinkten in der Ferne. Ein kleineres Exemplar einer Schiffslaterne verbreitete ein weiches Licht. In einer abgetrennten Nische befand sich ein Miniaturbad.

»Das ist ja ein putziges Zimmer«, schwärmte Valérie. »Philippe, ich möchte so gerne in der obersten Etage unter dem Signalfeuer schlafen. Hast du etwas dagegen?«

»Aber nein. Ich trage dein Gepäck nach oben. Wenn du soweit bist, holst du mich ab, und wir gehen noch auf einen Sprung in die Bar.«

»Prima.«

Gemeinsam erklommen sie die Stufen in den vierten Stock. Lagarde warf einen Blick in das Zimmer seiner Kollegin. Es war das Pendant seiner Unterkunft in türkisblau. Über dem Bett schwebte eine riesige, ausgestopfte Dreizehenmöwe.

Neugierig trat Valérie an die Fensterfront. »Ich habe den Eindruck, als würde ich in einer gläsernen

Kugel über dem Forst und dem Meer schweben«, begeisterte sie sich.

Lagarde überließ sie ihrer Freude und stieg wieder hinab in den dritten Stock. In seinem Badezimmer machte er sich rasch ein wenig frisch. Den Blick in den winzigen Spiegel gerichtet, kämmte er sich die Haare. Der Sandelholzduft seines Eau de Toilette erfüllte die Nische. Während er auf seine Kollegin wartete, genoss er die Aussicht auf die mondbeschienene Insel und den Ozean. Das Festland bildete am Horizont einen schwarzen Streifen. Am nahen Strand war ein Treibholzfeuer entzündet worden. Hohe Flammen loderten auf. Durch das gekippte Oberlicht drang Lachen und Musik.

Fünf Minuten später klopfte Valérie an Lagardes Tür. Sie hatte ihr Diensthemd gegen einen schilfgrünen Pullover getauscht, der ihre Augen betonte. Ihre Lippen schimmerten rosa. Sie sah schön aus. Über die Wendeltreppe gelangten sie in die Rezeption. Gleich daneben befand sich die Bar. Sie war wie das Cockpit eines Schiffes eingerichtet. Die Theke war auf ein gewaltiges Steuerrad montiert. Darüber hingen Fischernetze mit allerlei Meeresgetier. Spiegel ersetzten die Glasscheiben. Auf einem dunkelbraun gebeizten Regal standen exakt aufgereiht Flaschen und Gläser. Der Kapitän wartete hinter dem Tresen auf sie. Die Polizisten nahmen auf Barhockern Platz.

»Was darf es sein?«, erkundigte sich der Seebär.

»Einen Calvados, bitte«, antwortete Lagarde.

»Für mich auch«, entschied Valérie.

Normalerweise trank sie keinen Schnaps, doch an diesem Abend machte sie eine Ausnahme. Es war ein besonderer Anlass, fand sie. Sie durfte an einer Mordermittlung mitwirken und in einem Leuchtturm übernachten. Der Kapitän füllte drei bauchige Schwenker mit dem bernsteinfarbenen Apfelschnaps. Sie stießen an.

»Wie gefallen Ihnen die Zimmer?«, erkundigte der Seebär sich.

»Sie sind ganz entzückend«, erwiderte Valérie. »Die Aussicht ist überwältigend.«

»Ja. Bei klarer Sicht kann man bis Pornic nahe der Loiremündung schauen.«

»Sind Sie der Eigentümer dieses Leuchtturmes?«, fragte Lagarde.

»Ja, ich bin der stolze Besitzer. Vor ein paar Jahren habe ich das maritime Denkmal gekauft. In Frankreich gibt es hundertzwanzig Leuchttürme. Dazu kommen Feuerträger auf Molen, Signaltonnen, Heulbojen, Feuerschiffe und Baken. Von den Steintürmen stehen siebenunddreißig draußen im Meer auf Inseln oder einsamen Felsklippen. Sie wurden unter unsäglichen Mühen erbaut. Diese Signalfeuer können für wenig Geld erworben werden. Nur Abenteurer würden sich auf solch eine Herausforderung einlassen. Von der Turmplattform aus muss man sich auf das Versorgungsboot abseilen, und umgekehrt. Bei böigem Wind und rauer See kann das Schiff abtreiben, und man taucht unfreiwillig in die kalten Fluten. Früher wurden diese Leuchttürme von den Wärtern in die Kategorie ›Hölle‹ eingestuft.«

Der Kapitän schenkte sich noch einen Calvados ein. Seine Zuhörer winkten ab. Er fuhr fort, zu erzählen.

»Leuchttürme auf dem Festland oder auf größeren Inseln galten bei den Wärtern als Paradies. Sie konnten ein ganz normales Leben führen und ihre Familie bei sich haben. Will man heutzutage so eine Trutzburg kaufen, braucht man viel Geld, richtig viel Geld. Außerdem stehen die Bewerber Schlange. Vor allem bei Künstlern sind die Bauwerke äußerst begehrt. Ich hatte Geld auf die hohe Kante gelegt und mein Haus verkauft. So gelang es mir, mein Projekt zu realisieren. Der Beamte in der zuständigen Behörde in Paris war mir noch einen Gefallen schuldig.« Der Seebär schmunzelte. »Als Kapitän bekommt man so einiges mit. Sie würden es nicht glauben, wie viele Ehen auf Luxusdampfern gebrochen werden.«

»Sie sind zur See gefahren?«, fragte Valérie.

»Ja, verehrte Frau Polizistin. Ich habe mich jahrzehntelang auf den sieben Weltmeeren herumgetrieben. Als Kapitän habe ich Kreuzfahrtschiffe gesteuert. Schwimmende Hochhäuser, da kann man sich verlaufen. Später arbeitete ich auf Luxusfähren, die den Ärmelkanal kreuzten. Irgendwann hatte ich genug von dem unsteten Leben. Auf meine alten Tage hin wollte ich sesshaft werden. Ich hatte schon lange den Traum, eine kleine, feine Herberge zu führen. Als ich diesen Leuchtturm zum ersten Mal sah, habe ich mich in ihn verliebt. Hier wollte ich Gäste beherbergen und kulinarisch verwöhnen. Weinproben und Vernissagen sollten stattfinden. Ich vermiete sechs individuell gestaltete Zimmer. Im flachen Anbau befinden sich das Restaurant und die Küche. Ich koche vorzüglich, behaupten meine Gäste. Schräg hinter dem Turm liegt ein kleines Granithaus. Dort wohne ich. In meinem Garten baue ich Obst und Gemüse an. Ich führe ein beschauliches, ruhiges, erfülltes Leben. Mein Traum hat sich erfüllt.«

»Ihre Herberge im Leuchtturm ist wirklich ein Traum«, bestätigte Valérie. »Hier würde es mir auch gefallen.«

»Die Renovierungsarbeiten waren doch sicherlich sehr aufwendig«, meinte Lagarde. »Wie haben Sie das alles bewerkstelligt?«

»Nun, beim Innenausbau haben mir Freunde geholfen. Alte Seebären, die handwerklich geschickt sind und gerne Hand anlegen. Kapitäne im Ruhestand sind umtriebig und aktiv. Die Renovierung des Leuchtturms hat der Förderverein für maritime Museumsstücke übernommen. Das ist eine Vereinigung von ehrenamtlich engagierten Menschen, die sich dem Erhalt und der Pflege der Kathedralen des Meeres verschrieben haben. Die Bauwerke stehen unter Denkmalschutz. Der Verein lebt von Spendengeldern. Er hat Fördermitglieder, die finanzielle Mittel zur Verfügung stellen. Einige davon sind sehr großzügig. Leuchttürme üben eine seltsame Faszination auf Menschen aus.«

»Und wer hat die Arbeiten durchgeführt?«, wollte die Polizistin wissen.

»Der Förderverein beschäftigt Handwerker für diese Aufgaben. Elektromechaniker, Maurer, Maler, Fliesenleger und Hilfsarbeiter bilden Bautrupps, die anrücken und hervorragende Arbeit leisten. Sie ziehen an der französischen Küste von Leuchtturm zu Leuchtturm.« Er deutete auf eine Fotokollage, die ein rotweißer Rettungsring einrahmte. »Schauen Sie. Ich habe den Einsatz der Männer dokumentiert. Vor drei Jahren sind sie angereist und haben vier Wochen lang hart gearbeitet.«

Auf den Farbablichtungen waren muskelbepackte Handwerker in Arbeitshosen und Feinrippunterhemden zu sehen, die Granitsteine auswechselten, Mauern verputzten und die komplizierte technische Anlage in der Signalkuppel überholten. Ein großer Mann mit riesigen Pranken schleppte Steine von einem Traktoranhänger zur Baustelle. Er trug einen grauen Arbeitsoverall, hatte eine Mütze auf dem Kopf und lachte in die Kamera. Eine weitere Fotografie zeigte die Truppe, die sich am Strand um ein Lagerfeuer versammelt hatte. Über den Flammen hing an einem Gestell ein gewaltiger, kupferner Topf. Jeder der Männer hatte eine Flasche Bier in der Hand. Fröhlich prosteten sie sich zu.

»Es war wirklich eine tolle Truppe«, schwärmte der Kapitän.

»Wenn weitere Arbeiten anstehen, fordere ich sie wieder an. Den Männern hat es bei mir gefallen. Ich habe Hausmannskost für sie gekocht und die Getränke spendiert.«

»Das Ergebnis kann sich sehen lassen«, stellte Lagarde fest. »Sie haben sich hier ein Kleinod geschaffen.«

Valérie und er tranken ihre Gläser aus. Es war Zeit, ins Bett zu gehen. Morgen hatten sie einen langen Tag vor sich. Sie wünschten dem Kapitän eine gute Nacht und stiegen die Treppe zu ihren Zimmern hinauf.

Im dritten Stock angelangt, fragte Lagarde: »Frühstück um acht?«

»Ich möchte gerne vorher joggen.«

»Gute Idee. Nimmst du mich mit?«

Valérie lachte. »Aber sicher.«

»Wollen wir uns um halb sieben an der Bar treffen?«, schlug er vor.

»Einverstanden, Philippe. Ich freue mich. Schlaf schön.«

Der Kommissar zog sich in sein Zimmer zurück. Seine Kleidung breitete er über die Lehne des Schreibtischstuhles. Schließlich streckte er sich auf dem Bett aus. Er schrieb eine SMS an Odette und löschte das Licht. Seine Gedanken kreisten um die schwierige Ermittlung, dabei schlief er ein.

Seine Kollegin stand in ihrem Zimmer am Panoramafenster. Ihre Augen folgten fasziniert dem mächtigen Lichtstrahl des Signalfeuers. Der Anblick hatte etwas Magisches, Überirdisches. Über dem Atlantik wölbte sich ein von Sternen übersäter stahlblauer Himmel. Eine Party am Strand war in vollem Gange. Ausgelassene Menschen tanzten um das Treibholzfeuer. Aus der Vogelperspektive sahen sie wie muntere Zwerge aus. Unvermittelt kam ihr Raymond in den Sinn. Würde es sie glücklich machen, wenn er jetzt bei ihr wäre?

Wütend über diesen Gedanken zog sie ihren Pullover über den Kopf und warf ihn auf den Teppich. Nein, darüber wäre sie nicht glücklich. Nein und nochmals nein. Sie kroch unter die Decke und starrte auf die reglose Seemöwe über ihrem Bett, bis ihr die Augen zufielen.

Olivier Nevers stand verborgen hinter einem Baugerüst und starrte auf das gegenüberliegende, heruntergekommene Häuserensemble, in dem seine Mutter wohnte. Laternen warfen tiefe Schatten, die über die ockerfarbene Fassade und die Kopfsteingasse krochen. Die Nacht hatte sich längst über Barfleur gesenkt. Wenn seine Mutter Zigaretten brauchte, suchte sie den Tante-Emma-Laden immer kurz vor Geschäftsschluss auf. Dann musste sie nicht so lange an der Kasse stehen. In dem Geschäft befand sich auch eine Bar Tabac. So konnte man neben Lebensmitteln auch Alkohol, Zigaretten, Tageszeitungen, Souvenirs und Postkarten kaufen. Die Bar schloss um dreiundzwanzig Uhr. Eine Nachbarin kaufte häufig für seine Mutter ein, weil ihr das Laufen so schwerfiel und ihre Beine schmerzten. Als Gegenleistung passte Ernestine ab und zu auf deren kleine Tochter auf. Seine Mutter mochte Kinder. Die Nachbarin weigerte sich jedoch, Zigaretten zu kaufen. Sie war der Ansicht, dass das Rauchen die gesundheitliche Verfassung von Ernestine noch mehr verschlechtern würde. In dieser Hinsicht blieb sie konsequent.

Er lehnte sich an eine Eisenstrebe hinter einer flatternden Plane und zündete sich eine Zigarette an. In diesem Moment erschien Ernestine Nevers in der Hofeinfahrt. Sie bewegte sich langsam und schwerfällig. Ein weites, zerknittertes T-Shirt fiel über ihre ausgeleierte Jogginghose. Die aufgequollenen Füße steckten in Badelatschen. Ihre Haare sahen fettig und ungepflegt aus. Wenn sie kurz ihre Wohnung verließ, zog sie nie eine Jacke über. Ihr fehlte die Fähigkeit, Kälte zu empfinden. Olivier stellte fest, dass sie noch mehr zugenommen hatte.

Seine Mutter schleppte sich im Zeitlupentempo den Bürgersteig entlang. Ihm schien, dass er sie keuchen hörte. Sie hatte ihren Sohn nicht bemerkt. Natürlich nicht. *Olivier war klug.* Wehmütig dachte er an seine Kindheit zurück. Seinen Vater hatte er nie gekannt. Er war bei Ernestine aufgewachsen, und sie hatten immer in derselben Wohnung gelebt. Früher war sie schlanker gewesen und unternehmungslustiger. Oft waren sie mit dem Bus an den nahen Strand gefahren. Dort hatten sie im Wasser geplanscht und gespielt. Danach gab es für ihn immer eine Riesenportion Eis im Strandcafé. Sie hatten wenig Geld besessen, aber dafür hatte ihr Budget gereicht. Als er ein kleiner Junge gewesen war, hatte er seine Mutter bewundert und geliebt. Irgendwann war ihre Beziehung nicht mehr so eng gewesen. Wie es so weit kommen konnte, vermochte er nicht zu sagen. Eigentlich hatte er eine eigene Wohnung mieten und selbständig leben wollen. Aber irgendwie hatte ihm immer der Antrieb gefehlt. Bei all seinen Hilfsarbeiterjobs war er von den Kollegen ausgelacht worden, weil er noch bei seiner Mutter wohnte. Frauen, die er kennenlernte, fanden das Arrangement sonderbar und wandten sich bald wieder von ihm ab.

Seine Mutter verschwand in dem kleinen Lebensmittelladen. Olivier sah sich um. Die Straße war menschenleer. Er schulterte seinen schweren Rucksack, überquerte hastig die Gasse und lief durch den Torbogen zum Hinterhaus. Zwischen dem Gebäude und der Scheune befand sich der Eingang zum Keller. Er lief die wenigen Stufen hinab. Mit einem Dietrich öffnete er das Schloss. Seit seiner Mutter ein Sack Eierkohlen gestohlen worden war, sperrte sie immer ab.

Zielstrebig lief er zum Kellerabteil von Ernestine Nevers, dessen Türschloss er ebenfalls mühelos knackte. Als er sein Vorhaben beendet hatte, trat er den Rückzug an. Niemand bemerkte den Hünen, als er das Haupthaus verließ und mit schnellen Schritten um die nächste Ecke bog.

DAS WASSERSCHLOSS SUSCINIO

FÜNFTER TAG

Als Valéries Wecker klingelte, drehte sie sich auf den Rücken und schlug die Augen auf. Es war sechs Uhr. Ihr erster Blick fiel auf die Dreizehenmöwe, und ihr wurde bewusst, dass sie sich in einem Leuchtturm hoch über dem Atlantik befand. Sie schwang sich aus dem Bett und trat an das Fenster. Es nieselte. Nebelfetzen fegten über die Meerespassage zwischen Noirmoutier und dem Festland. Es war Ebbe. Gähnend betrat sie das Bad, putzte ihre Zähne und kämmte mit einem grobzinkigen Kamm Strähne für Strähne ihrer Haare. Sie band sie zu einem Pferdeschwanz, schlüpfte in eine Jogginghose und zog sich einen Kapuzenpulli über. Schließlich schnürte sie ihre Laufschuhe.

Unternehmungslustig lief sie die Treppe hinab und suchte die Bar auf. Dort wartete Philippe auf sie. Er trug ebenfalls einen Trainingsanzug und hatte eine Kappe auf. Vor ihm auf der Theke standen zwei Tassen mit dampfendem Mokka.

»Guten Morgen, Valérie«, begrüßte er sie lächelnd. »Hast du gut geschlafen?«

»Guten Morgen, Philippe. Wie ein Murmeltier.«

Er reichte ihr eine Tasse. »Ich dachte, ein schöner starker Kaffee vor dem Laufen ist genau das Richtige. Der Kapitän war so freundlich und hat ihn gekocht.«

»Danke, Philippe. Das war nett von ihm. Ohne Koffein komme ich am Morgen schwer in die Gänge.«

Lagarde studierte eine Landkarte der Insel und legte die ungefähre Route für ihren Lauf fest. Nachdem sie den Mokka getrunken hatten, verließen sie den Leuchtturm. Auf dem nassen Sand machten sie einige Dehnübungen, dann setzten sie sich, einträchtig nebeneinander trabend, in Bewegung. Sie ließen die felsige Küste hinter sich und folgten dem Ufer der kleinen Bucht, die Rotes Henkelchen genannt wurde. Da der Strand auf der geschützten Ostseite der Insel lag, war er bei Familien sehr beliebt. Weiße Badehäuschen standen unterhalb des Steineichenforstes.

Über einen Waldpfad gelangten sie zum Plage des Dames, der sich unberührt vor ihnen auftat. Auf der Pier standen Angler. Bei Regen bissen die Fische besonders gut. Sie folgten dem Trampelpfad neben der Mole und erreichten die Küstenstraße. Feinsandige Strände wechselten sich mit Campingplätzen ab. Vereinzelt standen Wohnwagen, Wohnmobile und Zelte auf Parzellen in einem lichten Pinienwald. Der kräftige Wind zerrte an den nassen Stoffwänden und den gespannten Schnüren, als wolle er die Heringe aus dem Boden reißen. Ein junges Paar in Regenjacken schaufelte gerade einen Graben um ihr Zelt, um das Wasser abzuleiten. Rentner, die ihre Hunde ausführten, hielten ihre Schirme fest und beeilten sich, wieder nach Hause zu kommen.

Die Polizisten erreichten die Flussmündung und folgten dem Wasserlauf auf einem Radweg in westlicher Richtung. Im Zentrum von Noirmoutier-en-l'Île diente der Fluss als Hafen für Fischerboote und Segler. Beidseitig reihten sich unterhalb der Kaimauer weiße und blaue Schiffe sowie ein flaschengrünes Hausboot. Als sie durch den Ortskern liefen, stoppte Lagarde kurz an einer Bar Tabac und holte sich eine Tageszeitung, die er unter seine Trainingsjacke steckte. Gleich darauf ging es durch enge Gassen weiter, die von Restaurants und Souvenirläden gesäumt wurden. Nach wenigen Metern erreichten sie das Schloss. Teils verborgen von knorrigen Libanonzedern, thronte es in einem ummauerten Hof, dessen Portal offen stand. Die Fassade war weiß gekalkt, vier runde Türme flankierten das stolze Bauwerk. Sie wurden von Schieferkegeln gekrönt, die im Regen matt glänzten.

Valérie konnte sich an dem schönen Gebäude gar nicht satt sehen und wäre beinahe über eine Wurzel gestolpert. Dann ging es an der romanischen Kirche vorbei zum Bouleplatz und weiter auf die Stichstraße, die zum Plage des Dames zurückführte. In der Küche von Fleur Salmon brannte Licht. Nach dem

Überfall schlief sie schlecht und stand zeitig auf. Die Jogger trabten durch das Villenviertel und erreichten nach ungefähr einer Stunde den Leuchtturm, dessen Kuppe vom Nebel verhüllt wurde. Sie waren verschwitzt, tropfnass und zufrieden mit ihrem Morgensport.

Nach einer heißen Dusche trafen sie sich im Frühstücksraum. Sie hatten ihre Zimmer bereits geräumt und das Gepäck neben dem Empfangstresen abgestellt. Der Kapitän hatte während ihrer Runde ein üppiges Frühstück für sie vorbereitet. Ausgehungert machten sie sich darüber her. Lagarde ließ sich die Spiegeleier mit Speck schmecken. Seine Kollegin war begeistert von den dünnen heißen Crêpes, die der Kapitän mit grobem Zucker bestreut hatte. Sie bestrich sie mit Erdbeermarmelade und aß drei von den köstlichen Fladen. Die Polizisten unterhielten sich über die Naturschönheiten und Sehenswürdigkeiten auf der Insel, die sie während ihres Laufes entdeckt hatten. Beide waren sich einig, dass sich ein längerer Aufenthalt lohnen würde.

Nachdem sie ihr Frühstück beendet hatten, brachen sie auf. Lagarde bezahlte die Rechnung und sie verabschiedeten sich vom Herbergsbesitzer. Er drückte ihnen fest die Hand.

»Auf Wiedersehen. Schauen Sie bei mir vorbei, wenn Sie in der Nähe sind. Sie sind jederzeit herzlich willkommen.«

»Danke«, erwiderte der Kommissar. »Das machen wir. Wir haben uns hier sehr wohlgefühlt.«

»Ein Tipp noch«, bemerkte der Wirt. »Verlassen Sie die Insel nicht über die Brücke, sondern durch die Passage du Gois.«

»Was ist denn das?«, erkundigte sich Valérie neugierig.

»Das ist eine Furt durch das Watt. Sie ist nur bei Ebbe passierbar. Jetzt kommen Sie noch durch. In zwei Stunden werden Sie mitsamt ihrem Auto von den Fluten weggespült.«

Valéries Augen weiteten sich. »Wir sollen über den Meeresgrund fahren?«

»Ja, warum denn nicht?«, erwiderte der Kapitän. »Viele Einheimische und Touristen machen das so. Es ist ein Abenteuer.«

Lagarde grinste. »Na dann, nichts wie los, bevor es zu spät ist.«

Der Wirt begleitete seine Gäste bis zur Tür und winkte ihnen nach. Sie luden ihr Gepäck ein, wendeten das Auto und ließen nach wenigen Minuten das Villenviertel im Steineichenwald hinter sich. Schließlich fuhren sie durch den Hauptort und folgten der Inselstraße in südlicher Richtung.

Kurz vor der Brücke, die zum Festland führte, wies ein Schild den Weg zur Passage du Gois. Lagarde bog ab und steuerte auf einer Sandpiste bis zur Furt. Die viereinhalb Kilometer lange Passage erstreckte sich vor ihnen. Beidseitig davon lag das Wattenmeer. Wasserläufe, Tümpel und Priele spiegelten die Wolken, die dicht über dem Boden hingen. Auf der weiten Fläche waren zahlreiche Menschen unterwegs. Sie hatten ihre Fahrzeuge neben der Furt zwischen Felsbrocken im Schlick abgestellt. Jetzt suchten sie, ausgerüstet mit Eimern, Harken und Schaufeln, Meeresgetier im Watt. Besonders beliebt bei den Fischern zu Fuß waren Wellhornschnecken, Teppichmuscheln und Taschenkrebse. In den dreißiger Jahren war die gefährliche Sandpiste geschottert worden, einige Jahre später mit Platten belegt. Inzwischen war ein Teil der Strecke zusätzlich asphaltiert worden, um mehr Sicherheit bei der Überfahrt zu gewährleisten. Zu dieser Zeit waren auch Rettungsinseln mit Plattformen errichtet worden, die das Meer selbst bei Flut nicht erreichte. Dorthin konnten die Menschen flüchten, wenn die aufkommende Flut sie überraschte und zu verschlingen drohte. In den Grund gerammte Pfähle trugen lange Stangen mit Sprossen. Diese Dalben dienten dazu, außer Reichweite des Ozeans zu kommen, wenn der Wasserpegel unerbittlich und schnell stieg. Im Volksmund wurden sie als Papageienmäste bezeichnet. Dort musste man stundenlang ausharren, bis Niedrigwasser einsetzte. Es kam immer wieder zu Zwischenfällen mit Fußgängern und Fahrzeugen, obwohl die Zeiten für Hoch- und Niedrigwasser an der Passage angezeigt wurden. Im Vendée-Krieg wurde eine Armee bei dem Marsch auf die Insel von der Flut überrascht. Alle Soldaten ertranken. Neunzehnhundertneunundneunzig gab es bei der Tour de France auf der rutschigen, nassen Passage du Gois einen Massensturz.

Valérie starrte auf die feucht glänzende, endlos erscheinende Piste. »Willst du da jetzt wirklich rüberfahren?«

»Aber sicher. Wenn die Flut kommt, flüchten wir auf einen Papageienmast.« Lagarde sah sie von der Seite an. »Das war ein Scherz, Valérie. Die Flut setzt erst später ein. Wir schaffen das.«

»Und wenn wir eine Panne haben? Wenn unser Auto liegen bleibt?«

»Dann schwimmen wir eben an Land.«

Langsam fuhr er los.

»Und wenn uns ein Fahrzeug entgegenkommt? Die Passage ist schmal. Was machen wir dann?«

Valérie konnte sich mühelos noch weitere Schreckensszenarien ausmalen.

»Dann müssen wir in den Schlick ausweichen. Die anderen Fahrer machen das auch. Man kann problemlos über den festen Sand fahren.«

»Und wenn wir dort stecken bleiben?«, warf sie ein. »Wenn uns scharfe Riffe die Reifen zerschneiden?« Sie starrte auf den asphaltierten Streifen auf dem Meeresgrund. »Meine Güte, wenn das mal gutgeht.«

»Mach dir keine Sorgen«, versuchte Lagarde seine Kollegin zu beruhigen. »Hunderte von Fahrzeugen überqueren diese Passage täglich ohne Zwischenfälle.«

Valérie war kein ängstlicher Mensch, aber dieses Abenteuer schien ihr verwegen. Der Renault Express holperte im Schritttempo über die abgefahrenen, glitschigen Platten und bahnte sich seinen Weg durch das Wattenmeer. Sie passierten einen Rettungsturm nach dem anderen. Kam ihnen ein Auto entgegen, das nicht ausweichen wollte, verließ Lagarde die gesicherte Furt und steuerte durch schwarzes Felsgestein, über Algenteppiche und matschigen Untergrund. Einmal drehten die Räder durch und griffen erst nach einer gefühlten Ewigkeit. Valérie hatte den Eindruck, dass die Flutwellen immer näher kamen. Sie behielt sie im Auge, schätzte die Entfernung bis zum nächsten rettenden Pfahl ab und fixierte den Streifen des Festlandes, der nicht näher kommen wollte. Die Polizistin schwieg beharrlich, als ob jedes weitere Wort eine Sintflut auslösen würde. Immer wieder versperrten Dunstschleier ihnen die Sicht. Ein Lastwagen drängte sie vom Weg ab, und mangels einer Ausweichstelle kroch der Renault Express durch ein flaches Wasserloch. Ein Mann mit Regenjacke und Gummistiefeln lotste sie souverän auf die sichere Furt zurück. Lagarde winkte ihm dankend zu.

Nach zwölf Minuten hatten sie wieder festen Boden unter den Füßen. Der Kommissar parkte am Straßenrand. Sie stiegen aus und warfen einen letzten Blick auf die Passage du Gois. Die Polizistin kuschelte sich in ihren Anorak, den sie über die Dienstjacke gezogen hatte. Sie atmete tief durch und bemerkte dann mit Erleichterung in der Stimme: »Geschafft! Das war eine faszinierende Aktion. In einer Stunde kommt die Flut und überspült die gesamte Fläche. Die Pêcheurs à Pied sollten allmählich den Rückzug antreten.«

»Das werden sie auch tun, Valérie«, versicherte Lagarde. »Sie kennen sich mit den Gezeiten sehr gut aus.«

»Beim nächsten Mal nehmen wir die Brücke«, entschied sie.

»Einverstanden«, erwiderte Lagarde lachend.

Wieder zurück im Auto, startete er den Motor und meinte: »Zur Halbinsel Rhuys sind es hundertfünfzig Kilometer. Wir brauchen dafür gut zwei Stunden. Ich gehe davon aus, dass wir pünktlich um dreizehn Uhr in der Gendarmerie von Sarzeau eintreffen werden.«

Sie fuhren an der Küste entlang bis Pornic, überquerten auf einer weiten Brücke das Loiredelta und erreichten nach zwei Stunden die bretonische Halbinsel.

Sarzeau war der Hauptort von Rhuys und lag ungefähr in der Mitte der Halbinsel. Im Süden rollten die rauen

Wogen des Atlantiks an das Ufer, im Norden erstreckte sich der Golf von Morbihan, das kleine Binnenmeer. Zweimal am Tag strömte der Ozean in den Golf, lieferte frisches Plankton für die Austernzucht und reicherte das flache Wasser mit Sauerstoff an. Kleine Häfen schmiegten sich in zerklüftete Buchten. Runde Felsen und winzige Waldparzellen erhoben sich aus dem Binnenmeer. Angeblich sollten es dreihundertfünfundsechzig Eilande sein, nach der alten Sage eine Seeinsel für jeden Tag im Jahr.

Fünf Minuten vor dreizehn Uhr parkte Lagarde den Renault Express in Sarzeau vor der Kirche. Sie war aus graubraunem Granitstein erbaut, verfügte über einen mächtigen Viereckssturm und dominierte den quadratischen Marktplatz. Vor dem Bauwerk bot ein Fischhändler in einem fahrbaren Verkaufsstand lauthals Meeresfrüchte an. In einer Holzkiste krabbelten Seespinnen mit dünnen gekrümmten Scheren und versuchten zu flüchten. Der gepflasterte Platz wurde von orangerot blühenden Mimosenbäumen gesäumt. Auf der rechten Seite reihten sich Cafés, ein Souvenirladen, ein Geschäft für Tabakwaren und Zeitschriften sowie ein Immobilienbüro. Gegenüber der Kirche befanden sich Restaurants, eine Crêperie und ein Maleratelier. Obwohl es bewölkt und kühl war, waren die Tische vor den Lokalen gut besetzt.

Die Gendarmerie lag in einer Seitenstraße zwischen dem Rathaus und der Post, in der 17 rue de Kerpaul. Davor parkten, dicht gedrängt, drei weißblaue Dienstfahrzeuge. Das Granitsteinhaus hatte taubenblaue Sprossenfenster und ebensolche Holzläden. Vor den Fenstern im Erdgeschoss blühten in schmalen Kästen weiße und rote Geranien.

Die beiden Polizisten betraten das Gebäude durch eine Glastür. Der Empfangstresen im Eingangsbereich war verwaist. Darauf stand ein Telefon, das ohne Unterlass schrillte.

»Mittagspause«, stellte Valérie grinsend fest.

Eine Tür im schmalen Korridor wurde geöffnet, und ein Mann kam heraus. Er war klein, untersetzt und stämmig. Seine grauen Haare waren militärisch kurz geschnitten. Der Knoten seiner Krawatte über dem blauen Diensthemd war gelockert. Das markante, gebräunte Gesicht mit den vielen Lachfältchen um die blauen Augen wirkte sympathisch. Als der Gendarm die Besucher wahrnahm, nickte er ihnen freundlich zu.

»Einen Moment, bitte«, sagte er, griff nach dem Telefonhörer und meldete sich. Zunächst hörte er stirnrunzelnd zu, dann erteilte er mit energischer Stimme einige kurze Befehle.

Nachdem er das Gespräch beendet hatte, wandte er sich an die Polizisten. »Sie sind die Kollegen aus Barfleur, nicht wahr? Pünktlich auf die Minute. Herzlich willkommen in Sarzeau. Ich bin der Chef der Gendarmerie, Alphonse Coulon.« Er schüttelte ihnen mit einem festen Griff die Hand. »Meine Assistentin hat Mittagspause«, erklärte er. »Ich mache Telefondienst. Die beiden diensthabenden Gendarmen nehmen gerade einen Verkehrsunfall auf. Es gibt Probleme, weil der Unfallverursacher offenbar nicht versichert ist. Der Geschädigte tobt vor Wut und ist kaum zu beruhigen.« Er schüttelte verärgert den Kopf. »Ich verstehe nicht, wie manche Menschen so verantwortungslos handeln können. Es kommt immer häufiger vor, dass unbescholtene Leute, die alles richtig gemacht haben, auf dem finanziellen Schaden sitzen bleiben.«

»Bei uns gibt es genau das gleiche Phänomen«, wusste Valérie zu berichten.

Der Chef der Dienststelle lächelte sie an. Er fand die Kollegin aus Barfleur außerordentlich attraktiv. Schließlich besann er sich auf seine Arbeit und meinte: »Sie sind nicht wegen eines kollegialen Austausches über Verkehrsrowdies hergekommen. Wenn ich es recht verstanden habe, geht es um einen Unfall, der sich im März 2015 ereignet hat. Die verunglückte Frau hieß Marguerite Vaucluse. Kommen Sie doch bitte mit in mein Büro. Ich habe die Unterlagen herausgesucht. Es gibt sogar Kaffee und Kuchen. Meine Assistentin hat vor ihrer Mittagspause für uns gesorgt.«

Sie folgten ihm in ein kleines Zimmer, dessen

Fenster auf einen mit Weinlaub berankten Hinterhof hinausblickten. Neben einem Metallschrank, der bis zur Decke reichte, hingen zahlreiche gerahmte Schnappschüsse, die Alphonse Coulon beim Angeln zeigten. Offensichtlich war diese Freizeitbeschäftigung seine große Leidenschaft. In einer Ecke stand eine prächtig gedeihende Yuccapalme. Auf dem Schreibtisch stapelten sich Akten. Notizen waren auf der Oberfläche verstreut. Dazwischen lag eine einzelne Mappe.

Der Gendarm zeigte auf eine Sitzecke. Auf dem kleinen runden Tisch stand ein Tablett. »Setzen Sie sich doch bitte. Hier können wir in Ruhe über Ihr Anliegen sprechen.«

Geschäftig schenkte er Kaffee ein und bot seinen Gästen Kuchen an. Mit seiner ruhigen bedächtigen Art erinnerte er Lagarde an Roselin. Valérie griff nach einem Heidelbeertörtchen. Lagarde entschied sich für ein mit Vanillecreme gefülltes Blätterteiggebäck. Der Leiter der Gendarmerie trank einen Schluck Kaffee und schlug die dünne Mappe auf.

»Ich habe die Unterlagen natürlich bereits studiert«, erklärte er. »Als der Unfall vor einem Jahr passierte, war ich noch gar nicht auf dieser Dienststelle. Mein Vorgänger hatte vor etwa einem halben Jahr einen Herzinfarkt und ist in Ruhestand gegangen. Glücklicherweise geht es ihm inzwischen wieder gut. Ich war als stellvertretender Leiter der Gendarmerie von Quiberon tätig und habe mich beworben.« Er strahlte über das ganze Gesicht. »Und voilà, ich habe die Stelle bekommen. Es gefällt mir sehr gut hier. Aber nun zur Sache. Wenn Sie erlauben, gebe ich Ihnen eine Zusammenfassung des Unfallberichts. Zwei Gendarmen waren damals vor Ort und haben ihn verfasst.«

»Einverstanden«, erklärte Lagarde.

Alphonse Coulon räusperte sich und begann schließlich von dem tragischen Unglück zu berichten.

»Am 23. März 2015 um 23:35 hat die Tochter von Marguerite Vaucluse bei der Gendarmerie angerufen. Sie hatte nach den Spätnachrichten versucht, ihre Mutter telefonisch zu erreichen. Das hat sie jeden Abend gemacht. Sie wollte sich nach ihrem Befinden erkundigen und ihr wie immer gute Nacht sagen. Als die alte Dame nicht an ihr Telefon ging, beschloss ihre Tochter, persönlich nach ihr zu schauen. Sie wohnte in der Nähe und besaß für den Notfall einen Schlüssel. Nachdem sie die Haustür aufgesperrt hatte, fand sie Marguerite Vaucluse vor dem Treppenabsatz. Sie war tot. Der Rechtsmediziner stellte einen Schädelbruch fest. Man ging damals davon aus, dass die alte Dame aufgrund einer schweren Augenerkrankung gestolpert und die Stufen hinuntergestürzt war. Madame Vaucluse war zum Zeitpunkt ihres Todes einundsiebzig Jahre alt.«

»Lebte sie alleine?«, fragte Lagarde.

»Ja, sie lebte nach dem Tod ihres Mannes alleine in einem kleinen Haus. Es steht auf einer Landzunge, nahe dem Weiler Kerigard.«

»Hat der Kollege von der Rechtsmedizin in seinem Bericht einen Trichlormethangeruch am Unglücksort erwähnt?«

Der Gendarm sah ihn stirnrunzelnd an. Er hatte sich schon über die erste Frage gewundert. »Worauf wollen Sie hinaus, Lagarde?«

»Vor vier Tagen wurde eine alte Frau, Lisette Binet, in ihrem Haus in Jobourg getötet. Jemand hat sie nachts in ihrem Bett mit Chloroform betäubt und die Treppe hinuntergestoßen. Sie war auf der Stelle tot. Wir konnten Fingerabdrücke feststellen, die wir auch in einem Haus in Crasville fanden. Dort wurde ebenfalls eine alte Dame, Germaine Marsault, ermordet. Die Vorgehensweise bei der Ausführung der Tat war die gleiche. Dieses Verbrechen fand vor fünf Jahren statt. Es wurde jedoch kein Chloroformgeruch festgestellt. Der Tod wurde als Unfall eingestuft. Wie bei Marguerite Vaucluse. Ein weiterer Anschlag wurde auf eine Frau, Fleur Salmon, auf der Insel Noirmoutier verübt. Im März 2013. Sie hat überlebt und konnte den Angreifer beschreiben. Die Fingerabdrücke in Jobourg und Crasville konnten einem Mann zugeordnet werden. Er heißt Olivier Nevers. Seit fünf Jahren ist er spurlos verschwunden. Wir suchen ihn mit Hochdruck. Er ist extrem gefährlich. Zu dem Zeitpunkt des Todes von Marguerite Vaucluse hielt er sich nachweislich auf Rhuys auf. Deshalb gehen wir davon aus, dass Madame Vaucluse auch einem Mordanschlag zum Opfer gefallen ist.«

Als Lagarde seinen Bericht beendet hatte, trat Schweigen ein. Alphonse Coulon starrte ihn ungläubig an. Sein Gesicht hatte sich gerötet.

»Sie behaupten, die örtliche Gendarmerie hat einen Mord als Unfall eingestuft?«, fragte er.

»Ja, das behaupte ich«, bestätigte der Kommissar. »Wir haben dafür noch keine Beweise. Aber der Modus operandi ist in allen vier Fällen nahezu identisch. Einen Zufall schließe ich aus.«

»Sie werfen der Gendarmerie von Sarzeau vor, schlampig gearbeitet zu haben?« Der Ton von Alphonse Coulon war eisig.

Lagarde beugte sich vor und sah dem Gendarmen fest in die Augen. »Nein, das tue ich nicht«, versicherte er. »Die Kollegen haben nicht schlampig gearbeitet. Die Fakten waren unauffällig. Auch die Tragödie in Crasville wurde von der zuständigen Gendarmerie als Unfall angesehen. Es geht hier nicht um Vorwürfe. Wir suchen einen kaltblütigen Mörder und können jede Unterstützung gebrauchen. Ich appelliere an Ihre Kooperationsbereitschaft.«

Alphonse Coulon dachte einen Moment nach, dann nickte er. »In Ordnung. Sie haben recht. Wir müssen zusammenarbeiten. Womöglich sind noch mehr Leben in Gefahr. Was kann ich tun, um Ihnen zu helfen?«

»Ich will das Haus von Marguerite Vaucluse auf Spuren untersuchen lassen. Wenn Olivier Nevers sich dort aufgehalten hat, finden wir es vielleicht heraus. Im Haus von Fleur Salmon wurden keine Spuren gefunden. Vermutlich trug der Täter Handschuhe. Aber dennoch, die Chance besteht. Olivier Nevers soll auch für diese Tat zur Rechenschaft gezogen werden.«

»Sie können das Haus leider nicht untersuchen lassen«, antwortete der Gendarm bedauernd.

»Warum nicht?« Lagarde war verblüfft.

»Es ist abgebrannt. Bis auf die Grundmauern. Vor ungefähr vier Monaten. Die Brandermittler gehen davon aus, dass ein offenes Kaminfeuer den Brand verursacht hat. Mietnomaden hatten sich dort eingenistet. Einer von ihnen wurde, nachdem das Feuer gelöscht worden war, tot im Haus aufgefunden. Die anderen Vagabunden haben sich aus dem Staub gemacht.«

»Der mutmaßliche Tatort ist also zerstört.« Lagarde war sichtlich enttäuscht über diese Information.

»Ich hätte Ihnen sehr gerne geholfen«, versicherte Coulon. In seiner Stimme lag Aufrichtigkeit.

Der Kommissar lächelte ihn an. »Vielleicht können Sie uns doch helfen.«

»Jederzeit«, versicherte der Gendarm. »Sagen Sie mir wie.«

»Könnten Sie im Computer nachsehen, ob im März vor einem Jahr Delikte begangen und angezeigt wurden? Kam es zu irgendwelchen strafrechtlich relevanten Vorkommnissen?«

Coulon grinste ihn ein wenig verlegen an. »Um solche Dinge kümmert sich normalerweise meine Assistentin. Sie ist hier der Computerfreak. Aber ich werde mein Möglichstes tun.«

Er setzte sich hinter seinen Schreibtisch, schaltete den Rechner ein und begann mit der Suche. Nach einer Weile sah er seinen Besuch hilflos an.

»Macht es Ihnen etwas aus, wenn wir auf meine Assistentin warten? Sie muss bald zurück sein.«

Lagarde warf Valérie einen Blick zu. Sie verstand sofort und wandte sich an Coulon. »Darf ich mal?«

Offensichtlich war der Gendarm von dem Vorschlag begeistert. »Aber sicher, Kollegin, nur zu.«

Erleichtert überließ er ihr seinen Platz. Sofort begann die Polizistin, Befehle einzugeben. Ihre Finger flogen über die Tastatur. Einige Male benutzte sie die Maus. Ihre Wangen glühten vor Eifer. Die Männer saßen am Tisch und sahen ihr erwartungsvoll zu. Innerhalb kürzester Zeit hatte sie sich in die entsprechenden Dateien eingeloggt.

»Ich habe jetzt die Polizeiberichte von März 2015 für die gesamte Halbinsel Rhuys auf dem Schirm«, verkündete sie.

»Es sind immerhin vierundsiebzig Straftaten inklusive Verkehrsdelikte für diesen Zeitraum dokumentiert. Erstaunlich viele, finde ich. Soll ich den Radius einschränken?«

Lagarde überlegte. »Olivier Nevers hat die Postkarte von Sarzeau aus abgeschickt. Wir konzentrieren uns auf die nähere Umgebung des Hauptortes.«

»In Ordnung, Philippe.«

Sie führte die Anweisung aus und filterte die Delikte heraus, die in dem vorgegebenen Gebiet stattgefunden hatten. Alphonse Coulon hatte gar nicht gewusst, dass solch eine Zuordnung durch digitale Befehle möglich war. Gespannt wartete er auf die Ergebnisse.

»Wir haben jetzt sechs dokumentierte Straftaten«, erklärte Valérie. »Und sieben Verkehrsunfälle, die von der Gendarmerie aufgenommen wurden. Nur Blechschäden an Autos und einem Traktor. Zusätzlich zwei verbeulte Fahrräder.«

»Ich denke, die Verkehrsunfälle können wir vernachlässigen«, meinte Lagarde.

Coulon nickte. Ihm fiel kein Grund ein, warum Blechschäden für diese Ermittlungen wichtig sein sollten.

»Gut.« Valérie sah sie kurz an, dann richtete sie den Blick wieder auf den Bildschirm. »Also, wir haben eine häusliche Gewalt. Der Mann verbrachte die Nacht in Polizeigewahrsam, bis er wieder nüchtern war und sich bei seiner Frau entschuldigte. Es kam zu drei Taschendiebstählen an Markttagen. Eine Jugendbande wurde überführt. Es gab eine Schlägerei in einer Bar Tabac. Der Streit wurde von Gendarmen geschlichtet. Die Anzeigen wurden am darauffolgenden Tag zurückgezogen. Ein Boot auf einem Trailer wurde aus einem Garten gestohlen. Im Nachhinein stellte sich heraus, dass der vierzehnjährige Sohn des Eigentümers mit seiner Freundin eine Spritztour unternehmen wollte. Das war's.«

»Gibt es Details zu der Schlägerei?«, fragte Lagarde.

Valérie führte einige Mausklicks aus. »Nein, es wird auf die schriftliche Dokumentation verwiesen.«

»Können Sie uns die Akte heraussuchen, Monsieur Coulon?«, bat der Kommissar.

»Natürlich, gerne.«

Valérie nannte ihm das Aktenzeichen, und der Gendarm holte den Ordner aus dem Metallschrank. Er schlug ihn auf und suchte nach dem geforderten Bericht. Als er ihn gefunden hatte, reichte er die Akte an den Kommissar weiter. Lagarde überflog den Bericht und informierte seine Kollegen über dessen Inhalt.

»Am 25.03.2015 kam es in der Bar Tabac von Kerigard zu einer Schlägerei. Die Wirtin rief die Polizei. Ein ortsansässiger Fischer war mit einem Mann von auswärts in Streit geraten. Es handelte sich um einen Arbeiter, der hier mit einer Bautruppe für den Förderverein französischer Leuchttürme im Einsatz war. Sie hatten den Auftrag, das Leuchtfeuer von Port Navalo zu renovieren. Der Mann heißt Christophe Brochard.«

Lagarde und Valérie tauschten einen erstaunten Blick.

»Beide Männer waren angetrunken und prügelten sich in der Bar«, fuhr der Gendarm fort. »Die Ursache für diese Handgreiflichkeiten konnte nicht festgestellt werden. Die herbeigerufenen Gendarmen schlichteten den Streit.« Er blätterte eine Seite um. »Hier gibt es noch einen handschriftlichen Vermerk«, informierte er die Kollegen. «Außerdem sind zwei Fotos mit abgeheftet. Die Arbeiter des Fördervereines entschuldigten sich am nächsten Tag bei dem Fischer, der daraufhin die Anzeige zurückzog. Der Bautrupp lud ihn und die beteiligten Gendarmen für den nächsten Abend zu einer Grillparty am Strand ein. Als Wiedergutmachung für den verursachten Ärger.«

Lagarde nahm die Bilder aus der Folie und legte sie auf den Tisch. Gemeinsam betrachteten sie die Ablichtungen. Das erste Foto zeigte eine Gruppe von Männern, die sich um ein loderndes Treibholzfeuer versammelt hatten. Einer von ihnen drehte einen Spieß, der auf einem eisernen Gestell über dem Feuer lag. Auf der Stange steckte ein Spanferkel. Die Gesichter der Männer waren nur undeutlich zu erkennen. Das eingesetzte Blitzlicht hatte nicht über die Kapazität verfügt, die Szene vollständig auszuleuchten. Auf dem zweiten Schnappschuss waren zwei Männer zu sehen, die sich brüderlich die Arme um die Schultern gelegt hatten. Sie lachten in die Kamera. Ihre Augen leuchteten rot vom Blitzlicht. Ihre Namen waren auf den unteren Rand des Bildes geschrieben. Links stand der Fischer, ein schmächtiger Mann mit einem wilden Schnurrbart und einer Schiebermütze auf dem Kopf. Bei dem Mann auf der rechten Seite handelte es sich um den Arbeiter des Leuchtturmfördervereines, Christophe Brochard. Der Mann war von riesiger, massiger Statur und hatte eine Glatze. Die Nase im Halbprofil war groß und krumm.

»Ich möchte das Foto mitnehmen«, sagte Lagarde. »Das mit den beiden Männern. Können wir es einscannen und ausdrucken?«

»Selbstverständlich«, antwortete Coulon und grinste. »Wenn mich die Kollegin bei der Ausführung unterstützt. Haben Sie einen brauchbaren Hinweis gefunden?«

»Ich weiß noch nicht. Vielleicht. Vor drei Jahren, als Fleur Salmon in Noirmoutier-en-l'Île überfallen wurde, war ein Bautrupp des Leuchtturmfördervereins auf der Insel. Wir müssen das überprüfen.«

»Na, das hört sich doch nach einer Spur an«, freute sich der Gendarm.

»Hoffentlich«, meinte Valérie. »Es wird Zeit, dass

wir auf eine brauchbare Fährte stoßen. Die Zeit läuft uns davon.«

Alphonse Coulon lächelte seinen Besuch an und steckte den Daumen hoch. »Ich wünsche Ihnen beiden ganz viel Erfolg. Wenn ich helfen kann, melden Sie sich einfach.«

»Danke, das machen wir«, versicherte Lagarde. »Eine Bitte noch. Ich möchte mir gerne das abgebrannte Haus von Marguerite Vaucluse anschauen. Können Sie mir den Weg dorthin beschreiben?«

»Wissen Sie was? Ich lotse Sie.« Die Idee schien dem Polizisten zu gefallen.

Der Kommissar schüttelte den Kopf. Er wollte keine Eskorte. »Das ist wirklich nicht nötig.«

»Wie Sie meinen.«

Coulon beschrieb die Anfahrtsstrecke. Das Grundstück der alten Dame lag nur wenige Kilometer von Sarzeau entfernt. Er begleitete die beiden Ermittler bis zu ihrem Auto. Dort verabschiedeten sie sich mit einem kräftigen Handschlag.

Die Wolkendecke hatte sich aufgelockert, und der Kirchplatz lag im Sonnenlicht. Auf den Bänken unter den Mimosenbäumen saßen Kinder in Schuluniform, schleckten Eiscreme und redeten alle durcheinander.

Durch ein Gewirr von Einbahnstraßen fuhren sie bei lebhaftem Verkehr durch den typisch bretonischen Ort und gelangten an einen Kreisverkehr. Dort sollten sie sich links halten. Nach zwei Kilometern auf der zweispurigen Hauptstraße bogen sie rechts ab. Eine schmale, asphaltierte Straße schlängelte sich durch Buchenhaine, grüne Auen und verträumte Weiler.

Bald erreichten sie eine Sumpflandschaft. Hohe, braunköpfige Binsen säumten torfdunkle Bachläufe. Gegenüber, begrenzt von einem mit Brombeerbüschen bewachsenen Damm, lag eine kleine Ferienhaussiedlung mit gelben Häusern. Es war eine idyllische, ruhige Landschaft, doch Valérie schenkte ihr kaum einen Blick. Sie versuchte seit einigen Minuten, den Kapitän zu erreichen. Die Visitenkarte der Leuchtturmherberge lag auf ihrem Schoß.

Endlich ging er an sein Telefon. Er freute sich über ihren Anruf.

»Was gibt es denn?«, fragte er. »Haben Sie etwas im Zimmer vergessen? Oder wollen Sie augenblicklich umkehren, weil es so schön bei mir war? Für Sie habe ich immer ein Zimmer frei.«

Valérie erklärte ihm, worum es ging. »Wann genau vor drei Jahren war die Leuchtturmtruppe bei Ihnen?«, wollte sie wissen.

»Moment, ich schaue nach«, antwortete der Kapitän hilfsbereit. »Das Datum müsste auf der Fotomontage vermerkt sein.«

Gleich darauf meldete er sich wieder.

»Der Bautrupp war den ganzen März hier, März 2013. Also vor drei Jahren.«

»Danke, wissen Sie, wie der Mann mit der Mütze heißt? Derjenige, der die Steine trägt?«

Kurz war es still in der Leitung.

»Ich glaube, er heißt Christophe, seine Kollegen nannten ihn Chrissy.«

Man hörte Fotos rascheln.

»Ja, er heißt Christophe. Er hat seinen Vornamen auf die Rückseite eines Bildes geschrieben. Ein Nachname steht da nicht. Warum wollen Sie das wissen? Ist das wichtig?«

»Wir brauchen diese Informationen für eine laufende Ermittlung«, erklärte Valérie ihm. »Mehr darf ich Ihnen dazu nicht sagen.«

»Ich verstehe.«

»Wir brauchen das Foto mit dem Mann, der die Mütze trägt«, sagte die Polizistin. »So schnell wie möglich. Sie bekommen es wieder zurück. Versprochen.«

»Ich kann es einscannen und Ihnen per Mail schicken«, bot der Kapitän an.

»Super«, lobte ihn Valérie. «Ich gebe Ihnen meine Mailadresse. Und vielen Dank für Ihre Unterstützung.«

Sie beendete das Telefonat und wandte sich aufgeregt an Lagarde. »Es ist derselbe Mann, nicht wahr? Er heißt Christophe Brochard. Zum Zeitpunkt des Angriffs auf Fleur Salmon war er auf Noirmoutier. Und er hielt sich auf Rhuys auf, als Marguerite Vaucluse starb. Der Mann ist von riesiger Statur, hat einen gewaltigen Kopf und eine Hakennase.«

»Ich denke, ja, alles andere wäre ein großer Zufall«, erwiderte Lagarde.

»Ist das unser Mann, Philippe, was meinst du?«

»Du meinst, Olivier Nevers ist in dieser Handwerkergruppe des Leuchtturmfördervereines untergetaucht und nennt sich jetzt Christophe Brochard?«

»Genau. Und seine auffälligen Haare hat er abrasiert.«

»Diese Theorie ist durchaus möglich, Valérie. Wir müssen herausfinden, wo sich die Truppe jetzt aufhält.«

»Ich kümmere mich darum, Philippe. Das ist kein Problem.«

»Danke. Schau mal da vorne. Rechts von der Bucht. Das müsste doch nach der Beschreibung von Coulon die Landzunge mit dem abgebrannten Haus sein.«

Die Polizistin nickte. Ihr Orientierungssinn funktionierte wie ein Radar. »Genau, dort liegt die Hausruine von Marguerite Vaucluse. Davor gibt es einen Wohnmobilstellplatz. Dort können wir parken.«

Sie folgten weiter dem schmalen Weg. Die Reifen knirschten auf dem Schotter. Auf engen Haarnadelkurven gelangten sie in eine Senke. Dort lag geschützt der Weiler Kerigard. Das Haus, in dem sich die Bar Tabac, Le Rhuys Bar, befand, grenzte direkt an die Straße. Das einzige Restaurant der Ansiedlung, eine Crêperie, gehörte zur Bar, ebenso wie der kleine Lebensmittelladen.

Am Dorfausgang erstreckte sich vor ihnen eine weite Bucht. Das Wasser glitzerte wie gehämmertes Silber. Kreischende Möwen mit weiten, an der Unterseite schwarzen Flügeln zogen gen Süden. Die ankernden Schiffe lagen ruhig auf der spiegelglatten See. Zwei Männer im Friesennerz fuhren mit einem Motorboot ihre Reusen ab. Auf einem Steg saßen regungslos einige Angler.

Am östlichen Ende der Bucht erhob sich auf der Mole ein kleines Leuchtfeuer mit einer blauen Mütze. Landeinwärts, nahe einer weiß gekalkten Kapelle, schmiegte sich ein Dorf an zerklüftete Felsspindeln. Hinter den Dünen lag das trutzige Wasserschloss Suscinio. Die beiden mächtigen Bastionstürme mit den fünfeckigen Schieferkegeln und der Bergfried erhoben sich hinter einem dichten Saum von Büschen, Laubbäumen und Tamarisken.

Lagarde parkte den Renault Express auf dem Stellplatz. Zwei Wohnmobile standen dort. Zwischen beiden war ein Campingtisch mit vier Klappstühlen aufgebaut. Menschen waren keine zu sehen. Sie stiegen aus und gingen die wenigen Meter zu dem Grundstück. Ein Wald bedeckte den größten Teil der Landzunge. Ahornbäume, Ebereschen und Eichen bildeten ein scheinbar undurchdringliches Blattwerk. Gewaltige, alte, graugrüne Koniferen zogen einen

Kreis um das ehemalige Haus. Das Grundstück wurde von einem Holzzaun umgrenzt und durch eine Stachellorbeerhecke vor neugierigen Blicken geschützt. Das Gatter wurde von einer Eisenkette versperrt.

Ohne zu zögern, kletterten die Ermittler über die Barriere und standen nach wenigen Schritten an der Brandstelle. Sie blickten auf die verkohlten Überreste des Wohnhauses von Marguerite Vaucluse. Eingestürzte Wände, verrußte Steinquader, angekokeltes Holz, verkohlte Balken und schwarze Strohfragmente des ehemaligen Daches legten Zeugnis eines verheerenden Brandes ab. Bestürzt schauten die Polizisten auf das Chaos zwischen den Grundmauern. Noch immer lag der Geruch von kaltem Rauch und angesengten Baustoffen in der Luft.

»Hier gibt es keine Spuren mehr«, stellte Valérie fest. Mit trauriger Stimme fuhr sie fort: »Das muss man sich mal vorstellen. Erst verliert eine alte Frau ihren Mann und lebt alleine auf dieser abgelegenen Landzunge. Eines Nachts dringt ein Verbrecher in ihr Haus ein und ermordet sie auf brutalste Weise. Schließlich brennt auch noch ihr Haus ab. Sie hat es für ihre Nachfahren erhalten, und jetzt ist es zerstört. Ist das nicht schrecklich?«

»Das Schicksal ist manchmal schrecklich, Valérie. Und nach meiner Erfahrung trifft es meistens die guten Menschen am schlimmsten.«

Die Polizistin nickte. Nachdenklich ließ sie ihre

Blicke über die Trümmer schweifen. »Es gab einen Toten bei dem Brand«, meinte sie. »Angeblich einen Vagabunden, der sich unberechtigterweise Zugang zu dem Haus verschafft hatte. Ein Kaminfeuer hat den verheerenden Brand ausgelöst.«

Lagarde nickte.

»Könnte es nicht auch Brandstiftung gewesen sein? Der Mörder von Marguerite Vaucluse hat Feuer gelegt, um seine Spuren zu vernichten. Was denkst du, Philippe?«

»Die Brandermittler haben keine Hinweise darauf gefunden. Und das sind exzellent ausgebildete Spezialisten. Die übersehen nichts. Außerdem, warum hätte der Mörder acht Monate warten sollen, bis er seine Spuren verschwinden lässt. Noch dazu, wo der Sturz von Madame Vaucluse als Unfall eingestuft wurde. Das ergibt keinen Sinn.«

»Du hast recht. Es war nur so eine Idee.«

»Ideen sind wichtig. Auch wenn sie nicht immer zum gewünschten Ergebnis führen und wieder verworfen werden. Wir müssen in alle Richtungen denken und dürfen uns nicht einschränken lassen. Aber lass uns jetzt von diesem düsteren Ort verschwinden. Wir finden hier nichts, was uns weiterhilft. Ich schlage vor, wir gehen Mittag essen, anschließend fahren wir nach Barfleur zurück. Florence würde es uns nie verzeihen, wenn wir zu spät zu ihrer Geburtstagsparty einträfen.«

»Einverstanden, Philippe. Im Weiler Kerigard habe ich eine Crêperie gesehen. Ich möchte so gerne mal bretonische Galettes essen.«

»Dann machen wir das doch«, meinte Lagarde. Genau in dieses Lokal hatte er sowieso gewollt.

Die Crêperie befand sich in einem schmalen, einstöckigen Granitsteinhaus. Die Laibungen waren aus ziegelroten und grauen Backsteinen gemauert und umrahmten die Fenster und die Tür. Ein schmiedeeisernes Wirtshausschild hing über dem Eingang. Es zeigte ein weißes Schaf, und so lautete auch der Name des Lokals: »Le Mouton Blanc«. Über die graubraune Fassade rankte sich ein Kamelienbaum mit rosaroten Blüten, die einen süßen Duft verbreiteten.

Die Polizisten betraten den Gastraum. Er war schlicht und geschmackvoll eingerichtet. Vierertische aus dunklem Holz standen in drei Reihen. Auf den weißen Tischläufern waren kleine Tonschalen mit blauen Hyazinthen platziert. An den grob verputzten Wänden hingen farbige Poster, die Sehenswürdigkeiten der Halbinsel präsentierten. Ein Plakat zeigte das Schloss Suscinio aus der Vogelperspektive. Dadurch gewann man einen tatsächlichen Eindruck von der Größe und der baulichen Eleganz der Wehranlage. Leuchtend grünes Wasser, durchsetzt von Wasserlinsenteppichen, füllte den Graben, der die Bastion in einem Rechteck umschloss.

Die Polizisten waren die einzigen Gäste. Sie wählten einen Tisch vor dem Kamin. Das wärmende Feuer empfanden sie nach der Begehung des Grundstückes auf der zugigen Landzunge als angenehm. Der Wirt begrüßte sie und brachte die Speisekarten. Sie entschieden sich für Galettes und bestellten dazu eine große Flasche Mineralwasser. Lagarde nahm die klassische Variante, ein Omelette mit Schinken und Käse. Valérie wollte den Buchweizenfladen mit geräuchertem Lachs und Sauerrahm probieren. Zu ihrer Überraschung bekamen sie zu ihren Galettes Lauchgemüse serviert. Sie fanden die Kombination seltsam, aber lecker. Odette wäre wahrscheinlich entsetzt gewesen.

Als der Wirt den Mokka brachte, sprach Lagarde ihn an und zeigte seinen Dienstausweis. »Die Crêperie gehört doch zur Bar Tabac, Monsieur?«

Der Mann nickte und schaute misstrauisch auf das amtliche Dokument. »Ja, das ist richtig. Der kleine Lebensmittelladen nebenan gehört auch noch mit dazu. Und ich bin der Besitzer. Ich führe die Geschäfte gemeinsam mit meiner Frau Anne.« Der Mann wirkte beunruhigt und fragte: »Was wollen Sie von mir? Ich habe nichts verbrochen.«

Lagarde beruhigte ihn. »Wir glauben auch nicht, dass Sie etwas verbrochen haben. Es ist so, dass wir in einem Fall ermitteln und Ihnen einige Fragen stellen möchten. Das ist alles.«

Der Wirt wirkte erleichtert. Er setzte sich zu ihnen an den Tisch. »Fragen Sie, Herr Kommissar. Vielleicht kann ich Ihnen und ihrer Kollegin helfen.«

Lagarde lächelte ihn an. »Vor etwa einem Jahr kam es in Ihrer Bar zu einem Streit und daraufhin zu einer Schlägerei zwischen einem einheimischen Fischer und einem fremden Gast. Können Sie sich erinnern?«

Der Mann nickte. »Ja, daran erinnere ich mich. Das heißt, ich war gar nicht dabei, aber meine Frau Anne. Ich lag mit einer Grippe im Bett und hatte hohes Fieber. Ich konnte nicht arbeiten. Anne hatte die Bar übernommen. Normalerweise ist das kein Problem. Sie hat alles im Griff. Am nächsten Morgen jedoch hat sie mir von der Schlägerei erzählt. Sie war immer noch ganz aufgeregt. Bei uns kommen wütendes Geschrei und handgreifliche Auseinandersetzungen äußerst selten vor, deshalb ist mir dieser unangenehme Vorfall sehr gut in Erinnerung geblieben.«

»Das kann ich mir vorstellen«, entgegnete Lagarde. »Vor allem, wenn eine Frau mit einer solchen Situation konfrontiert wird. Hat sie trotzdem mitbekommen, worum es bei dem Streit ging?«

»Ja, allerdings. Der Auslöser für diese Eskalation ist ihr jedoch erst am nächsten Morgen wieder eingefallen. Der Tumult am Abend zuvor hatte ihr ziemlich zugesetzt. In aller Frühe wollte sie die Gendarmerie informieren und rief auf der Wache an. Doch niemand hatte an der Geschichte Interesse. Es hieß, den diensthabenden Gendarmen sei es gelungen, den Streit zu schlichten und die beiden Streithähne zu veranlassen, sich auszusöhnen. Die Ursache des Konfliktes sei nicht relevant, weil es zu keinem Verfahren kommen würde.«

»Das finde ich schon«, antwortete Lagarde. »Also, worum ging es bei dem Streit?«

»Nun«, begann der Wirt. »Ein Fischer hier aus dem Ort, übrigens ein guter Freund von mir, er heißt Gaétan, hatte sich am Tag vor der Schlägerei verlobt. Die Feier hatte in meinem Lokal stattgefunden. Es war ein schönes Fest gewesen. Anlässlich dieses glücklichen Ereignisses gab Gaétan an dem besagten Abend eine Runde Calvados für alle Gäste aus. Stolz und voller Freude forderte er sie auf, seine Verlobung zu begießen. Als der fremde Mann von der Verlobung hörte, ist er total ausgerastet. Er hat meinen Freund Gaétan auf übelste Weise beschimpft und beleidigt. Schließlich ist er auf ihn losgegangen und hat auf ihn eingeprügelt. Dabei hat er gebrüllt, dass alle Verlobten Schlampen seien, Fremdgängerinnen und Nutten, die die Männer nur ausnehmen wollten. Auf solche hinterhältigen, verlogenen Tussis würde er niemals anstoßen.« Der Wirt sah die Polizisten offen an. »Dann brüllte er noch, Männer, die sich verlobten, seien die größten Vollidioten.«

»Der Leuchtturmarbeiter hat offensichtlich

schlechte Erfahrungen mit seiner Verlobten gemacht«, stellte Valérie lapidar fest.

Sie und Lagarde tauschten vielsagende Blicke aus.

Als Odette und Lagarde auf dem Bauernhof von Madame Florence eintrafen, war das Fest bereits in vollem Gang. Sie hatten sich zu Ehren des Geburtstagskindes in Schale geworfen. Lagarde trug einen eleganten anthrazitgrauen Anzug mit weißem Hemd und bordeauxroter Krawatte. Seine Lebensgefährtin hatte ein silbrig weißes, eng anliegendes, bis zu den Waden reichendes Seidenkleid an. Die langen dunklen Haare waren zu einem dicken losen Zopf frisiert, in den sie ein Silberband eingeflochten hatte. An den kleinen wohlgeformten Ohren funkelten Brillantohrringe. Lagarde war wie immer von ihrer Schönheit vollkommen eingenommen.

Auf der Wiese neben dem Gehöft der Bäuerin hatte die Freiwillige Feuerwehr ein Zelt aufgebaut. Die fleißigen Burschen hatten sich auch bereit erklärt, den Getränkeausschank zu übernehmen. In bester Stimmung zapften sie Bier und schenkten für die Gäste die Getränke aus.

Als Odette und Lagarde das Zelt betraten, waren fast alle Plätze besetzt. Viele Gäste waren gekommen, um mit Madame Florence deren fünfzigsten Geburtstag zu feiern. Über die Tische waren weiße Papiertücher gespannt. Hunderte von Teelichtern flackerten in Wassergläsern und erzeugten eine romantische Stimmung. Von der Zeltdecke baumelten bunte Lampions und herzförmige Luftballons, auf denen Bon Anniversaire stand. In einem riesigen Grill drehte sich ein fett glänzender Ochsenschlegel am Spieß. Daneben war ein Salatbüfett aufgebaut. Exponiert auf einem Holzpodest spielte die über Barfleur hinaus bekannte Musikband Les Cigales, die Zikaden, und sorgte für Stimmung. Die Kapelle bestand ausschließlich aus Frauen, die es liebten, in ihrer Freizeit Musik zu machen. Die Frontsängerin war die Frau des Metzgers, der den Ochsenschlegel grillte. Ihre Singstimme ähnelte sehr der von Amy Winehouse, sie war einfach total cool.

Direkt vor der Band befand sich der Tanzboden. Madame Florence, in einem atemberaubenden, tief ausgeschnittenen, roten Kleid, und Roselin Dumas, schick im schwarzen Anzug, tanzten einen Wiener Walzer und strahlten sich an. Andere Tänzer feuerten sie an und klatschten im Rhythmus der Musik.

Der Kommissar und seine Lebensgefährtin setzten sich zu Angélique und Richard auf die Bank. Gegenüber saßen Camille und ihre Tochter Amélie. Deren Hund Lali lag unter dem Tisch und knabberte an einem Knochen, den er zwischen den Vorderpfoten hielt. Zwischen dem Mädchen und Brigitte hatte Valérie einen Platz gefunden. Brigitte wurde von Victor begleitet, was in letzter Zeit immer häufiger vorkam und von ihrem Vater misstrauisch beobachtet wurde.

Alle begrüßten sich herzlich und waren sich einig, dass es ein tolles Fest war.

Lagarde bahnte sich einen Weg zur Essensausgabe und kam mit einem beladenen Tablett zurück. Nach der Vorspeise ließen Odette und er sich das Ochsenfleisch schmecken. Als Florence mit ihrem erhitzten Verlobten an den Tisch kam, gratulierten sie ihr und drückten sie. Odette überreichte ihr feierlich das Geschenk, das sie und Philippe nach langen Diskussionen ausgesucht hatten. Die anderen Gäste am Tisch sahen erwartungsvoll auf das goldene Päckchen, das Florence mit glänzenden Augen auspackte.

Als sie begriffen hatte, was der handschriftliche Text auf dem Gutschein verhieß, strahlte sie über das ganze rosige Gesicht.

»Ein Wochenendtrip«, rief sie begeistert. »Stell dir vor, Roselin, ich habe eine Reise für zwei Personen geschenkt bekommen. Eine Busreise nach Reims. Übernachtung im Grand Hotel du Nord mit Frühstücksbuffet. Abendessen in einem Sternerestaurant. Besichtigung der Kathedrale. Führung durch die unterirdischen Champagnerkellereien mit anschließender Verkostung. Und eine Fahrt zum Schloss der Witwe Clicquot, der Grande Dame des Champagners. Wie wunderbar! Ich freue mich so. Danke, meine Freunde.«

Sie umarmte Odette und Lagarde. Plötzlich fiel ein Schatten auf ihr Gesicht.

»Aber was ist mit meinem Bauernhof?«, fragte sie. »Ich kann doch meine Schweine und Hühner nicht alleine lassen.«

»Das haben wir alles geregelt, Florence«, beruhigte Odette sie. »Brigitte hat sich bereit erklärt, an diesem Wochenende bei dir zu wohnen und sich um die Tiere zu kümmern.«

Die Bäuerin wandte sich an Brigitte, die neben ihr saß. »Das würdest du für mich tun, mein Mädchen?«

Die Tochter von Roselin zwinkerte ihr zu. »Ja, Florence. Das mache ich gerne. Du kannst beruhigt mit meinem Vater verreisen. Ich mag Tiere, wie du weißt. Und ich werde sie gut versorgen und mit ihnen reden.«

»Danke, Brigitte.«

Roselin hatte eine deutliche Ahnung, wer seine Tochter bei dieser Aufgabe liebend gerne unterstützen würde, entschied sich aber den Mund zu halten. Er würde sich Brigitte morgen vorknöpfen und für dieses spezielle Wochenende ein Kontaktverbot mit Victor de Senneville verhängen. Die ewige Sorge um sein Nesthäkchen ließ ihn vergessen, dass es bald volljährig wurde.

»Lasst uns anstoßen«, rief Madame Florence.

Die Champagnerflöten klirrten gegeneinander, und sie tranken auf das Wohl der Bäuerin.

Amélie hatte sich inzwischen einen Platz neben Lagarde erobert, ihren Hund auf dem Schoß. Philippe hatte für beide Eis zum Nachtisch geholt. Er bemerkte den zögerlichen Blick von Camille. Sie sah ihn an, als hätte sie ein schlechtes Gewissen.

»Was ist denn los, Camille?«, erkundigte er sich besorgt.

»Es tut mir leid, Philippe. Ich fürchte, ich muss dich schon wieder belästigen. In Barfleur gastiert seit einigen Tagen ein Wanderzirkus. Amélie möchte so gerne hingehen. Also habe ich für die Nachmittagsvorstellung übermorgen Karten gekauft. Heute habe ich erfahren, dass ich einen kranken Kollegen vertreten muss. Förderkurs Deutsch, bis achtzehn Uhr.«

»Camille, du musst dich nicht entschuldigen. Wenn du arbeiten musst, gehen Amélie und ich in den Zirkus.« Liebevoll drückte er die Kleine. »Wir machen uns einen tollen Nachmittag. Nur wir zwei. Ich stelle mir das so vor: Tierschau mit gefährlichen Tigern, sensationelle Vorstellung mit Clowns und Trapezkünstlern, gleichzeitig jede Menge Eis, Popcorn und Hotdogs. Limonade wird in Strömen fließen. Lali schmuggeln wir ein.«

Amélie jubelte vor Begeisterung.

Camille lächelte ihn kopfschüttelnd an. »Danke, Philippe.«

»Na, hör mal. Ich bin stolz, wenn Prinzessin Pippinette mit mir ausgeht.«

Die Kleine strahlte.

Richard, der Feste über alles liebte, war bester Laune und sprach einen Toast auf das Geburtstagskind aus. Dann wandte er sich an Lagarde. Er wollte ihm unbedingt etwas erzählen.

»Gestern war ich angeln, Philippe. Auf meiner Jacht, weit draußen. Plötzlich bog sich die Rute. Ein zentnerschweres Gewicht schien sie nach unten zu ziehen. Unmöglich, den Fang alleine an Bord zu hieven.«

Lagarde kannte die abenteuerlichen Geschichten seines Nachbarn nur allzu gut und spielte mit. »Was hast du dann gemacht, Richard?«

»Ich bin langsam zum Hafen gefahren, um meine Beute ja nicht zu verlieren. Über Funk hatte ich einige Kumpels von der Küstenwache informiert, die schon bereitstanden. Sie sprangen in das Becken, und es gelang ihnen, meinen Fang in einen überdimensionalen Kescher zu bugsieren. Zu fünft zogen und schoben wir den Fisch an Land. Es war der größte Wels, den ich je gesehen hatte. Zwei Meter lang. Ein Riesenmaul. So groß und rund wie ein Medizinball. Zum Fürchten.«

Amélie hing an seinen Lippen.

»Und stellt euch vor.«

»Was?«, fragte das Mädchen.

»Der Wels war gerade dabei, einen Artgenossen zu verschlingen. Bis zur Hälfte war er schon in seinem Schlund verschwunden. Ein eineinhalb Meter langer Meeraal. Das war ein Anblick, ich kann euch sagen.«

Angélique zwinkerte Lagarde amüsiert zu.

»Was hast du mit dem Fisch gemacht?«, wollte Pippinette wissen.

»Für Angélique und mich war er zu groß«, erklärte Richard. »Ich habe den Wels an einen Fischhändler verkauft. Für dreihundert Euro.«

Amélie war beeindruckt. »So viel Geld.«

Nach dem Abendessen füllte sich die Tanzfläche. Lagarde reichte seiner Freundin eine weiße Rose, die er aus einer Vase stibitzt hatte.

»Darf ich bitten, mein Liebling?«

Huldvoll nickend erhob sie sich, und er führte sie zum Tanzboden. Sie tanzten einen Cha-Cha-Cha, trällerten den Text des Liedes mit und amüsierten sich großartig. Nach einem Tango lud Lagarde seine Freundin in die Bar ein.

Während sich das Paar einen Weg durch die eng stehenden Gäste bahnte, verschwand Valérie unauffällig. Das Fest war großartig. Aber es zog sie nach Hause an ihren Computer. Sie wollte nichts lieber, als im Internet zu recherchieren. Philippe konnte sich auf sie verlassen. Morgen früh zur Besprechung würde sie gut vorbereitet sein. Vielleicht konnte sie sogar ein interessantes, weiterführendes Ergebnis präsentieren.

Als sie in der Dunkelheit über die Wiese zu ihrem Auto lief, hatte sie plötzlich das Gefühl, nicht alleine zu sein. Laub raschelte. Äste knackten. Ein Nachtvogel erhob sich unter Protestgeschrei und flatterte davon. Unerschrocken warf die Polizistin einen Blick hinter ein Ginstergestrüpp und grinste. Dahinter verborgen standen Brigitte und Victor in enger Umarmung und küssten sich. Valérie ging davon aus, dass ihr Chef völlig mit dem Geburtstagkind beschäftigt war und nicht auf die Idee kommen würde, sich hier draußen herumzutreiben. Gut so.

Am späten Abend saß Olivier Nevers in dem kleinen stickigen Salon. Im Fernsehen lief ein Rugbyspiel, das er unkonzentriert verfolgte. Andere Gedanken schwirrten durch seinen Kopf. Die Gold gerahmte Fotografie, die seine Verlobte Marcelle und ihn zeigte, hatte er auf den schäbigen Campingtisch vor sich gestellt. Immer wieder glitten seine Blicke über das Bild. Als seine favorisierte Mannschaft ein Tor schoss und die Zuschauer auf der Tribüne in Jubel ausbrachen, bekam er es gar nicht mit. Er dachte an Marcelle. Die charmante, bezaubernde, schöne Marcelle. Bald würden sie wieder vereint sein. Schon sehr bald. So wie früher.

Zufrieden lächelnd, presste er seinen riesigen Körper in die Kochnische und holte sich ein Bier aus dem Minikühlschrank. Gerade als er einen Schluck aus der Flasche trinken wollte, klopfte es an die Tür.

Olivier reagierte genervt. Wer störte ihn so spät am Abend? Zunächst überlegte er, ob er das Klopfen ignorieren sollte. Doch das Licht, das im Salon brannte, war draußen durch die zerschlissenen Vorhänge zu sehen. Er hatte vergessen, die Läden zu schließen. Olivier erhob sich von seinem Klappstuhl und öffnete die Tür. Vor ihm stand Xenia.

»Was willst du?«, fragte er barsch.

Sie lächelte ihn an. Er kannte dieses Lächeln. Es war kalt und hinterhältig. Sie erinnerte ihn an eine Schlange, die soeben ansetzte, ihre Beute zu erwürgen.

»Ich möchte dich kurz sprechen, Olivier. Es ist wichtig, sonst würde ich dich nicht stören. Darf ich reinkommen? Die Nacht hat viele Ohren.«

Olivier zögerte. Er kannte Xenia inzwischen gut. Er hatte sie durchschaut. Hinter ihrer glatten Fassade war sie ein intrigantes skrupelloses Biest. Ausschließlich auf ihren eigenen Vorteil bedacht. Deshalb mochte er sie nicht. Es erschien ihm jedoch ratsam, sie anzuhören, um zu wissen, was sie im Schilde führte.

»Also gut, komm rein.«

Sorgfältig verschloss er die Tür. Xenia setzte sich unaufgefordert auf das durchgesessene Sofa. Olivier sank auf den Klappstuhl. Er musterte die junge Frau. Das schimmernde platinblonde Haar reichte ihr bis zu den Hüften. Ein gelb-violett gestreiftes Band hielt es aus der Stirn. Ohne Schminke wirkte ihr Gesicht durchschnittlich. Ein enges, mit glitzernden Pailletten besticktes Top betonte ihre großen Brüste. Er fand sie zu groß für den kleinen schmalen Körper.

»Also, Xenia, raus mit der Sprache«, forderte Olivier sie auf. »Was willst du von mir?«

Verschlagen lächelte sie ihn an und klopfte eine Zigarette aus dem verknüllten Päckchen. Sie zündete sie an und blies den Rauch lasziv in die Luft.

»Tja, Olivier«, meinte sie. »Du hast gedacht, du bist hier gut aufgehoben. Sozusagen untergetaucht. Pech gehabt. Ich bin ein aufmerksames intelligentes Mädchen.«

Olivier spürte, wie ihm der Schweiß ausbrach. Er versuchte, ein ausdrucksloses Gesicht aufzusetzen.

»Worauf willst du hinaus?«, presste er hervor.

Triumphierend sah sie ihn an. »Mein lieber Freund, ich habe dich in der Hand.«

Es hörte sich an, als würde sie Gift versprühen.

»Ich habe dein Foto und den Fahndungsaufruf in der Zeitung gesehen. Die Polizei sucht dich, Olivier.«

Sie machte eine künstliche Pause. Oliviers Herz raste. Er brachte keinen Ton hervor. Sein Instinkt witterte große Gefahr.

Süffisant fuhr Xenia fort. »Keine Panik, Olivier. Ich verrate dich nicht. Aber mein Schweigen wird dich einiges an Geld kosten.«

»Du willst mich erpressen, du miese Schlampe?«

Blut rauschte in seinen Ohren.

»Nein, was hältst du von mir? Ich bitte dich nur um finanzielle Unterstützung. Wie man sich eben so hilft, unter Freunden. Weil ich zurzeit ein bisschen knapp bin.«

Xenia hatte nie Geld. Das wusste Olivier. Er wusste auch, dass sie heimlich Kokain schnupfte.

»Ich habe kein Geld. Das müsstest du doch inzwischen kapiert haben.«

»Hast du nicht eine liebe Mama, Olivier? Sie wird dir sicher gerne aus der Patsche helfen. Oder du machst einen Bruch. Von mir aus kannst du auch eine Bank überfallen. Mir ist es egal, woher du die Kohle nimmst.«

Olivier spürte, wie sein Magen rebellierte. Er schmeckte Galle.

»Wie viel willst du?«

»Zehntausend Euro.«

»Bist du verrückt?«

»Keineswegs. Ich weiß genau, was ich tue. Morgen Abend komme ich wieder. Selbe Zeit, selber Ort. Du gibst mir das Geld. Ich verpfeife dich nicht. Wenn du dich nicht an die Abmachung hältst, gehe ich zur Polizei. So einfach ist das. Gute Nacht, Olivier. Schlaf gut.«

Sie glitt durch die Tür und verschwand. Bebend vor Zorn blickte Olivier ihr nach, bis der platinblonde Schopf in der Dunkelheit verschwand. Er knallte die Tür zu, griff nach dem erstbesten Küchenmesser und rammte es in ein Holzbrett, das auf der Arbeitsplatte lag. Der Stoß war so heftig, dass die Kochnische erzitterte. Olivier starrte auf das Messer. Am liebsten wäre er Xenia nachgerannt und hätte ihr die Waffe in den Rücken gestoßen. Seine Augen waren blutunterlaufen. Er keuchte schwer und rieb sich den Schweiß von der Stirn.

»Olivier ist unbesiegbar«, flüsterte er mit rauer Stimme.

DIE KLIPPEN VON JOBOURG

SECHSTER TAG

Pünktlich um zehn Uhr hatten sich Ludovic Cleroc und sein Team im Polizeipräsidium von Cherbourg versammelt. Diesmal waren sie vollständig. Der Hauptkommissar hatte die halbe Nacht in seinem Büro gearbeitet und gähnte hinter vorgehaltener Hand. Er brauchte dringend einen Kaffee, griff nach der Thermoskanne und schenkte sich eine Tasse ein. Delphine Moreau hatte ihr kühles, steriles Kellergewölbe verlassen und war zu der Besprechung geeilt. Sie trug den blütenweißen Arztkittel offen über einem safrangelben Strickkleid, das knapp über den runden Knien endete. Die rautenförmig gemusterte, schwarze Strumpfhose glänzte im Schein der Deckenlampen. Sie fingerte in ihrer Kitteltasche nach der Zigarettenpackung. François Anger, der Chef der Kriminaltechnik, blickte mit wachen Augen in die Runde. Er hatte noch in der Dämmerung sein Morgentraining absolviert und war topfit. Lagarde und Dumas hatten die Feier von Florence erst spät verlassen und nur wenige Stunden geschlafen. Auch sie bekämpften die Müdigkeit mit starkem schwarzem Kaffee. Valérie hatte ihren Laptop aufgeklappt und scrollte konzentriert über den Bildschirm. Ihre grünen Augen funkelten erwartungsvoll.

Cleroc ergriff das Wort. »Liebe Kollegen, ich schlage vor, dass Valérie und Philippe uns von den Ergebnissen ihrer Gespräche auf Noirmoutier und Rhuys berichten. Von meiner Seite aus gibt es leider keine Neuigkeiten. Die Fahndung nach Olivier Nevers verlief bisher ergebnislos. Der Mann scheint unauffindbar zu sein.« Er stöhnte genervt.

Lagarde und Valérie tauschten einen Blick. Sie hatten auf der gemeinsamen Fahrt nach Cherbourg ihr Vorgehen besprochen und festgelegt, wer welchen Part übernehmen sollte.

Lagarde begann. »Die Befragung von Fleur Salmon brachte einige interessante Hinweise. Sie konnte den Angreifer beschreiben: massig, riesig, gebogene Nase. Diese Personenbeschreibung passt auf Olivier Nevers. Der Täter trug einen langärmligen Pullover oder ein T-Shirt, dessen Ärmel gelb violett gestreift war. Sie hat auch erzählt, dass sie in jener Nacht von weit her Musik gehört hat. Und zwar die nostalgisch gespielte, ein wenig blechern klingende Melodie von ›Chanson d'Amour‹.«

»Habt ihr eine Ahnung, wie uns diese Hinweise weiterhelfen könnten?«, fragte Cleroc stirnrunzelnd.

»Bisher nicht«, bedauerte Lagarde. »Wie ihr wisst, haben damals die Ermittlungen der zuständigen Kripo zu keinem Ergebnis geführt. Der Täter wurde nie gefunden. Trotz der Personenbeschreibung und den Beobachtungen der alten Dame. Ich halte die Hinweise für wichtig. Wir können sie nur noch nicht zuordnen.«

Cleroc schüttelte skeptisch den Kopf. »Vielleicht ist ein Nachbar von Fleur Salmon Chansonliebhaber, weiter nichts. Und meine Freundin Suzanne trägt beim Tennisspielen immer ein grellbunt gestreiftes Trikot. Davon gibt es wahrscheinlich Tausende von Varianten in Sportgeschäften und Bekleidungshäusern.«

»Ich kann deine Skepsis verstehen, Ludovic. Aber wir müssen uns an die Hinweise halten, die wir bekommen«, erwiderte Lagarde. »Außerdem haben wir noch mehr herausgefunden. Warte es ab.«

Cleroc grinste. Das hatte er schon vermutet. »Ich bin gespannt.«

Lagarde fuhr mit seinem Bericht fort. »Es wird leider nicht möglich sein, das Haus von Marguerite Vaucluse auf der Halbinsel Rhuys auf Spuren hin zu untersuchen. Es ist einige Monate nach ihrem Tod abgebrannt.«

»Olivier Nevers ist ein Brandstifter«, merkte Roselin aufgeregt an. »Er hat damals zugegeben, das Feuer im Kellerabteil von Marcelle le Clerc gelegt zu haben.«

»Das ist richtig«, entgegnete Lagarde. »Die Brandermittler im Fall Marguerite Vaucluse sind jedoch zu dem Ergebnis gekommen, dass ein offenes unbeaufsichtigtes Kaminfeuer den Brand ausgelöst hat.«

»Vorsätzliche Brandstiftung hätte gut in das Täterprofil gepasst«, meinte der Gendarm. »Aber das hat sich ja wohl erledigt.«

Lagarde berichtete weiter. »Am 25.03.2015, also zwei Tage, nachdem Marguerite Vaucluse ums Leben gekommen war, gab es in einer Bar Tabac unweit ihres Hauses eine Schlägerei. Aufgrund eines Polizeiberichtes der Gendarmerie von Sarzeau sind wir auf einen Mann gestoßen, der zumindest große Ähnlichkeit mit Olivier Nevers besitzt. Sein Name ist Christophe Brochard. Er arbeitet mit anderen Handwerkern für einen Förderverein zur Erhaltung französischer Leuchttürme und hielt sich zusammen mit seinen Kollegen schon eine Weile auf der Halbinsel auf. Wie ihr wisst, wurde die Postkarte von Olivier Nevers an seine Mutter am 24.03.2015 in Sarzeau abgestempelt. Valérie und ich haben herausgefunden, dass genau diese Truppe im März 2013, als Fleur Salmon angegriffen wurde, auf Noirmoutier war und dort ein Signalfeuer restauriert hat.«

Die Teammitglieder sahen ihn verblüfft an.

»Wenn das ein Zufall ist, höre ich auf zu rauchen«, schwor Delphine.

Lagarde nickte Valérie zu. Sie übernahm das Wort. Ihre Wangen glühten. »Wir haben uns natürlich gefragt, wo sich die Truppe derzeit aufhält. Ich habe im Internet recherchiert. Es war nicht schwer, den aktuellen Aufenthaltsort herauszufinden. Auf der Homepage des Fördervereines werden die geplanten und durchgeführten handwerklichen Einsätze der Arbeiter genau beschrieben. Ebenso die jeweiligen Orte und die vorgesehene Dauer der Restaurierungsarbeiten.« Sie blickte in die erwartungsvollen Gesichter ihrer Kollegen. »Seit Februar dieses Jahres ist die Truppe am Cap de la Hague tätig. Sie überholen die Lichtanlage des Leuchtturms von Goury.«

Cleroc konnte es nicht fassen. »Jobourg ist gerade mal fünf Kilometer davon entfernt.«

»So ist es«, bestätigte die Polizistin. »Als Lisette Binet in ihrem Haus in Jobourg ermordet wurde, hielt sich die Truppe ganz in der Nähe auf. Der Mann, der Olivier Nevers so ähnlich sieht, ist auch mit dabei. Die Handwerker wohnen in Auderville, dem Weiler, der direkt an Goury grenzt.«

»Das ist ja unglaublich.« Roselin fuhr sich durch den borstigen Haarkranz.

»Es kommt noch besser«, versicherte Valérie. »Nach diesen Rechercheergebnissen habe ich natürlich wissen wollen, wo die Truppe im März 2011 eingesetzt war, als Germaine Marsault in ihrem Haus in Crasville getötet wurde.«

Delphine Moreau war von dem Bericht so fasziniert, dass sie vergaß zu rauchen.

»Sie war in Gatteville-le-Phare, nördlich von Barfleur«, fuhr Valérie fort. »Das Mauerwerk des alten Leuchtturms musste stabilisiert werden.«

»Gatteville ist gut zehn Kilometer von Crasville entfernt«, ergänzte Lagarde. »Olivier Nevers wohnte damals in Barfleur bei seiner Mutter.«

»Ihr meint, Nevers ist untergetaucht und hat sich dieser Handwerkergruppe angeschlossen«, folgerte die Rechtsmedizinerin.

»So könnte es sein«, bestätigte Valerie. »In dieser Branche zieht eine Gruppe von gut ausgebildeten Handwerkern, Technikern, Spezialisten und natürlich auch Hilfsarbeitern von Leuchtturm zu Leuchtturm, arbeitet zusammen und geht abends einen trinken«, fügte Lagarde hinzu. »Die Vergangenheit wird nicht großartig hinterfragt.«

»Schaut euch mal die Fotos an«, forderte die Polizistin ihre Kollegen auf. Sie heftete vier Abbildungen der Reihe nach an ein Whiteboard. Zunächst den Schnappschuss, den der Kapitän aus Noirmoutier per Mail geschickt hatte. Dann das Bild, das sie von Alphonse Coulon, dem Leiter der Gendarmerie von Sarzeau, zur Verfügung gestellt bekommen hatten. Weiter eine Ablichtung, die von der Homepage des Leuchtturmfördervereines stammte. Schließlich das Fahndungsfoto von Olivier Nevers.

Die Blicke des Teams richteten sich auf einen massigen, riesigen Mann mit gewaltigen Händen. Aus dem fleischigen Gesicht ragte eine Rabennase, die ein Foto im Profil besonders hervorhob. Der Leuchtturmarbeiter hatte eine Glatze, Olivier Nevers einen unbändigen fedrigen Haarschopf.

»Es wäre naheliegend, dass Nevers versucht hat, sein Aussehen zu verändern«, erläuterte Valérie. »Die Haare abzurasieren ist keine große Sache. Die auffällige Nase zu verbergen war jedoch nicht möglich. Er hätte sich einer OP unterziehen müssen. Wir vermuten, dass er sich gefälschte Papiere besorgt und eine neue Identität angenommen hat. Das ist inzwischen kein Problem mehr und gar nicht mal so teuer.«

»Wie nennt er sich jetzt?«, fragte Cleroc. »Christophe Brochard?«

»Ja.« Die Polizistin nickte.

Der Hauptkommissar betrachtete erneut die aufgereihten Fotos. »Er könnte es sein«, meinte er. »Zumindest ist die Ähnlichkeit sehr groß. Die fehlenden Haare verändern sein Aussehen.«

Delphine stimmte ihm zu. »Es könnte sich tatsächlich um Nevers handeln. Ich bin jedoch nicht hundertprozentig überzeugt. Es ist schwer zu sagen. Fahndungsbilder sehen immer schrecklich aus, und bei den anderen drei Fotos handelt es sich um Schnappschüsse.«

»Möglich wäre es«, bestätigte Anger. »Die Bildqualität ist nicht besonders gut.«

»Ich bin mir auch nicht sicher«, merkte Lagarde an.

»Aber bei der Schlägerei in dieser Bar ging Christophe Brochard deshalb auf den Fischer los, weil er auf seine Verlobung anstoßen wollte. Der Angreifer meinte, alle Verlobten seien Schlampen, die die Männer nur ausnutzen wollten. Das könnte auf den Konflikt von Olivier Nevers mit seiner angeblichen Verlobten Marcelle le Clerc hindeuten. Sie forderte immer wieder Geld von ihm. Das ging so weit, dass Nevers seinen Chef betrog, um die Ansprüche von Marcelle zufriedenstellen zu können.«

Valérie spann den Faden weiter. »Ich denke an die Melodie, die Fleur Salmon vor dem Angriff auf sich gehört hat. Die Leuchtturmtruppe entzündet am Abend gerne ein Treibholzfeuer am Strand. Vielleicht haben sie bei ihrem Zusammensein Musik gespielt, die der Wind zum Haus der alten Dame getragen hat.«

Roselin versuchte, sich die Szenerie vorzustellen. »Das wäre eine Erklärung«, meinte er.

»Ich habe noch etwas entdeckt«, berichtete Valérie. »Der Leuchtturmförderverein hat ein Logo. Es ist im Pop-Art-Stil gehalten. Bunt, modern und plakativ.« Sie befestigte den Computerausdruck am Whiteboard.

Auf einem gelben Hintergrund, der eine Austernschale darstellte, erhob sich ein lilafarbener, mit wenigen Strichen skizzierter Leuchtturm.

»Achtet auf die Farbauswahl«, forderte sie ihre Kollegen auf. »Gelb und lila. Ob die Arbeiter des Fördervereines auch Oberbekleidung in diesen Farben besitzen, konnte ich bisher nicht herausfinden.«

Cleroc zeigte sich beeindruckt. »Gute Arbeit«, lobte er seine beiden Kollegen.

Moreau nickte anerkennend. »Ich habe noch eine Frage. Habt ihr eine Erklärung dafür, warum Olivier Nevers die Frauen immer am 23. März ermordet? Dafür muss es einen Grund geben. Was ist an diesem Datum passiert?«

»Bisher noch nicht, Delphine«, antwortete Lagarde. »Wir haben schon alle möglichen infrage kommenden Daten überprüft und konnten jedoch noch keinen Treffer erzielen.«

Die Rechtsmedizinerin dachte nach. »Auch die Geburtstage von Marcelle le Clerc und Ernestine Nevers?«

»Ja, Delphine. Das Ergebnis war negativ.«

»Das Datum muss etwas zu bedeuten haben«, sinnierte sie. »An diesem Tag muss etwas ganz Wichtiges geschehen sein. Dieses Ereignis hat eine symbolische Bedeutung für Nevers.«

»Ich bin ganz deiner Meinung, Delphine«, versicherte Lagarde.

»Wir müssen versuchen, es herauszufinden.«

Cleroc sah Lagarde fragend an. »Wie wollen wir jetzt weiter vorgehen, Philippe? Was schlägst du vor?«

»Wir fahren nach Goury und reden mit Christophe Brochard. Und wir überprüfen seine Papiere. Ich möchte wissen, ob sie echt sind.«

»Einverstanden«, erwiderte der Hauptkommissar. »Schnappen wir uns den Kerl. Er wird einige Fragen beantworten müssen.«

Valérie blickte ihn erwartungsvoll an.

Cleroc lächelte und meinte: »Valérie und Roselin werden uns begleiten. Wenn es sich bei dem Mann um Olivier Nevers handelt, ist es besser, wenn wir zu viert sind. Er ist sehr gefährlich, verfügt über enorme Kräfte und ist unberechenbar.«

Lagarde trank seinen Kaffee aus und erhob sich. »Also los. Brechen wir auf.«

»Viel Erfolg, Kollegen«, wünschte Delphine Moreau. »Und seid vorsichtig. Nevers weist eindeutig psychopathische Züge auf. Solche Menschen kennen weder Angst noch Skrupel. Durch ihre Unfähigkeit zur Empathie und ihre Überzeugung von der eigenen Dominanz können sie zur Bestie mutieren.«

Roselin spürte, wie sich die Härchen an seinen Armen aufstellten.

Im Dienstwagen von Ludovic fuhren sie über die Küstenstraße zum Cap de la Hague. Großzügig hatte er sich bereit erklärt, Valérie das Steuer zu überlassen. Wusste er doch, wie leidenschaftlich gerne sie Auto fuhr. Sicher und zügig lenkte sie den neuen schweren Citroën über die gewundenen regennassen Straßen. Sie passierten weitläufige Parkanlagen mit tropischen Blumen und Gehölzen, die unter einer Dunstglocke lagen.

In Port Racine, dem kleinsten Hafen Frankreichs, dümpelten Boote im Niedrigwasser. Sie waren an dicken Tauen befestigt, die von der Mole zu Holzpflöcken verliefen. Nebelschwaden zogen über die bleigraue See. In einer weiten Bucht stand ein Mann und grub mit einer vierzackigen Harke Löcher in den Sand. Er suchte nach Meerspinnen. Ein Schwarm Krähen pickte Muscheln aus zerbrochenen Schalen. Schroffe Klippen ragten aus der Macchia. Zwischen den Ansiedlungen säumten dichte Hecken die Straße. Manche waren so hochgewachsen, dass sie einen dunklen Tunnel bildeten.

Im Weiler Auderville war kein Mensch auf der Straße zu sehen. Der Ort wirkte verlassen. Granitsteinhäuser duckten sich im Nieselregen. Ihre blauen und grünen Faltläden bildeten Farbtupfer in der verwaschenen grauen Tristesse. In den kleinen ummauerten Gärten zitterten Dattelpalmen im rauen Wind.

Die Polizisten ließen das Dorf hinter sich und folgten der schmalen Straße am Semaphor vorbei. Vor ihnen ersteckte sich eine weite Heidelandschaft. Inmitten von windzerzausten Büschen stand ein hohes weißes Steinkreuz. Am felsigen Ufer brachen sich unter gewaltigem Getöse meterhohe Wellen. Dort, am Ende der Welt, auf einem Felsplateau im Meer erhob sich majestätisch der Leuchtturm von Goury.

Valérie stellte den Wagen vor dem Tourismusbüro neben einem alten verbeulten Peugeot ab. Ansonsten war der Parkplatz leer. Das schlichte Steinhaus lag gegenüber der mächtigen Mole, die den Hafen schützte. Daneben stand eine verwitterte Seefahrerkirche. Sie und einige wenige verlassen wirkende Gebäude bildeten den Ort. Die Polizisten stiegen aus, und sogleich zerrte der Wind heftig an ihren Kleidern. Cleroc fröstelte in seinem schicken Anzug. Lagarde deutete auf das Informationsbüro.

»Fragen wir dort nach der Leuchtturmtruppe«, schlug er vor.

Sie traten in das Gebäude. Dort war es angenehm warm und aus Lautsprechern erklang leise keltische Musik. An den Wänden reihten sich Regale, auf denen Prospekte, Landkarten und Flyer ausgestellt waren. An der Stirnseite des hohen Raumes befand sich ein langer Holztresen. Dahinter saß eine dunkelblonde Schönheit mit türkisblauen Augen, die sich mit einer jungen Rucksacktouristin auf Englisch unterhielt. Als sie die Besucher bemerkte, grüßte sie freundlich. Die Engländerin bedankte sich, verstaute das Informationsmaterial in ihrer Tasche und verabschiedete sich.

»Die junge Frau will das Haus unseres berühmtesten Poeten besichtigen«, erzählte die Touristikmanagerin. »Jacques Prévert wohnte nicht weit von hier in einem bezaubernden Granitsteinhaus mit einem großen Garten. Die Engländerin wandert auf dem

Zöllnerpfad am Ufer des Ärmelkanals um die gesamte Halbinsel Cotentin. Ganz alleine, stellen Sie sich das vor.« Sie blickte auf Valérie und Roselin, die ihre Dienstuniformen trugen. »Ich nehme an, Sie sind nicht bis an das Ende der Welt gefahren, um sich über touristische Highlights der Gegend zu informieren. Was kann ich für Sie tun?«

Cleroc ergriff das Wort. »In Goury hält sich seit Februar eine Handwerkergruppe auf, die Reparaturarbeiten am Leuchtturm vornimmt. Haben Sie eine Ahnung, wo wir die Männer finden können?«

»Ich denke, ja. Wissen Sie, zu dieser Jahreszeit ist hier nicht viel los. Deshalb kriegt man alles mit, was im Dorf so vor sich geht. Die Männer wohnen in einem Haus in Auderville. Tagsüber arbeiten sie im Leuchtturm, wenn das Wetter ein Übersetzen auf die Insel zulässt. Ihre Pausen verbringen sie in einem alten grünen Bauwagen, der in der Nähe des Windanzeigers steht. Heute ist es nicht möglich, das Signalfeuer mit dem Boot zu erreichen. Aufgrund des starken Windes bestünde die Gefahr, dass es kentert. An solchen Tagen schürt die Gruppe manchmal ein Treibholzfeuer am Strand und grillt. Ich war auch schon mal eingeladen. Das sind nette Kerle.«

»Können Sie uns sagen, wo sich dieser Strand befindet?«, fragte Lagarde.

»Ja. Sie folgen dem Trampelpfad durch die Heide am Steinkreuz vorbei in Richtung Auderville. Unterhalb der Klippen gibt es eine kleine geschützte Bucht. Es ist ein Fußweg von ungefähr fünfzehn Minuten.« Sie lächelte den Kommissar an. »Mit dem Auto kommen Sie da nicht hin.«

»Danke«, erwiderte Lagarde. »Sie haben uns sehr geholfen.«

»Die Burschen haben doch nichts ausgefressen?«, wollte die Frau wissen.

Lagarde lächelte zurück. »Das wollen wir doch nicht hoffen.«

Die Polizisten verließen das Tourismusbüro und wurden von einer Böe erfasst, die sie durchschüttelte.

»Ob die Männer auch bei diesem Wetter grillen?«, fragte Roselin.

»Jetzt sind wir schon mal hier und sehen nach«, erwiderte Cleroc. »Wenn wir sie nicht antreffen, versuchen wir es in der Unterkunft.«

Sie überquerten den leeren Busparkplatz und liefen im Gänsemarsch auf einem schmalen Pfad durch das Heidekraut. Der Leuchtturm schoss alle fünf Sekunden weiße Blitze ab. Nach wenigen Minuten gelangten sie an das weiße Kreuz. Von dort aus führte der Weg durch Geröll und über glatte Felsplatten am Ufer entlang. Hoher Strandhafer bog sich im Wind. Zerklüftete Klippen erhoben sich vor ihnen.

Schließlich gelangten sie an eine kleine Bucht. Sichelförmig schmiegte sie sich an die Felsen. Auf dem Strand loderte ein Treibholzfeuer. Eine Gruppe von

Männern in Arbeitsoveralls saß um die Flammen im Sand. Der Duft von gegrillten Würstchen und gewürztem Fleisch lag in der Luft. Ein großer Mann mit einer Mütze auf dem riesigen Kopf entdeckte sie zuerst. Als er die Uniformen wahrnahm, sprang er auf und rannte auf die Klippen zu. Er verschwand in einer Felsspalte. Seine Kollegen blickten ihm verblüfft hinterher.

Einer rief: »Was ist denn los, Chris? Wo willst du hin?«

Er bekam keine Antwort.

»Christophe Brochard«, brüllte Lagarde. »Polizei. Bleiben Sie sofort stehen. Wir müssen mit Ihnen reden.«

Gleichzeitig setzte er sich in Bewegung und sprintete über den Sand. Er erreichte die Spalte und lief über ein knirschendes Muschelbett weiter. Unvermittelt stieß er auf einen Pfad, der durch Flechtenteppiche und wildem Thymian im Zickzack auf die Klippen führte. Graues Moos polsterte die Felsspalten.

Lagarde entdeckte Brochard, der ungefähr zehn Meter oberhalb von ihm durch das Gestrüpp hetzte. Er setzte ihm nach. So schnell er konnte, erklomm er die Felswand. Der Abstand zwischen ihm und Brochard verringerte sich, obwohl der Leuchtturmarbeiter einige Male auf dem Geröll ausrutschte und Steine herabfielen.

Als Lagarde den Felsgrat endlich erreicht hatte, lief

der flüchtige Mann schwerfällig an der Abbruchkante entlang. Plötzlich stolperte er, geriet ins Straucheln und stürzte mit einem gellenden Schrei in die Tiefe.

Nach wenigen Metern hatte Lagarde die Stelle erreicht. Entsetzt schaute er in den Abgrund. Drei Meter unterhalb von ihm klammerte sich Christophe Brochard an eine Felskante. Weit unter ihm brodelte der Ozean. Spitze Steine ragten wie Reißzähne aus dem Wasser. Seine Augen waren vor Angst weit aufgerissen und fixierten seinen Verfolger. Die Mütze hatte er auf der Flucht verloren, auf seiner Glatze glänzten Schweißperlen. Er brachte kein Wort heraus.

Lagarde rutschte schräg über den Abhang, ging in die Hocke und griff nach den Gelenken des Mannes. Brochard war groß und schwer. Wie könnte es gelingen, den Mann auf sicheres Terrain zu ziehen? Er hörte ein Keuchen, und Valérie schlitterte neben ihm ins Gras.

»Jeder ein Gelenk«, bestimmte Lagarde. »Pack fest zu, Valérie. Zusammen können wir ihn hochziehen. Pass auf, dass du deinen Körperschwerpunkt nach hinten verlagerst.«

Als Brochard realisierte, dass er eine Chance hatte, half er mit, so gut er konnte. Er stützte sich mit den Füßen ab und schob seinen massigen Körper nach oben.

Als er endlich über die Kante glitt, landeten sie zu dritt im Gras.

Valérie rappelte sich hoch und klopfte Sand von ihrer Diensthose. Lagarde half Brochard auf die Füße.

»Danke«, sagte der Mann. »Das war knapp.« Er war kalkweiß im Gesicht.

»Wir wollen doch nur mit Ihnen reden, Monsieur Brochard«, erklärte Lagarde.

»Was wollen Sie von mir? Ich habe nichts getan.«

»Wir fahren jetzt in die Gendarmerie von Jobourg. Dort reden wir. Wenn Sie mir versprechen, nicht noch einmal davonzulaufen, verzichte ich auf Handschellen. Einverstanden?«

»Einverstanden«, murmelte Brochard.

Sie liefen über das Hochplateau zur Landstraße zurück. Dort warteten Ludovic und Roselin mit dem Wagen. Der Hauptkommissar hatte es mit seinen eleganten Lackschuhen gar nicht erst versucht, den Klippenpfad zu erklimmen. Roselin litt seit einem dramatischen Ereignis auf dem Leuchtturm von Gatteville an Höhenangst und mied jede größere Steigung.

Nachdem die Polizisten dem diensthabenden Gendarm in Jobourg ihr Anliegen erklärt hatten, hatte er ihnen sofort ein Zimmer für die Befragung zur Verfügung gestellt. Er war dabei gewesen, als die Leiche von Lisette Binet gefunden worden war, und hoffte, dass der Mörder der alten Dame bald hinter Gittern sitzen würde. Er versorgte die Kollegen mit Getränken und zog sich diskret zurück.

Brochard blickte finster in die Runde. »Also, ich bin freiwillig mitgekommen. Darf ich jetzt bitte erfahren, warum Sie mit mir sprechen wollen?«

Er hatte eine warme dunkle Stimme, die eher sanft als aggressiv klang.

Lagarde kam direkt zur Sache. »Sie stehen unter dem dringenden Verdacht, dass Sie einen falschen Namen angenommen haben und gefälschte Papiere besitzen. Wir gehen davon aus, dass Sie in Wirklichkeit Olivier Nevers heißen. Ihm wird vorgeworfen, drei Frauen ermordet und eine Frau angegriffen und schwer verletzt zu haben.«

Brochard sah ihn entsetzt an. »Was reden Sie da? Ich habe niemanden umgebracht. Und ich habe auch keinen falschen Namen angenommen. Es muss eine Verwechslung vorliegen.« Empört rief er: »Ich bin doch kein Mörder.«

Er griff in die Brusttasche des Overalls und holte seinen Personalausweis hervor. »Sehen Sie sich das Dokument an. Es ist echt.«

Lagarde nahm den Ausweis und studierte ihn genau. »Er scheint wirklich echt zu sein«, stellte er fest. »Außer, es handelt sich um eine absolut perfekte Fälschung. Die Dokumentenmerkmale sind hundertprozentig identisch. Der Stempel, das Siegel, das Hologramm, der Strichcode, das Wasserzeichen und das Spezialpapier.« Er gab Brochard den Ausweis zurück. »Warum sind Sie geflohen?«, fragte er.

Der Mann wischte sich den Schweiß von der Stirn und seufzte schwer. »Gegen mich läuft eine Anzeige«, räumte er ein. »Das Jugendamt von Clermont-Ferrand macht mir mächtigen Ärger, weil ich mich weigere, Unterhalt für die Tochter meiner Verlobten zu bezahlen. Marie ist nicht mein Kind. Da bin ich mir ganz sicher. Meine Verlobte hat mich betrogen. Ich habe einen Vaterschaftstest gemacht, dann bin ich abgehauen. Ich werde bestimmt gesucht.«

Lagarde nickte nachdenklich. »Wir werden Ihre Angaben überprüfen, Monsieur Brochard. Valérie, rufst du bitte vom Büro des Gendarmen aus beim Jugendamt von Clermont-Ferrand an und erkundigst dich. Sie sollen die Telefonnummer überprüfen und dich zurückrufen. Sonst bekommst du keine Auskunft.«

»In Ordnung, Philippe.«

Valérie verließ das Zimmer. Brochard erkundigte sich, ob er rauchen durfte. Lagarde erlaubte es ihm. Cleroc rollte mit den Augen. Der Leuchtturmarbeiter drehte sich mit zitternden Fingern eine Zigarette und zündete sie an. Cleroc öffnete demonstrativ das Fenster. Ein kalter Windstoß fegte durch den Raum.

Nach einigen Minuten kam Valérie zurück und setzte sich zu den Männern an den Tisch.

»Die zuständige Sachbearbeiterin hat mich zurückgerufen«, berichtete sie. »Monsieur Brochard hat die Wahrheit gesagt. Inzwischen liegt das Ergebnis des

Vaterschaftstests vor. Er ist negativ. Die Anzeige wurde zurückgenommen.«

Brochard strahlte über das ganze runde Gesicht. »Ich habe es immer gewusst«, beteuerte er. »Sie hat mir das Kind untergeschoben.« Mit beiden Händen rieb er seine Glatze. »Und wie geht es jetzt weiter?«, fragte er.

»Sie können gehen«, entgegnete Lagarde.

»Heißt das, ich bin ein freier Mann?«

»Sie sind ein freier Mann.«

Nachdem Christophe Brochard aus dem Zimmer gestürmt war, brachte der nette Gendarm noch eine Kanne Kaffee und belegte Baguettes. Neugierig fragte er in die Runde: »Warum lassen Sie den Mann laufen? Das war doch der Typ auf dem Fahndungsfoto. Dieser Olivier Nevers?«

»Er war es nicht«, erwiderte Lagarde knapp.

Seine und Clerocs Blicke kreuzten sich. Sie dachten beide das Gleiche. Ihre heiße Spur war ins Leere gelaufen. Sie mussten wieder von vorne anfangen.

Roselin schüttelte resigniert den Kopf. Wo konnten sie erneut anknüpfen? Er zermarterte sich das Hirn. Valérie spielte nervös mit ihrem Pferdeschwanz. An welchem Ort könnte Nevers stecken? Sie mussten ihn finden. Womöglich war erneut ein Leben in Gefahr. Und dieser Brochard hatte ihm wirklich so ähnlich gesehen.

«Welche Berufsgruppe zieht noch von Ort zu Ort

durch das Land?«, überlegte sie. »Montagearbeiter, Zimmerleute, Brückenbauer, Kraftfahrer, Eisenbahnangestellte...«

»Und Wanderschäfer«, ergänzte der nette Gendarm hilfsbereit ihre Aufzählung. »Bei uns hier arbeitet ein Hirte schon seit zwei Monaten. Es ist ein umgänglicher, sympathischer Mann. Wir haben in der Kneipe schon mal einen Wein zusammen getrunken. Er weiß abenteuerliche Geschichten zu erzählen. Vor drei Jahren wurde er auf dem Festland vor der Insel Noirmoutier von Wölfen angegriffen. Die Raubtiere haben zwei seiner Lämmer gerissen. Wahnsinn, wir sind doch nicht in Sibirien.«

Valérie starrte ihn an. »Wie heißt der Mann?«

»André.«

»Und weiter?«

»Da muss ich erst nachschauen. Wenn Wanderschäfer in einer neuen Gemeinde Arbeit annehmen, müssen sie sich im Rathaus und in der Gendarmerie registrieren lassen. Der Bauer, der sie einstellt, zahlt Sozialversicherungsbeiträge für sie. Das läuft über die Gemeinde. Bei der Gendarmerie ist er offiziell gemeldet. Wir machen immer eine Kopie des Personalausweises und heften sie ab. Das ist alles.«

»Kann ich die Kopie sehen?«, fragte Lagarde.

»Natürlich, ich bin gleich wieder da.«

Der Gendarm kam mit einer dünnen Akte zurück, suchte das entsprechende Dokument heraus und reichte es Lagarde, der es rasch überflog und das Passbild betrachtete.

»Der Wanderschäfer heißt André le Nôtre«, stellte er fest. »Es ist derselbe Mann wie auf dem Zeitungsausschnitt, den uns Fleur Salmon gezeigt hat. Und er sieht dem Fahndungsfoto von Nevers unheimlich ähnlich.«

»Die große Frage ist: War er im März 2015 auf Rhuys?«, bemerkte Cleroc.

»Soll ich Alphonse Coulon anrufen?«, fragte Valérie.

Der Hauptkommissar nickte. »Ja, bitte.«

Während die Polizistin im Büro der Gendarmerie telefonierte, betrachtete Lagarde die Kopie des Personalausweises. Rasch stellte er fest, dass es sich um eine Fälschung handelte. Die Gültigkeitsdauer war falsch. Seit 2008 betrug sie fünfzehn Jahre. Vorher waren es nur zehn Jahre gewesen. Der Ausweis von André le Nôtre war 2010 ausgestellt worden. Mit einer Gültigkeitsdauer von zehn Jahren. Der Fälscher hatte von dieser gesetzlichen Änderung offenbar keine Kenntnis gehabt. Er teilte den Kollegen seine Entdeckung mit.

»Interessant«, meinte Cleroc. »Wenn er zum fraglichen Zeitpunkt auf Rhuys war, könnte er unser Mann sein.«

Valérie hatte den Leiter der Gendarmerie von Sarzeau am Telefon. Entgegenkommend hatte er den

Ordner mit den Anmeldungen der Wanderhirten sofort durchgesehen. Doch ein André le Nôtre tauchte in den Dokumenten nicht auf. Er merkte seiner Kollegin die Enttäuschung an und dachte nach, wie er helfen könnte. Natürlich, warum war er nicht gleich darauf gekommen.

»Eine Möglichkeit gibt es noch«, verkündete er.

Valérie schöpfte wieder Hoffnung. »Und welche?«, wollte sie wissen.

»Es gibt noch einen kleinen Gendarmeriestützpunkt am Golf von Morbihan. Der Ort heißt Arzon. Ich rufe dort an und melde mich gleich wieder.«

Die Polizistin wartete ungeduldig auf den Rückruf von Coulon.

Endlich klingelte das Telefon.

»Ja?«, meldete sie sich mit aufgeregter Stimme.

»Euer Schäfer war tatsächlich von März bis Juni 2015 auf Rhuys«, tönte Coulon zufrieden aus der Leitung. »Er hütete eine große Schafherde auf den Salzwiesen am kleinen Meer. Es gab keinerlei Beanstandungen.«

»Ich habe es gewusst«, jubelte Valérie. »Vielen Dank, Kollege. Sie haben mir sehr geholfen.«

Alphonse Coulon fand rothaarige, attraktive Frauen unwiderstehlich. Er überlegte, ob er sie zum Essen einladen solle. Bevor er Mut fassen konnte, hatte Valérie bereits aufgelegt. Sie eilte zu ihren Kollegen, die ihr erwartungsvoll entgegensahen.

»André le Nôtre war auf Rhuys«, verkündete sie mit leuchtenden Augen. »Von März bis Juni 2015.«

»Also doch«, freute sich Cleroc.

Lagarde war skeptisch. Die Lösung schien ihm zu einfach. Doch er schwieg, weil er den Enthusiasmus seiner Kollegen nicht bremsen wollte. Es konnte schließlich durchaus sein, dass es sich bei diesem Wanderschäfer um Nevers handelte. Immerhin sah er aus wie dessen Zwillingsbruder.

»Wo befindet sich die Herde von le Nôtre?«, fragte er den Gendarmen.

»Oberhalb der Bucht von Ecalgrain. Dort gibt es gutes Weideland. Es ist ein einsames, wildes Fleckchen Erde. Wunderschön ist es da.«

»Worauf warten wir noch?«, fragte Roselin.

Ihn hatte das Jagdfieber gepackt. Zu viert machten sie sich auf den Weg. Der nette Gendarm musste zu seinem großen Bedauern die Stellung auf der Wache halten.

Von Jobourg bis zu der Bucht von Ecalgrain waren es zwei Kilometer. Sie folgten einer kleinen Straße durch eine hügelige Landschaft. Die Hecken schienen undurchdringlich zu sein. Vom Weiler Laye aus bot sich ein spektakuläres Panorama auf die schönste Bucht der armorikanischen Landspitze. Der Wind hatte die Regenwolken endgültig verscheucht. Die Farbe des Meeres war am seichten Ufer türkisgrün und wechselte in der Tiefe zu kräftigen Blauschattierungen. Kleine Felskegel ragten aus der Wasseroberfläche. Auf einer Weide grasten weiße Kühe.

Das Cap von Jobourg lag im Dunst. Von der Straße ging ein Forstweg ab, der sich einen Hang hinaufschlängelte. Er wurde von wilden rosaroten Glockenblumen und Farnen gesäumt. Auf beiden Seiten des Pfades erstreckte sich Weideland, so weit das Auge reichte. Auf einer Anhöhe graste eine Schafherde. Die Tiere hatten ein dickes Fell, ovale schwarze Köpfe und kurze krumme Beine. Roselin schätzte ihre Anzahl auf mindestens zweihundert. Am Rand der Wiese stand, geschützt von hohen Ginsterbüschen, ein rehbrauner Schäferkarren in der Märzsonne. Davor gab es einen aus Holz gezimmerten Sitzplatz. Ein Fahrrad lag im Gras.

Als die Polizisten aus dem Auto stiegen, drehte ein deutscher Schäferhund den Kopf und beobachtete sie. Er rührte sich nicht von der Stelle. Von André le Nôtre war weit und breit nichts zu sehen. Während sie sich dem Schlafplatz des Hirten näherten, rief Cleroc dessen Namen.

Eine Weile passierte gar nichts. Dann erschien ein dunkelblonder zerzauster Haarschopf in der Luke. Große türkisblaue Augen richteten sich auf die Polizisten. Über das schöne Gesicht huschte ein Lächeln.

»Langsam beschleicht mich das Gefühl, dass sie mich verfolgen«, meinte die Touristikmanagerin von

Goury. Sie kroch aus der winzigen Tür und zog ihre verrutschte Bluse und den Rock zurecht.

André le Nôtre folgte ihr. Er trug eine Boxershorts und zog sich einen Pullover über den Kopf. Die kurzen weißblonden Haarstoppel standen in alle Richtungen.

»Guten Tag«, grüßte er freundlich.

Lagarde hatte den Eindruck, dass er nervös wurde, nachdem er die Uniformen der Gendarmen bemerkt hatte.

»Wollen Sie zu mir?«

»Wenn Sie André le Nôtre sind, ja«, antwortete Cleroc.

»Der bin ich.«

»Wir möchten mit Ihnen reden«, erklärte der Hauptkommissar.

Le Nôtres Blick flackerte kurz. Dann hatte er sich wieder im Griff. Er zeigte auf den Sitzplatz. »In Ordnung. Setzen wir uns doch.«

Die zierliche Touristikfrau rutschte neben den Hünen auf die Bank.

»Wir möchten Sie gerne alleine sprechen«, verlangte Cleroc.

»Michelle ist meine Herzdame. Ich habe keine Geheimnisse vor ihr«, versicherte der Schäfer.

Die Kommissare wechselten einen Blick. Lagarde zuckte die Schultern.

»Also gut«, sagte Cleroc. »Sie kann bleiben.«

Die Frau schenkte ihm dafür ein strahlendes Lächeln, griff nach der Hand von le Nôtre und drückte sie zärtlich.

»Was wollen Sie von André?«, wollte sie wissen.

Cleroc beachtete sie nicht, sondern konzentrierte sich auf den Schäfer. »Wir gehen davon aus, dass Ihre Papiere gefälscht sind«, erläuterte der Hauptkommissar. »Sie heißen nicht André le Nôtre, sondern Olivier Nevers. Sie stehen im Verdacht, drei Frauen ermordet zu haben. Ein weiteres Opfer haben Sie angegriffen und schwer verletzt. Von den psychischen Folgen der brutalen Attacke ganz zu schweigen.«

Stille trat ein. Das Gesicht des Hirten lief feuerrot an. Er brachte keinen Ton heraus. Michelle blickte fassungslos auf die Polizisten.

»Bitte zeigen Sie mir Ihren Personalausweis«, forderte Lagarde.

»Er ist in der Hütte«, presste der Mann hervor.

»Dann holen Sie ihn bitte.«

Der Schäfer kam der Aufforderung nach. Valérie stand auf und folgte ihm. Die rechte Hand an ihrer Dienstwaffe, ließ sie ihn nicht aus den Augen. Er stieg in den Pferchkarren und holte das Dokument. Zögerlich reichte er es Lagarde und setzte sich wieder neben seine Herzdame.

Der Kommissar studierte den Ausweis genau. »Die Gültigkeitsdauer ist nicht korrekt. Seit 2008 beträgt sie fünfzehn Jahre, nicht zehn«, erklärte er. »Ihr Ausweis wurde 2010 ausgestellt und hat dennoch eine Gültigkeitsdauer von nur zehn Jahren. Das kann nicht sein. Außerdem sind die Fluoreszenzfarbstoffe gefälscht, und zwar ziemlich schlampig.«

Er fixierte den Hirten, der unruhig auf der Bank hin und her rutschte.

»Wie lautet Ihr richtiger Name?«

»Sag es Ihnen, Edouard«, beschwor Michelle ihren Geliebten. »Du musst Ihnen die Wahrheit sagen. Sie halten dich für einen Mörder. Aber du hast doch nichts verbrochen.«

Der Schäfer fuhr sich hektisch über die Stoppelhaare und dachte nach.

»Du hast recht, Michelle«, räumte er schließlich ein.

Ernst blickte er in Lagardes Augen und begann zu erzählen.

»Mein Name ist Edouard Lemot. Ich stamme aus der Gascogne, aus einem Städtchen namens Mirande. Eine junge Frau hat mich immer wieder bei meiner Herde besucht. Das war 2010. Sie liebte die Schafe. Und sie verliebte sich in mich. Eines Tages kam es, wie es kommen musste. Wir sind intim geworden. Danach stellte sich heraus, dass Christine die Tochter des Bürgermeisters ist. Sie war nicht achtzehn, wie sie mir versichert hatte, sondern erst fünfzehn.« Er seufzte tief. »Nach unserem Stelldichein verkündete sie ihrem Vater, dass sie beabsichtige, mich zu heiraten. Kurz darauf suchte er mich auf der Weide auf und wollte mich verprügeln. Er schwor, dass er mich anzeigen und ins Gefängnis bringen würde.«

Verzweifelt sah er Michelle an, dann fuhr er mit bedrückter Stimme fort. »Wie soll ich es erklären? Ich bin in Panik geraten. Die Menschen in der Gascogne sind sehr konservativ. Ich hatte Angst, im Gefängnis zu landen. Ich liebe meine Freiheit, die Natur und Schafe. Hinter Gittern wäre ich zugrunde gegangen. So habe ich in derselben Nacht meinen Rucksack gepackt und bin getürmt. In Toulouse habe ich mir am Bahnhof den gefälschten Personalausweis besorgt.«

Erschöpft machte er eine Pause. Er wirkte erleichtert, dass er nicht mehr mit dieser Lüge leben musste.

»Ich bin kein Mörder«, versicherte er dann mit fester Stimme. »Von einem Olivier Nevers habe ich noch nie etwas gehört. Ich habe mit Ihrem Fall nichts zu tun. Mein Problem ist, dass Christine keine Ruhe gibt. Sie weiß immer, wo ich bin. Über das Netzwerk ihres Vaters kann sie meinen Aufenthaltsort leicht herausfinden. Doch sie verrät mich nicht. Ständig schickt sie mir Liebesbriefe in rosa Umschlägen in die Rathäuser, in denen ich aktuell registriert bin. Ich lese die Briefe, danach verbrenne ich sie. Christine ist regelrecht besessen.«

Lagarde sah ihn lange an. Er hatte das Gefühl, dass der Hirte die Wahrheit sagte.

»Da fällt mir etwas ein«, fuhr der Schäfer fort. »Gestern habe ich einen Brief abgeholt, aber ich habe ihn noch nicht gelesen. Wollen Sie ihn sehen?«

»Unbedingt«, versicherte Lagarde.

Erneut verschwand Lemot unter den wachsamen Augen von Valérie im Schäferkarren. Er holte den Brief, öffnete den Umschlag und reichte ihr das Schreiben.

»Darf ich den Inhalt vorlesen?«, fragte sie.

»Ja, bitte. Tun Sie das. Der Brief ist der Beweis, dass ich die Wahrheit sage.«

Die Polizistin las den Text laut vor. *»Mein geliebter Edouard, ich denke jede Sekunde meines Lebens an Dich. Die Liebe und die Sehnsucht nach Dir machen mich noch krank.*

Warum antwortest Du nicht auf meine Briefe?

Ach, wäre ich doch damals nur schwanger geworden, dann hätte mein Vater unserer Hochzeit zugestimmt und wir wären glücklich zusammen.

Ich weiß, dass es in Deinem Leben keine andere Frau gibt und in meinem wird es nie einen anderen Mann geben als Dich.

In meinen Träumen bist nur Du, jede Nacht. Aber all das, mein Geliebter, habe ich Dir schon so oft geschrieben.

Wann kommst Du endlich zurück in meine Arme? Oder sage mir, wo wir uns treffen können, ich komme an jeden Ort der Welt, weil ich Dich liebe.

Dann bleiben wir für immer und ewig zusammen. Und

mein Wunsch nach einem Kind von Dir wird sich erfüllen, unser Glück wird vollkommen sein.

So wird es kommen, ich bin ganz fest davon überzeugt.

In Liebe, Deine Christine.«

Die Touristikmanagerin sah ihren Geliebten vorwurfsvoll an.

»Ich kann nichts dafür, Michelle«, beteuerte er. »Ich sage doch, Christine ist besessen.«

»Wir müssen Ihre Angaben dennoch überprüfen«, stellte Lagarde fest. »Wie heißt der Bürgermeister von Mirande?«

»Thomas Carré.«

Valérie verstand sofort, worauf ihr Kollege hinaus wollte. »Soll ich versuchen, Monsieur Carré ans Telefon zu bekommen?«

Lagarde nickte. »Ja, bitte.«

Sie fand die entsprechende Nummer schnell heraus und landete im Geschäftszimmer des Bürgermeisters. Es folgte eine längere Diskussion mit dessen engagierter Sekretärin, die immer hitziger wurde. Valérie hielt den Hörer zu und flüsterte: »Er ist in einer wichtigen Sitzung und darf nicht gestört werden.«

Lagarde griff nach ihrem Handy und stellte sich höflich vor. »Ich muss dringend mit Bürgermeister Carré sprechen. Die Kripo ermittelt in mehreren Mordfällen. Gefahr ist im Verzug. Wenn er nicht mit mir redet, hat das weitreichende Konsequenzen. Das versichere ich Ihnen. Ich erwarte Kooperation. Also holen Sie ihn bitte sofort aus der Sitzung.«

Zwei Minuten später drang eine polternde Stimme aus dem Handy.

»Was fällt Ihnen ein, meine Stadtratssitzung zu stören?«

Lagarde unterbrach die Schimpftirade, stellte sich erneut vor und erklärte sein Anliegen.

»Es geht um Edouard Lemot«, sagte er.

Das war das Schlüsselwort. Jetzt wollte Carré mit ihm sprechen.

»Was ist mit diesem Dreckskerl?«, brüllte er. »Er hat meine Tochter verführt. Da war sie fünfzehn Jahre alt. Ich habe ihn angezeigt. Doch er war über Nacht spurlos verschwunden. Christine hat wochenlang nicht mehr mit mir geredet, bis ich die Anzeige zurückgezogen habe. Und das dumme Mädchen liebt ihn noch immer. Sie weigert sich, einen jungen Mann aus den besten Kreisen zu heiraten, den ich für sie ausgesucht habe. Seit dieser Kerl aufgetaucht ist, hängt unser Haussegen schief. Ich bin fest davon überzeugt, dass sie sogar nach ihm sucht. Nach einem Wanderschäfer!«

Er rang empört nach Luft.

Lagarde nutzte die Pause. »Ich danke Ihnen für diese Informationen, Herr Bürgermeister. Sie sind sehr wichtig für unsere Ermittlungen.«

Nachdenklich betrachtete er das Paar ihm gegenüber. Michelle hatte schützend den Arm um ihren Liebhaber gelegt.

»Dafür bekommen Sie von mir ebenfalls eine Information. Edouard Lemot hat eine Frau kennengelernt, mit der er zusammen ist. Ich glaube nicht, dass er noch Interesse an einer Heirat mit Ihrer Tochter hat.«

Stille folgte. Die neue Situation hatte dem Bürgermeister die Sprache verschlagen. Schließlich fragte er: »Sind Sie sicher?«

»Absolut sicher«, behauptete Lagarde.

»Das ist ja wunderbar. Ich fahre gleich nach Hause und spreche mit Christine. Endlich wird wieder Ruhe in unserem Haus einkehren. Der Spuk wird vorbei sein. Seit Jahren macht mir meine Frau Vorwürfe, dass ich Schuld am Unglück meiner Tochter bin. Herzlichen Dank, Monsieur le Commissaire.«

»Eine Bitte habe ich noch«, sagte Lagarde. »Ich schicke Ihnen das Passbild von Lemot per Mail, und Sie bestätigen mir kurz, dass es sich wirklich um ihn handelt.«

Diese Bitte war nur dem korrekten Ermittlungsablauf geschuldet. Lemot war nicht der Mann, den sie suchten. Da war er sich absolut sicher. Er gestand sich verärgert ein, dass er den ganzen Tag mit der Jagd nach einem Phantom vergeudet hatte.

»Aber gerne«, versicherte Carré beflissen.

Die Männer verabschiedeten sich. Anschließend

wandte sich Lagarde an den Schäfer. »Der Bürgermeister hat die Anzeige schon vor sechs Jahren zurückgezogen. Sie haben nichts mehr zu befürchten. Das gefälschte Dokument behalte ich ein. Sie benutzen in Zukunft Ihren richtigen Ausweis. Eventuell können wir die Angelegenheit vergessen, wenn Sie uns Informationen geben, wie Sie den Fälscher ausfindig gemacht haben.«

Cleroc wollte protestieren.

»Er hat mit dem Ausweis doch keinen Schaden angerichtet, Ludovic«, argumentierte Lagarde. »Wir suchen einen Mörder, keinen Mann, der sich mit falschen Papieren einer Strafverfolgung entziehen wollte, die es schon lange nicht mehr gibt.«

Der Hauptkommissar gab nach. »Also gut. Sei's drum.« Er wandte sich an Lemot. »Danke für Ihre Aussage. Wir verabschieden uns jetzt.«

Michelle strahlte ihren Liebsten an. Ihre türkisblauen Augen glänzten vor Freude. »Du musst dich nicht mehr verstecken, Edouard. Jetzt können wir heiraten. Ist das nicht wunderbar?«

Pures Entsetzen blitzte in Lemots Augen auf.

Als die Polizisten nach Cherbourg zurückfuhren, herrschte resigniertes Schweigen im Wagen. Lagarde sah aus dem Fenster und ließ seine Blicke über die raue Landschaft gleiten. Ihm fiel ein altes Sprichwort ein. Niemand kam durch Zufall zum Cap de la Hague, sagten die Alten. Wenn man zu der einsamen Landspitze vordrang, bedeutete dies, dass man in ein Geheimnis eingeweiht war. Was sie wohl damit meinten? Auf jeden Fall schienen ihre Ermittlungen unter keinem guten Stern zu stehen. Bisher waren sie immer wieder in einer Sackgasse gelandet. Er grübelte darüber nach, an welchem Punkt sie erneut ansetzen konnten.

Während er seinen Gedanken nachhing, versuchte Cleroc sein Team aufzubauen. »Bei einem Fall gibt es immer heiße Spuren, die sich dann als Luftblasen erweisen. Morgen früh treffen wir uns und gehen die bisherigen Ergebnisse unserer Nachforschungen noch einmal sorgfältig durch. Vielleicht haben wir einen Hinweis übersehen. Irgendeine Kleinigkeit. Wir finden Nevers. Davon bin ich fest überzeugt.«

Lagarde stimmte ihm zu. Er hatte das Gefühl, dass Ludovic Unterstützung brauchte. »Es war ein langer Tag«, bemerkte er. »Wir machen jetzt Feierabend und versuchen abzuschalten. Wenn der Kopf frei ist, haben neue Ideen Platz. Sonst verrennt man sich oder dreht sich im Kreis. Was haltet ihr davon, wenn ich euch ins Mirabelle zum Essen einlade?«

»Das geht leider nicht«, bedauerte Cleroc. »Ich bin mit Suzanne verabredet. Wenn ich sie wieder versetze, verlässt sie mich wahrscheinlich.«

Lagarde grinste. »Das geht auf keinen Fall. Du gehst mit Suzanne essen. Valérie, Roselin und ich schauen, was Odette Gutes für uns hat.«

Die beiden Gendarmen waren mit dem Vorschlag sofort einverstanden.

Nachdem sie das Polizeipräsidium von Cherbourg erreicht hatten, verabschiedeten sie sich von Ludovic und stiegen aus seinem Citroën. Mit dem Dienstwagen von Roselin fuhren sie weiter zu Odettes Restaurant. Als sie dort ankamen, dämmerte es bereits. Warmes Licht drang aus dem runden Natursteinhaus mit dem hohen Kamin. Als sie eintraten, stand Odette gerade hinter dem Empfang, telefonierte und blätterte im Reservierungsbuch. Sie beendete das Telefonat und schrieb einen Eintrag hinein. Dann entdeckte sie die unverhofften Gäste und lächelte erfreut. Lagarde fand, dass sie bezaubernd aussah. Heute trug sie einen grauen Hosenanzug und eine hellrosa Bluse. Die dunklen Haare fielen locker auf ihre Schultern. Die Lippen glänzten pinkfarben.

»Hallo, das ist ja eine Überraschung«, rief sie. Rasch trat sie hinter dem Mahagonitresen hervor und begrüßte ihre Gäste. »Ihr bekommt den Tisch neben dem Kaminfeuer«, entschied sie. »Dort habt ihr es schön warm. Die Reservierung setze ich um.«

Odette begleitete sie an den elegant eingedeckten Vierertisch und zündete die Kerzen an. »Nehmt bitte Platz.« Aufmerksam studierte sie die Mienen der Polizisten. »Ihr schaut nicht gerade zufrieden aus. Ganz und gar nicht. In solchen Fällen hilft nur noch eins. Ein Glas Bollinger und ein wunderbares Menü.«

Sie winkte nach Gérard, dem Oberkellner, und bat ihn, eine Flasche Champagner aus dem Weinkeller zu holen. Professionell entfernte sie den Korken und goss die perlende Flüssigkeit in langstielige ziselierte Flöten.

»Hattet ihr einen harten Tag heute?«, erkundigte sie sich.

»Das kann man wohl sagen«, antwortete Roselin und rieb sich die hohe Stirn.

»Das tut mir leid.«

Odette lächelte in die Runde. »Dann sorge ich jetzt dafür, dass ihr einen schönen Abend habt. Ich mache euch einen Menüvorschlag, damit ihr auf andere Gedanken kommt.« Ihre Augen glänzten begeistert. Jetzt war sie in ihrem Element. »Ich habe frische Meerspinnen vom Fischmarkt. Das köstliche Fleisch wird im Panzer auf Salatblättern serviert. Ich würze es mit etwas Salz, weißem Pfeffer und einer Messerspitze Chilipulver. Dazu gebe ich Zitronensaft und feinstes Olivenöl. Garniert wird der Salat mit Korallenrogen. Eine Delikatesse, ihr werdet sehen.«

Roselin lief das Wasser im Mund zusammen. Er liebte Meerspinnen. Odette war nicht mehr zu bremsen. Ihre Begeisterung war ansteckend.

»Als Hauptgericht gibt es angebratene Rochenflügel mit in Öl, Knoblauch und Kräutern geschmorten Aprikosen sowie frischen Steinpilzen. Ein Traum! Das versichere ich euch. Nach der Käseplatte gibt es

Lavendeleis mit gehackten Pistazien als Dessert. Voilà, was sagt ihr?«

»Das hört sich großartig an«, meinte Valérie entzückt.

Roselin und Philippe sahen das genauso.

Kurz vor Mitternacht klopfte es an der Tür. Olivier erhob sich vom Sofa, auf dem er angespannt und nervös gesessen hatte. Das musste Xenia sein. Er machte auf. Vor ihm stand die zierliche, junge Frau. Sie grinste ihn hämisch an. Der Impuls, ihr ins Gesicht zu schlagen, wurde schier übermächtig. Er zwang sich zur Beherrschung. Sie waren hier nicht alleine. Jemand würde ihn beobachten und Zeuge seiner Gewalttätigkeit werden.

»Komm rein«, forderte er sie auf.

Sie standen sich im kleinen Salon gegenüber.

»Wo ist das Geld?«, fragte Xenia. »Zehn Riesen. Du weißt, was passiert, wenn du nicht zahlst.«

Olivier versuchte, auf sie einen ruhigen, gefassten, vertrauenswürdigen Eindruck zu machen, damit sie nicht misstrauisch wurde. Es fiel ihm schwer. Innerlich brodelte er vor Zorn.

»Woher weiß ich, dass du nicht wiederkommst und noch mehr Geld verlangst?«, wollte er wissen.

Ihre Augen funkelten spöttisch. »Ich schätze, du weißt es einfach nicht«, erwiderte sie mit kalter Stimme. »Lass dich überraschen. Also, ich frage nur noch ein Mal. Wo ist das Geld?«

»Beruhige dich, Xenia. Ich habe das Geld. Dort auf dem Regal liegt der Umschlag mit zehntausend Euro. Nimm ihn dir und verschwinde.«

Die Gier machte sie unaufmerksam. Sie ging zum Regal und griff nach dem Kuvert. Olivier zog blitzschnell den Korken aus dem Reagenzglas, träufelte Flüssigkeit auf einen Wattebausch, umklammerte Xenia von hinten und drückte ihr den Bausch auf Mund und Nase. Sie wehrte sich nur kurz, zappelte und zuckte. Dann verlor sie das Bewusstsein und sackte zusammen. Er ließ sie vorsichtig auf den Boden gleiten. Der leere Umschlag fiel ihr aus der Hand.

Olivier wartete eine Stunde im dunklen Salon, bis er sicher sein konnte, dass die anderen schliefen. Um diese Zeit war es ruhig und dunkel auf dem Platz. Er öffnete die Tür und spähte hinaus. Alles war still. Nur ein Pferd scharrte mit den Hufen. Mit einem Griff legte er Xenia über die Schulter und verließ seine Behausung. Schnell lief er auf die Stelle zu, wo der Kastenwagen parkte. Unter Bäumen suchte er Deckung.

Als ein Auto vorbeifuhr, versteckte er sich hinter einem dicken Stamm. Endlich erreichte er sein Ziel. Die Wagenschlüssel hatte er sich wieder ungefragt ausgeliehen. Unsanft legte er die reglose Frau auf die Ladefläche und deckte sie mit einer Plane zu, die er mit Steinen beschwerte. Die ersten fünfhundert Meter fuhr er ohne Licht. Erst als er auf die Hauptstraße gelangte, schaltete er die Scheinwerfer ein. Er folgte der Küstenstraße in westlicher Richtung an der Nordküste des Cotentin entlang. Nach ungefähr fünf Kilometern bog er in eine Stichstraße ein, die zur Steilküste führte. Der Schotterweg führte durch einen dichten Wald und endete an einem ebenen, sandigen Platz vor den Klippen.

Die Mondsichel tauchte die Landschaft in ein fahles Licht. Er stieg aus und lauschte. Das Meer rauschte und klatschte gegen die Felsen. Der stetige Wind fuhr durch die Bäume. Blätter raschelten. Seltsame Laute, die er nicht zuordnen konnte, drangen aus dem Gestrüpp. Wahrscheinlich wurden sie von einem Tier verursacht. Es roch nach Harz, Ginsterblüten und Seetang. Seine Lippen schmeckten das Meersalz in der feuchten Luft.

Er hob Xenia von der Ladefläche. Da erklang plötzlich ein helles Lachen. Ein Mädchen kreischte auf. Er erschrak, sein Herz raste, die Hände wurden feucht. Schnell legte er die bewusstlose Frau wieder ab, kroch neben sie und zog die Plane über ihre Körper. Reglos verharrte er und spitzte die Ohren. Er atmete flach. Jugendliche torkelten mit lautem Geschrei und Gelächter am Wagen vorbei. Sie waren über einen Klippenpfad von einer kleinen Bucht gekommen, wo sie eine Strandparty veranstaltet hatten. Jetzt waren sie auf dem Heimweg. Das geparkte Fahrzeug beachteten sie nicht. Grölend zogen sie weiter.

Nevers wartete, bis ihre Stimmen verhallt waren. Dann stieg er von der Ladefläche und packte die leblose Frau. Er folgte für einige Meter einem Trampelpfad, vorbei an einem halb eingestürzten Wehrturm, der finster in den Nachthimmel ragte. Das Tosen der Brandung wurde lauter. Die platinblonden Haare von Xenia schimmerten im Mondlicht. Ihre dünnen Arme hingen schlaff herab. Das gelbviolett gestreifte Trikot war bis zur Brust hochgerutscht.

Entschlossen und mit grimmiger Miene trug er Xenia bis zur Abbruchkante. Dort stürzten schwarze, glatt geschliffene Felsen senkrecht in die Tiefe.

»Olivier ist gefährlich«, stieß er triumphierend hervor.

Sein rundes Gesicht, umrahmt von dem fedrigen Haarwust, verwandelte sich in eine diabolische Fratze, aus der die Rabennase hervorstach. Er sah aus wie der Teufel persönlich.

DER MÖRDER VOM CAP DE LA HAGUE

SIEBTER TAG

Valérie stand vor dem Whiteboard im Besprechungszimmer der Kripo von Cherbourg. Philippe hatte sie gebeten, Fotos der vier Opfer zu organisieren. Gestern Abend hatte sie die letzte fehlende Ablichtung per Mail bekommen. Jetzt heftete sie die Bilder in einer Reihe auf die glatte Fläche. Darüber hingen in einigem Abstand voneinander die Fotografien von Olivier Nevers, seiner Mutter Ernestine Nevers und von Marcelle le Clerc.

Roselin saß am Tisch, trank Kaffee und sah ihr aufmerksam zu. Seine Blicke schweiften über die neuen Fotos. Irgendetwas fiel ihm daran auf, er konnte nur nicht sagen, was es war. Der flüchtige Eindruck ließ sich nicht greifen.

Kurz vor zehn betrat Lagarde gemeinsam mit Cleroc den Raum. In der Hand hatte er eine Tüte mit Rosinenbrötchen und Mandelgebäck. Delphine und François bildeten die Nachhut. Sie wünschten sich einen schönen guten Morgen, setzten sich um den Tisch und versorgten sich mit Kaffee.

Der Hauptkommissar begrüßte sein Team und

fasste die gestrigen Ereignisse für die Rechtsmedizinerin und den Polizeitechniker kurz zusammen.

Delphine Moreau spürte die bedrückte Stimmung. Dafür fehlte ihr jedoch das Verständnis. Von Rückschlägen ließ sie sich nicht aufhalten. Ganz im Gegenteil, sie spornten sie an.

»Kollegen, ich bitte euch«, sagte sie mit energischer Stimme. »Schaut nicht so frustriert. Ermittlungen führen manchmal auch in Sackgassen. Das ist ganz normal. Und jetzt geht es wieder weiter.« Sie bemerkte die Fotografien der vier alten Damen, die Valérie aufgehängt hatte. »Sind das die Bilder der Opfer?«, fragte sie.

»Ja«, antwortete die Polizistin. »Ich habe ihre Namen unter das jeweilige Bild geschrieben. Philippe wollte, dass wir sie zusammen betrachten können.«

»Interessante Idee.«

Die Rechtsmedizinerin studierte die Ablichtungen der vier Frauen genau.

Das erste Opfer, Germaine Marsault, stand vor einem Grabstein. Auffällig waren ihr beträchtlicher Körperumfang und der schmallippige Mund. Sie trug ein schwarzes Kostüm, schwarze Kniestrümpfe und beigefarbene Gesundheitsschuhe.

Das zweite Opfer und die einzige Überlebende, Fleur Salmon, posierte neben einem Mann mit Hund. Die Frau wirkte sehr dick und hatte längere, glatte, graue Haare. Sie war in einen grünen Lodenmantel gehüllt und trug schwarze Gesundheitsschuhe.

Beim dritten Opfer, Marguerite Vaucluse, fielen besonders die spitze Nase und das runde volle Gesicht auf. Die Frau saß auf einer Bank vor ihrem Haus auf der Landzunge. Das geblümte Kopftuch war unter dem Doppelkinn verknotet.

Das vierte Opfer, Lisette Binet, trug eine Platte mit einem Kuchen und lachte vor einem Fliederbusch in die Kamera. Die grauen Haare waren kinnlang geschnitten. Sie hatte eine grüne Kittelschürze über Rock und Bluse gebunden und trug schwarze Strümpfe. Die Füße waren auf der Ablichtung nicht zu sehen.

Die Blicke von Moreau wanderten zwischen den Fotos der alten Frauen hin und her. Ungläubig schüttelte sie den Kopf. Tief in Gedanken versunken, zog sie eine Zigarette aus dem Päckchen und wollte sie anzünden.

»Delphine«, bat Cleroc. »Du willst doch hier nicht etwa rauchen?«

Seine Bemerkung riss die Rechtsmedizinerin aus ihren Gedanken. Sie steckte die Zigarette in die Schachtel zurück und fragte: »Wisst ihr, was mir auffällt?«

»Was denn?«, fragte Dumas.

Seit er sie kennengelernt hatte, bewunderte er ihren messerscharfen Verstand. Auch er hatte bemerkt, dass die Fotos eine Botschaft verkündeten. Er war nur nicht darauf gekommen, welche es war.

»Seht genau hin«, forderte sie ihre Kollegen auf. »Wenn man von jedem Foto der Opfer einzelne Elemente herausnimmt und sie zu einer neuen Person zusammensetzt, dann ergeben die Puzzleteilchen die Mutter von Nevers. Ernestine. Sehr dick, spitze Nase, schmaler Mund, graue halblange Haare, schwarze Strümpfe, Gesundheitsschuhe.«

Kurz machte sie eine Pause. Dann verkündete sie voller Überzeugung ihre Schlussfolgerung. »Unstillbarer Mutterhass.«

Valérie war verblüfft. »Ich denke, Nevers hat es auf seine ehemalige Verlobte, Marcelle le Clerc, abgesehen«, äußerte sie ihre Meinung. »Nicht auf seine Mutter. Er hasst Marcelle, weil sie ihn ausgenutzt, verlassen und verraten hat.«

»Und warum bringt Nevers dann alte Frauen um? Warum nicht junge, die ihn an Marcelle erinnern?«, wollte Delphine wissen.

»Das kann er nicht. Und er traut sich auch nicht«, argumentierte die Polizistin. »Trotz seines Hasses liebt er Marcelle noch immer und ist ihr gegenüber loyal. Deshalb sucht er sich ältere Frauen für seine Attacken aus. Als Ersatz sozusagen.«

»Meinst du, er hat sich die nächste alte Dame schon ausgesucht?«, fragte die Rechtsmedizinerin alarmiert.

»Das hoffe ich nicht. Auf jeden Fall müssen wir ihn schnell finden.«

Cleroc meldete sich zu Wort. »Ich neige dazu, der Argumentation von Valérie zu folgen. Nevers reagiert sich ab. Alte, schwache, alleinstehende Frauen sind eine leichte Beute für ihn.«

Lagarde schwieg nachdenklich. Er hatte seine eigene Theorie. Aber er war sich nicht sicher. Er fragte sich, was passieren würde, wenn Nevers Marcelle eines Tages nicht mehr liebte. Wenn er schließlich einsah, dass sie seine Liebe niemals erwidern würde. Ausschließlich blanker, destruktiver Hass würde ihn antreiben.

Schließlich ergriff er das Wort. »Unser Problem ist, dass wir nicht wissen, wo Nevers steckt. Im Moment haben wir keinerlei Anhaltspunkte. Die Suche nach ihm hat Priorität. Ich schlage vor, dass wir sämtliche Fallunterlagen noch einmal sorgfältig durchsehen. Es muss einen Hinweis geben, der uns zu ihm führt.«

»Philippe hat recht«, bekräftigte Cleroc. »Wir beenden die Besprechung. So kommen wir im Moment nicht weiter. Ich würde mich freuen, wenn wir zusammen Mittagessen gehen. Danach werde ich mich in die Akten vertiefen. Und ich werde einen weiteren Fahndungsaufruf herausgeben. Vielleicht haben wir diesmal mehr Glück.«

Mit diesem Vorschlag waren alle einverstanden. Nur Lagarde konnte nicht mit zum Essen kommen.

Er hatte eine wichtige Verabredung mit einem kleinen Mädchen.

»Ich hole Amélie von der Schule ab«, erklärte er. »In Barfleur gastiert ein Wanderzirkus. Sie hat sich einen Besuch der Vorstellung gewünscht. Zuvor gehen wir in die Tierschau. Ihre Mutter hat keine Zeit, sie muss arbeiten.«

Die Kollegen wünschten ihm viel Spaß und machten sich auf den Weg zu einem Restaurant am Hafen. Lagarde fuhr nach Barfleur zurück.

Die siebzehnjährige Emmi ging mit ihrem Hund Toutou auf dem alten Schmugglerpfad spazieren, wie jeden Nachmittag. Der Weg führte sie durch einen Pinienhain und weiter bis zu der Ruine des Wehrturms. Nach zwanzig Metern gelangte sie an einen Klippenpfad, der in eine kleine verträumte Bucht führte. Dorthin wollte Emmi. Sie liebte es, am Meer zu sitzen und zu träumen. Ihr weißer Labrador rannte voraus. Er kannte den Weg.

Nach dem Abstieg gelangte Emmi über flache Felsplatten an den kleinen Strand. Erste Sonnenstrahlen drangen durch die Wolkendecke. Ein lauer Wind blies von England her über den Ärmelkanal. Wellen überfluteten bunte Kieselsteine und perlmuttfarben schillernde Muschelschalen. Die Flut kam zurück. Das Hochwasser würde ihr den Rückweg abschneiden. Bald musste sie ihren einsamen Lieblingsstrand verlassen. Die See würde die komplette Bucht überspülen. Emmi setzte sich auf einen Stein, ließ feinen weißen Sand durch die Finger rieseln und blickte verträumt auf den weiten tiefblauen Ozean. Toutou streunte begeistert durch Felsgestein. Plötzlich war er verschwunden. Emmi hörte ihn aus einiger Entfernung bellen. Er hörte nicht mehr auf. Sie rief nach ihrem Hund. Er gehorchte nicht.

Verärgert lief sie in die Richtung, aus der das Gebell kam. Toutou stand mit zitternden Beinen auf einem Felsplateau und fixierte einen bestimmten Punkt. Der Hund kläffte und knurrte abwechselnd. So hatte Emmi ihn noch nie erlebt. Sie trat an ihn heran, streichelte die aufgestellten Haare und versuchte, ihn zu beruhigen. Dabei spähte sie in den Felstrichter. Was gab es da zu sehen? Vielleicht eine Kolonie von Meerspinnen? Vor diesen archaischen Krustentieren hatte Toutou gehörig Respekt. Aber warum war er dann nicht einfach zu ihr zurückgelaufen?

Emmi fuhr erschrocken zusammen, als sie sah, was der Labrador entdeckt hatte. Im flachen klaren Wasser lag ein Mensch. Eine Frau. Sie lag auf dem Rücken. Weißgold schimmernde Haare hatten sich wie ein Lichtkranz um ihren Kopf ausgebreitet. Dunkle, weit aufgerissene Augen starrten in den Himmel. Es gab keinen Zweifel. Sie war tot.

Vor Entsetzen schrie Emmi auf. Ihr wurde übel und schwindlig. Sie taumelte. Schließlich brach sie bewusstlos zusammen. Sie stieß sich den Kopf an einer Felskante und lag reglos im Sand. Ihr Hund setzte sich neben sie und stimmte ein klagendes Heulen an. Niemand hörte ihn.

Die Grundschule von Saint-Vaast-la-Hougue befand sich in einer vanillefarbenen ehemaligen Seebadvilla mit weiß lackierten Holzklappläden und graurot gemauerten Kaminen. Über dem Eingangsportal stand in Kursivschrift *Chalet Stella Maris*. Der Stern des Meeres war die Bezeichnung der Mutter Jesu als Schutzpatronin der Seefahrer, der ihnen den Weg wies. Das Haus lag in einem Park in der Nähe der Festung. Die weitläufige Gartenanlage mit einem Beachvolleyballfeld und einem Sportplatz war von einer hohen Flintsteinmauer umgeben. Das schmiedeeiserne Tor stand weit offen. Eine Glocke ertönte um Punkt vierzehn Uhr und zeigte den Unterrichtsschluss an.

Wenige Minuten später strömte eine lebhafte Kinderschar aus dem Gebäude. Lagarde lief ein Stück den von Kastanien beschatteten Kiesweg hinauf und hielt Ausschau nach Amélie. Rasch entdeckte er sie in der Menge. Das kleine Mädchen hatte sich für den Zirkusbesuch schick gemacht. Sie trug ein rosafarbenes Kleid und dazu passende Ballerinas. Das blonde Haar war zu zahlreichen Zöpfchen geflochten, die von pinkfarbenen Schleifen zusammengehalten wurden. Der Schulranzen schaukelte auf ihrem Rücken, als sie Hand in Hand mit einer Freundin auf die Ausfahrt zulief und nach ihm Ausschau hielt.

Als sie Lagarde erblickte, strahlte sie über das ganze niedliche Gesicht. Sie verabschiedete sich von ihrer Freundin und stürmte auf ihn zu.

»Hallo, Onkel Philippe«, rief sie. »Ich habe eine Eins in der Mathearbeit bekommen.«

Ungestüm sprang sie an ihm hoch. Er wirbelte das Mädchen durch die Luft. Sie jauchzte begeistert.

»Hallo, Prinzessin. Das ist ja großartig. Ich bin stolz auf dich.« Behutsam setzte er sie auf dem Boden ab.

»Maman wird sich freuen. Die letzte Probe habe ich vermasselt«, berichtete sie.

»Das kann passieren«, meinte Lagarde. »Du machst das schon. Schließlich bist du ein kluges Mädchen.«

Amélie nickte, zufrieden mit dieser Antwort. Damit war das Thema Schule erledigt.

»Ich freue mich so sehr auf den Zirkusbesuch, Onkel Philippe. Ich bin schon ganz aufgeregt.«

»Ich freue mich auch, Amélie. Ich glaube, wir werden uns prächtig amüsieren.«

Sie fuhren mit seinem Renault Express nach Barfleur. Amélie thronte auf dem Kindersitz und naschte Gummibärchen aus einer Tüte, die er für sie auf den Rücksitz gelegt hatte. Der Wanderzirkus hatte sein Lager auf einer großen Wiese südlich von Barfleur aufgeschlagen. Ein mit rotweißen Absperrbändern eingegrenztes Feld diente als Parkplatz. Sie stiegen aus und liefen Hand in Hand zum Zirkusgelände. In der Mitte stand ein großes rundes gelbes Zelt. Die Kuppel und die Säume der Seitenwände waren violett. Auf dem First wehten die französische und die europäische Fahne. Dazwischen, auf einem Banner, prangte der Name des Zirkus: *Lorenzo*. An gespannten Seilen flatterten bunte Wimpel. Die Zirkustiere befanden sich unter einem länglichen Zeltdach. Auf dem gelben Untergrund der Plane leuchteten violette fünfzackige Sterne. Am rechten Rand des Geländes standen die Wohnwagen der Schausteller, Artisten, Tierpfleger und Hilfskräfte. Davor drehte sich ein altmodisches Kinderkarussell mit bunt lackierten Fabelfiguren. Am schönsten fand Amélie den grünen Waldtroll mit den blutroten Augen.

Lagarde kaufte an einem kleinen umfunktionierten Wohnwagen zwei Eintrittskarten. Da sie noch Zeit hatten, beschlossen sie, die Tierschau zu besuchen. Amélie erstand für zwei Euro eine Papiertüte mit Futter. Hinter Holzgattern drängten sich weiße Lamas, braune Alpakas sowie gescheckte Ziegen und schoben ihre hungrigen Mäuler durch die Öffnungen. Lagarde schüttete ein wenig Futter in Amélies Hand. Mutig bot sie den Tieren die Körner an. Die Ziegen leckten mit langer Zunge ihre Handfläche ab und kitzelten sie. Das Mädchen lachte und kraulte die Ohren eines Bocks. Die drei Zirkuspferde standen in einem Pferch und scharrten mit den Hufen. Amélie sorgte dafür, dass auch sie in den Genuss des Futters kamen. Die restlichen Körner wurden gerecht aufgeteilt. Das Mädchen fand besonderen Gefallen an einem Pony. Sanft streichelte sie dessen Kopf.

»So ein Pferdchen möchte ich auch gerne haben«, seufzte sie. »Meine Mama ist von der Idee gar nicht begeistert.«

Lagarde versprach, sich darüber Gedanken zu machen.

Auf einmal erschallten kräftige Fanfarenklänge über das Zirkusgelände.

»Die Vorstellung beginnt gleich, Amélie. Komm, wir gehen in das Zirkuszelt.«

Auf dem Weg dorthin kamen sie an einer Imbissbude vorbei, vor der sich Besucher drängelten. Sehnsüchtig blickte das Mädchen auf die Auslage.

Lagarde bemerkte ihren Blick. »Was möchtest du, Prinzessin?«, erkundigte er sich.

Sie musste nicht lange überlegen. »Kann ich bitte eine Zitronenlimonade und eine Bonbonkette haben?«

»Weiter nichts?«, fragte er. »Die Vorstellung dauert zwei Stunden. Wenn du verhungerst, kriege ich mächtigen Ärger mit deiner Mutter.«

Die Kleine grinste und ergriff die Gelegenheit. »Ich möchte so gerne eine Gummischlange.«

»Die rote, die gelbe oder die grüne Mamba?«

»Ich kann mich nicht entscheiden, Onkel Philippe.«

Er kaufte eine Schlange in jeder Farbe, die es gab. Für das Limo bekam sie einen Strohhalm. Dann half er ihr, die Bonbonkette über die Zöpfchen zu ziehen.

Vor dem Zelteingang stellten sie sich an. Ein verwegen aussehender Mann in einem gelbviolett gestreiften Trikot und einer schwarzen Haremshose riss ihre Billets ab, als sie an der Reihe waren. Danach betraten sie das Zelt. Hoch über ihnen wölbte sich die Kuppel. Ihre Plätze befanden sich in der ersten Reihe hinter einer niedrigen Rampe. Amélie zappelte aufgeregt auf dem Holzklappstuhl hin und her und knabberte Brausebonbons von ihrer Kette.

Endlich begann die Vorstellung. Unter weiteren scheppernden Fanfarenstößen betrat der Zirkusdirektor die Manege. Auf seinem Kopf saß ein violett glitzernder Zylinder. Die Livree schillerte goldfarben. Überschwänglich zog er den Hut und begrüßte seine Gäste. Donnernder Applaus erhob sich. Lagarde starrte auf die Kleidung des Mannes. Gelbviolett. Diese beiden Farben schrien ihm überall entgegen. Gelb und violett, golden und lila, Sonnenblumen und Lavendel. Er spürte, wie seine Haut prickelte. Konnte das sein?

»Du musst klatschen, Onkel Philippe«, belehrte Amélie ihn.

Unwillkürlich folgte er ihrer Aufforderung. Seine Gedanken waren ganz woanders. Sie wirbelten durch seinen Kopf.

Der Zirkusdirektor kündigte mit großen Gesten die sensationellste Trapeznummer der Welt an. Ein dünnes Mädchen hing mit den Kniekehlen über einer Stange hoch über der Manege. Mit den kleinen Händen hielt sie ihre Partnerin an den Füßen fest. Die magere Akrobatin breitete die Arme aus und schwang in steifer Pose unter dem Zeltdach hin und her. Das Publikum folgte der Darbietung mit großen Augen. Amélie bewunderte den Mut der Künstlerinnen und beobachtete sie fasziniert.

Nach der Trapezvorstellung betrat eine glamourös aussehende Frau mit einer wilden, roten Lockenmähne die Arena. Sie hatte eine Federboa lässig um ihren Hals geschlungen. Flankiert wurde sie von zwei altersschwachen Tigern, die sie an goldenen Ketten durch die Manege und dann im Kreis an den Zuschauern vorbeiführte. Als eines der Tiere das Maul aufriss und brüllte, erschrak Amélie. Lagarde legte ihr beruhigend den Arm um die Schulter. Auf den strengen Befehl der Dompteuse hin sprangen die Tiger auf ein Podest. Sie setzten sich zunächst und machten nach einem Peitschenschlag gehorsam Männchen. Als Höhepunkt der Darbietung ließ die Dame die Tiere durch einen brennenden Reifen springen. Die Menge jubelte begeistert und applaudierte.

Lagarde schaute ungeduldig auf die Uhr. Es fiel ihm schwer, dem Geschehen in der Zirkusarena zu folgen. Sein Instinkt sagte ihm, dass er auf eine heiße Spur gestoßen war.

Nachdem die beiden Tiger müde von der Bühne getrottet waren, hielt der fabelhafte Magier unter blecherner Triumphmusik Einzug in die Manege. Begleitet wurde er von seiner Assistentin, die ein wallendes, goldenes Kleid mit violetten Mondsicheln trug. Ihr hüftlanges, platinblondes Haar wurde von einem Band aus der Stirn gehalten. Der fabelhafte Magier zauberte weiße Tauben und schwarze Raben aus seinem spitzen Zauberhut. Als Höhepunkt des Auftrittes zersägte er seine Assistentin, die sich zuvor mit verbundenen Augen in eine Holzkiste gelegt hatte.

Das Publikum verfolgte gebannt die dramatische Szene. Amélie hielt die Luft an. Nach getaner Arbeit warf der Magier die Säge auf die Erde, wischte sich den imaginären Schweiß von der Stirn und entfernte mit theatralischer Geste den Deckel der Kiste. Unversehrt sprang seine Assistentin aus dem Behältnis und warf Kusshände in das Publikum, das frenetisch klatschte und trampelte. Der Zauberer stieg mit überheblicher Miene auf ein goldfarbenes Podest und ließ sich feiern. Huldvoll winkte er dem Publikum zu.

Links und rechts von seinem Thron standen zwei kleinere Plattformen, ebenfalls in Gold. Auf dem einen Minipodest stand der Name Xenia, auf dem anderen Selena. Die Assistentin Selena strahlte von ihrem Podest aus in die Menge und klatschte mit dem Publikum. Die Plattform von Xenia blieb leer. Sie war nicht da. Lagarde hielt es kaum noch auf seinem Platz. Er hatte das Gefühl, dringend etwas unternehmen zu müssen.

Dann traten die Clowns auf. Runde, rote Nasen verdeckten einen Teil ihres Gesichtes. Struppige, gelbe Perücken verbargen ihr Haar. Sie trugen lustige Hüte und trieben ihre tollen Späße. Sie stolperten über unsichtbare Hindernisse, schubsten sich gegenseitig um und kugelten über den strohbedeckten Boden. Amélie hielt sich den Bauch vor Lachen. Das Publikum johlte. Der Aufmerksamkeit von Lagarde entging es nicht, dass die Komiker keinesfalls eine gleichberechtigte Truppe waren. Der Oberclown, ein riesiger, massiger Mann, dirigierte die anderen Männer unauffällig, aber mit strenger Hand. Seine Komparsen hatten nichts zu sagen. Als Highlight setzte sich der Chef mit einem Soloauftritt in Szene. Als die Clowns im Gänsemarsch die Manege verließen und ständig über ihre eigenen Füße stolperten, spielte das Zirkusorchester eine Melodie. Blechern und nostalgisch erklang schleppend ein Lied, getragen von einem Leierkasten. Es war »Chanson d'Amour«.

Lagarde fuhr von seinem Platz hoch. Jetzt hatte er die Gewissheit. Nevers war bei diesem Wanderzirkus untergekommen. Davon war er völlig überzeugt. Wo konnte der brutale Mörder stecken? War er während der Vorstellung in Erscheinung getreten? Oder arbeitete er im Hintergrund und war für den Zeltaufbau oder die Pflege der Tiere zuständig?

Der Kommissar musste all seine Geduld aufbringen, um das Ende der Vorstellung abzuwarten. Er wollte Amélie keinesfalls beunruhigen.

Unter donnernden Fanfarenstößen ließen sie sich mit der Menge nach draußen treiben. Auf dem Platz angelangt, spähte Amélie sehnsüchtig nach dem Eisstand. Lagarde kaufte einen Becher mit drei Kugeln ihrer Lieblingssorten, Sahne und einer Waffel für sie.

Das Mädchen löffelte das Eis und schwärmte begeistert: »Die Zirkusvorstellung war so schön, Onkel Philippe. Am besten haben mir die Clowns gefallen. Sie waren richtig lustig. Jetzt möchte ich nach Hause und meiner Mama alles erzählen.«

Diese Bitte war Lagarde nur recht. Er wollte Olivier Nevers finden und ihn ausschalten. Der gesuchte Mann musste hier irgendwo sein. Sie liefen zum Auto und erreichten in wenigen Minuten das Zentrum von Barfleur. Camille und ihre Tochter wohnten im ersten Stock eines Granitsteinhauses in der Nähe des Hafens.

Lagarde fand einen Parkplatz direkt vor ihrem Haus und stieg mit der Kleinen Hand in Hand die

Treppe hinauf. Camille stand in der Wohnungstür und lächelte ihnen entgegen. Zärtlich umarmte sie ihre Tochter, die sofort von den aufregenden Ereignissen des Nachmittags zu erzählen begann. Lagarde und Camille umarmten sich kurz und herzlich.

»Hallo, ihr beiden«, begrüßte sie die Ankömmlinge. »Ich sehe schon, der Zirkusbesuch muss sensationell gewesen sein. Das habe ich auch nicht anders erwartet. Ich danke dir, Philippe. Du hast meine Tochter glücklich gemacht.«

»Es war mir ein Vergnügen, Camille. Schade, dass du nicht dabei sein konntest.«

»Ja, sehr schade. Aber komm doch erst mal rein«, forderte Camille ihn lächelnd auf. »Ich habe gerade frischen Kaffee gekocht. Kuchen kann ich dir auch anbieten.«

Als er die Einladung höflich, aber bestimmt ablehnte, sah Camille ihn erstaunt an.

»Was ist denn mit dir los?«, fragte sie. »Es ist doch hoffentlich nichts passiert? Hast du es eilig?«

»Ja, Camille. Ich habe es sehr eilig. Entschuldige bitte meine Unhöflichkeit. Ich erkläre dir später, was passiert ist. Jetzt muss ich los. Salut.«

Er verabschiedete sich von Amélie mit einem Kuss auf die Stirn und wünschte Mutter und Tochter einen schönen Abend. Danach lief er eilig die Treppe hinunter. Camille sah ihm verblüfft hinterher. Ihre Tochter hatte so viel zu erzählen, dass sie sich über den überstürzten Aufbruch ihres großen Freundes gar nicht wunderte.

Lagarde stieg in den Renault Express und raste zurück zum Zirkusgelände.

Schon von weitem sah Lagarde, dass sich die Zirkuskünstler mit ihrem Direktor vor dem großen Zelt um einen Tisch versammelt hatten. Die Dämmerung war inzwischen hereingebrochen, und sie unterhielten sich im Schein einer Neonlampe. Der Kommissar zwang sich zur Ruhe und schlenderte, die Hände in den Hosentaschen, entspannt auf die Gruppe zu.

»Guten Abend«, grüßte er freundlich lächelnd in die Runde.

Die Artisten erwiderten seinen Gruß, musterten ihn neugierig und schienen auf eine Erklärung für sein Erscheinen zu warten.

»Ich war heute Nachmittag mit einem kleinen Mädchen in Ihrer Vorstellung«, begann Lagarde. »Ihre Darbietungen haben uns begeistert. Es war wirklich sehr schön.«

»Das hört man gerne«, tönte der Zirkusdirektor. Ohne seine prunkvolle Aufmachung wirkte er unscheinbar. Das Gesicht war grau. Sorgenfalten hatten sich in seine Stirn gegraben. Die Knollennase ähnelte der des Waldtrolls auf dem Kinderkarussell. »Setzen Sie sich doch zu uns, und wir trinken ein Glas zusammen«, lud er Lagarde ein. »Wir stoßen gerade auf unsere wieder einmal äußerst gelungene Vorstellung an. Wir haben nämlich Feierabend. Unter der Woche treten wir nur am Nachmittag auf. Für eine zweite Vorstellung am Abend kann man das Zelt nicht füllen. Die Leute schauen lieber Fernsehen, anstatt sich von einem anspruchsvollen Kulturprogramm unterhalten zu lassen.«

»Danke für die Einladung«, erwiderte Lagarde. »Das ist sehr nett von Ihnen. Aber ich möchte Ihre Runde nicht stören. Ich habe nur eine Frage. Vielleicht können Sie mir weiterhelfen. Ich habe gehört, dass ein alter Kumpel von mir hier arbeitet«, improvisierte Lagarde. »Da habe ich mir gedacht, ich schaue mal vorbei und lade ihn auf ein Bier ein. Sie wissen schon, über alte Zeiten reden und so.«

»Wie heißt denn Ihr Kumpel?«, erkundigte sich der fabelhafte Magier. Er war ein hagerer, großer Mann mit einem unsympathischen Geiergesicht.

»Olivier Nevers.«

»Woher kennen Sie unseren Olivier?«, fragte die Dompteuse erstaunt. Aus der Nähe sah sie doppelt so alt aus wie in der Manege. Sie war abgeschminkt und hatte die wilden Locken zu einem Dutt hochgesteckt.

»Von früher«, erklärte Lagarde vage.

Die Miene des Direktors verfinsterte sich. »Olivier arbeitet in meinem Wanderzirkus. Schon seit einigen Jahren. Aber er ist nicht hier. Er ist einfach vor Beginn der Vorstellung verschwunden. Ohne ein Wort zu sagen.«

»Wissen Sie, wo er sein könnte?«, fragte Lagarde.

»Ich habe keine Ahnung.« Der Chef der Artisten wirkte jetzt richtig verärgert. »Er hat uns einfach hängen lassen. Wir mussten improvisieren. Olivier ist einer der Assistenten unseres berühmten Clowns. Er ist dafür verantwortlich, dass die Requisiten für die Show in der Manege bereitstehen, und er soll unserem Künstler zur Hand gehen.«

»Trägt er auch ein Clownskostüm?«, wollte Lagarde wissen.

»Aber selbstverständlich«, bestätigte der Direktor. »Er hat eine Perücke auf, ist geschminkt und trägt eine rote Clownsnase wie sämtliche Assistenten in dieser Nummer. Wissen Sie, ich will nichts Schlechtes über Ihren Kumpel sagen. Aber in letzter Zeit ist er unzuverlässig. Er verschwindet einfach und meldet sich nicht ab. Nachts hat er sich schon ein paarmal ungefragt unseren Kastenwagen ausgeliehen und hat gedacht, ich merke es nicht. Aber eine Vorstellung hat er noch nie verpasst. Er bekommt mächtigen Ärger, wenn er zurückkommt.«

Der berühmte Clown nickte zu den Worten des Direktors. Im wahren Leben sah er gar nicht lustig aus. Gewaltige Tränensäcke ließen seine Augen winzig erscheinen. Der Mund war schmal und hart. Er hatte ein faltiges Bassetgesicht.

Eine junge Frau mit einem blassen, verhärmten Gesicht meldete sich zu Wort. Es war Selena, die Assistentin des Magiers. »Meine Zwillingsschwester ist auch verschwunden, Xenia. Ich mache mir große Sorgen.«

»Blödsinn«, fuhr der fabelhafte Magier dazwischen. »Wahrscheinlich hat sie ein Rendezvous. Sie ist doch ständig hinter irgendwelchen Kerlen her. Und dafür lässt sie mich einfach im Stich. Für meinen großen Auftritt brauche ich zwei Assistentinnen.«

»Das sagst du nur, weil Xenia dich hat abblitzen lassen«, fauchte Selena ihn an.

»Kinder, Kinder«, mahnte der Direktor. »Bitte keinen Streit. Wir sind ein Team und müssen zusammenhalten.« Er wandte sich geflissentlich an Lagarde. »Wenn Olivier zurückkommt, kann ich ihm gerne ausrichten, dass Sie ihn gesucht haben. Wie heißen Sie denn?«

»Sagen Sie ihm, Dupont war hier«, entgegnete der Kommissar. »Dann weiß er schon Bescheid.«

Falls Nevers zurückkommen würde, würde er sowieso erfahren, dass jemand nach ihm gesucht hatte. Wenn es sich bei dieser Person um Dupont, seinen ehemaligen Chef, handelte, würde er vielleicht nicht in Panik geraten und verschwinden. Er würde annehmen, dass der Schrotthändler sein Geld zurückhaben wollte. An die Polizei würde Dupont sich nicht wenden. Dafür hatte er selbst zu viel Dreck am Stecken.

»Vielleicht komme ich einfach noch mal vorbei«, meinte Lagarde. »Und jetzt muss ich weiter. Einen schönen Abend noch.«

Er winkte den Zirkusleuten zum Abschied zu und machte sich auf den Weg zu seinem Auto. Als er bei laufendem Motor am Steuer saß, überlegte er, wo Nevers sich aufhalten könnte. Was war, wenn seine Liebe zu Marcelle und die Loyalität ihr gegenüber tatsächlich in puren Hass umgeschlagen waren? Dann befand sich seine ehemalige Verlobte in großer Gefahr.

Er beschloss, zu Marcelle le Clerc zu fahren und sie zu warnen. Hoffentlich kam er nicht zu spät. Er gab Gas und preschte vom Parkplatz, dass die Kieselsteine aufwirbelten. Selena war ihm unbemerkt gefolgt und starrte seinem Wagen nach. Sie hatte das untrügliche Gefühl, dass sich eine Katastrophe anbahnte. Schwach lehnte sie sich an einen Baum.

Gerade als Lagarde Cleroc anrufen und ihn über seine neuesten Erkenntnisse sowie über sein Vorhaben informieren wollte, klingelte sein Handy. Es war Valérie.

»Salut, Philippe. Ich weiß jetzt, wo Lisette Binet den Nachmittag verbracht hat, bevor sie ermordet wurde«, berichtete sie mit aufgeregter Stimme. »Raymond hat mich angerufen. Er konnte sich endlich erinnern, was ihm die alte Dame erzählt hat. Sie hat die Tierschau eines Wanderzirkus besucht, der in

Jobourg gastiert hat. Außerdem hat mich ihr Nachbar, Paul Besson, angerufen. Er hat seinen Garten gerecht und unter dem Pavillon ein Billet für die Tierschau gefunden. Der Zirkus heißt Lorenzo. Das Datum stimmt mit dem Todestag von Madame Binet überein. Ich habe rasch im Internet recherchiert. Auf der Website des Zirkus bin ich fündig geworden. Er war im März 2011 in Barfleur, im März 2013 gastierte er auf Noirmoutier, und im März 2015 gab er Vorstellungen auf Rhuys. Der Zirkus ist jetzt wieder in Barfleur.« Sie holte Atem. Dann fiel ihr etwas ein. »Du wolltest doch heute in den Zirkus. Mit Amélie.«

»Wir waren im Zirkus«, bestätigte Lagarde. »Die Artisten und die Helfer tragen alle Kleidung in gelben und violetten Farben, so wie Fleur Salmon den Ärmel ihres Peinigers beschrieben hat. Und das Zirkusorchester hat ›Chanson d'Amour‹ gespielt. Die Melodie, die die alte Dame in jener Nacht gehört hat.«

»Hast du Olivier Nevers gesehen?«

»Nein. Er ist seit heute Nachmittag verschwunden.«

»Wo könnte er sein?«

»Ich habe den Verdacht, dass er zu Marcelle le Clerc will. Wenn seine Liebe zu ihr endgültig in Hass umgeschlagen ist, schwebt sie in Lebensgefahr.«

»Mon Dieu. Wir müssen ihn finden.« Valérie war höchst alarmiert.

»Ich fahre zu ihrem Haus«, informierte Lagarde seine Kollegin. »In zwei Minuten bin ich dort. Sag bitte Roselin Bescheid. Er soll über Funk Verstärkung anfordern. Wir treffen uns vor le Clercs Haus.«

»In Ordnung. Mache ich sofort. Ich benachrichtige auch Ludovic. Es gibt aber noch etwas, das du wissen musst.«

»Ja?«

»Eine junge Frau hat über ihr Handy einen Notruf abgesetzt. Sie war mit ihrem Hund am Strand spazieren und hat eine tote Frau gefunden. Die Leiche ist mit einem gelbvioletten Trikot bekleidet, auf dem Zirkus Lorenzo steht. Die Frau wurde aufgrund des Schocks bewusstlos und stieß sich den Kopf an einem Fels. Als sie wieder zu sich kam, war sie von Wasser umspült. Die Flut hatte die Bucht überschwemmt. Sie konnte sich in letzter Sekunde mit ihrem Hund auf einen Felsen retten. Zum Glück hatte sie das Handy in ihrer Regenjacke verstaut. Ohne das Telefon hätte sie keine Chance gehabt. Vom Meer aus konnte die Küstenwache sie nicht retten. Das Schiff wäre an den Riffen zerschellt. Die Frau und ihr Hund wurden vom Klippenrand mit einem Seil hochgezogen.«

»Wie geht es ihr?«, fragte Lagarde.

»Sie ist wohlauf. Sie hatte einen Schutzengel.«

»Gut, Valérie. Ich bin jetzt vor dem Haus. Bis gleich.«

»Bis gleich, Philippe. Pass auf dich auf.«

Lagarde stellte sein Fahrzeug ab und betrat das Haus durch die offen stehende Eingangstür. Während er die Treppe hinaufstürmte, dachte er an Selena. Sie hatte ihre Zwillingsschwester verloren. Er war sich sicher, dass Nevers der Mörder von Xenia war. Aber welcher Zusammenhang bestand zu der Mordserie an den alten Damen? Hatte Xenia ihn an Marcelle erinnert? Das Motiv würde er herausfinden. Und er würde dafür sorgen, dass diese abscheulichen Gewalttaten endlich ein Ende fanden.

Der Kommissar klopfte an die Wohnungstür von Marcelle le Clerc. Niemand öffnete. Aus dem kleinen Appartement waren keine Geräusche zu vernehmen. Die Stille wirkte unheimlich und bedrohlich. Er drückte mit dem Handrücken gegen die Tür. Das alte Schloss knackte, und die Tür schwang leise quietschend auf.

Im Korridor war es dunkel. Ein Lichtschein drang durch eine Ritze aus dem Zimmer. Anscheinend war sie zu Hause. Nichts deutete auf die Anwesenheit von Nevers hin. Dennoch zog Lagarde seine Pistole aus dem Halfter und entsicherte sie. Gerade als er »Polizei« rufen wollte, erklang ein gellender Schrei. Der Schrei einer Frau.

Lagarde riss mit der linken Hand die Tür auf und hielt mit der rechten die Waffe bereit, den Finger am Abzug. Das nackte Paar auf dem Bett unterbrach abrupt sein Liebesspiel und fuhr erschrocken auseinander. Marcelle le Clerc setzte sich aufrecht hin und versuchte ihre Blöße mit einem Laken zu bedecken. Mit aufgerissenen Augen starrte sie ihn an. Der rothaarige Mann mit der bleichen Haut, der neben ihr lag, wirkte paralysiert. Er rührte sich nicht und blickte angstvoll auf den Eindringling, der die Pistole auf sie richtete.

»Polizei«, verkündete Lagarde und ließ die Waffe sinken. »Kommissar Lagarde.«

Er zog den Dienstausweis aus der Hemdtasche und hielt ihn hoch.

»Sind Sie verrückt geworden?«, schrie le Clerc ihn an. »Sie können doch nicht einfach in meine Wohnung eindringen. Ich hätte fast einen Herzschlag bekommen.«

»Entschuldigen Sie bitte«, antwortete Lagarde und steckte die Pistole in das Holster zurück. »Ich wollte Sie nicht erschrecken. Als ich den Schrei hörte, dachte ich, Olivier Nevers sei bei Ihnen und bedrohe Sie. Ich wollte Ihnen helfen.«

»Olivier?«, fragte sie erstaunt. »Wegen diesem Loser war vor einigen Tagen schon mal ein Polizist hier. So ein großer Typ mit Pferdeschwanz. Der hat erzählt, Olli sei verschwunden.«

»Wir wissen inzwischen, dass sich Nevers in Barfleur aufhält«, erklärte der Kommissar. »Aber wir wissen nicht, wo er jetzt ist und was er vorhat. Sie könnten in Gefahr sein. Deshalb bin ich gekommen. Ich wollte mit Ihnen reden und Sie vor ihm warnen.«

Sie lachte auf. »Mich warnen? Vor Olli? Das ist lächerlich. Ich bin seine große Liebe. Mir würde er nie etwas tun.«

»Da bin ich mir nicht so sicher, Madame le Clerc«, erwiderte Lagarde.

»Aber ich, Monsieur le Commissaire. Und ich wäre Ihnen sehr dankbar, wenn Sie jetzt meine Wohnung verlassen würden.«

»Selbstverständlich. Ich gehe jetzt. Zu Ihrem Schutz werde ich einen Gendarm vor dem Haus postieren, bis wir Nevers gefunden haben.«

»Tun Sie, was Sie nicht lassen können.«

Marcelle le Clerc war es nicht gewohnt, dass sich jemand Sorgen um sie machte. Aber es gefiel ihr, dass dieser smarte attraktive Polizist um ihre Sicherheit besorgt war. Er gab ihr das Gefühl, wichtig zu sein.

Lagarde verabschiedete sich und hörte noch beim Verlassen des Appartements die laute bohrende Frage des Liebhabers.

»Wer ist Olli?«

Als der Kommissar auf die Treppe vor dem Hauseingang trat, stieß er beinahe mit Valérie und Roselin zusammen, die ihm zu Hilfe eilen wollten. Die Gendarmen Alain und Pierre folgten ihnen mit entschlossenen Mienen.

»Nevers ist nicht hier«, sagte Lagarde. »Marcelle le Clerc geht es gut. Sie glaubt nicht, dass er für sie eine Bedrohung darstellt.«

»Wo ist der Kerl denn nur?«, fragte Dumas. »Irgendwo muss er doch stecken.«

»Er hat etwas vor.« Valérie war sich ganz sicher. »Aber was?«

Lagarde dachte nach. Was hatte Delphine heute Morgen bei ihrer Besprechung gesagt? Als sie die Fotografien der Frauen am Whiteboard betrachtet hatte. Unstillbarer Mutterhass. Natürlich. Das war es. Ernestine Nevers war sein eigentliches Ziel. Sie war es immer gewesen.

»Er hat es auf seine Mutter abgesehen«, stieß er hervor. »Wir müssen sofort zu ihr. Die Frau schwebt in höchster Lebensgefahr. Sie wohnt nur wenige hundert Meter von hier entfernt. Hier sind überall Einbahnstraßen. Es dauert zu lange, bis wir um das Viertel fahren. Valérie und ich laufen. Roselin und Pierre, ihr nehmt den Wagen. Alain, du bleibst hier und bewachst das Haus, bis Verstärkung kommt. Falls Nevers doch auftaucht, lässt du ihn nicht hinein. Jedes Mittel, ihn zu stoppen, ist in Ordnung.«

Sie rannten los. Die beiden Gendarmen liefen zum Dienstfahrzeug und stiegen eilig ein. Pierre startete den Motor und preschte davon. Nur Alain blieb auf seinem Posten. Entschlossen umfasste er den Griff seiner Dienstwaffe. Nevers würde nicht an ihm vorbeikommen. Niemals. Passanten sahen den Polizisten neugierig hinterher.

Nachdem sie eine Straße und zwei Gassen hinter sich gelassen hatten, bogen sie um die letzte Ecke. Außer Atem erreichten sie den Gebäudekomplex, in dem Ernestine Nevers wohnte. Inzwischen war es dunkel geworden. Im Lichtkegel einer Straßenlampe stand eine Gruppe von Menschen. Sie redeten aufgeregt durcheinander. Die Polizisten beachteten sie nicht und stürmten an ihnen vorbei durch den hohen Torbogen zum Hinterhaus. Es roch stark nach Rauch.

Ein Mann rief ihnen nach: »Bleiben Sie stehen. Das hintere Gebäude brennt. Es ist zu gefährlich dort. Die Feuerwehr ist alarmiert. Sie müsste gleich hier eintreffen.«

Als sie den Hinterhof erreicht hatten, blieben sie stehen und starrten entsetzt auf das kleine Haus, in dem Ernestine Nevers lebte. Das Feuer war offensichtlich im Keller ausgebrochen. Inzwischen standen sämtliche Abteile in Flammen. Die Scheiben der Kellerfenster waren geborsten. Der Boden des Hofes war mit Glassplittern übersät. Dichter, schwarzer, beißender Rauch quoll aus den dunklen Höhlungen. Flammen züngelten über die Außenmauer und die Rosenspaliere, leckten daran und breiteten sich in beängstigender Geschwindigkeit aus. Durch den Brandüberschlag fing die alte, lackierte Holztür, der Eingang zu Ernestines Wohnung, Feuer. Glas klirrte, und die Gardinen des Wohnzimmerfensters loderten in einem Flammenmeer.

Inzwischen war das Sirenengeheul näher gekommen. Der erste Löschwagen erreichte die Einfahrt und fuhr in den Hof. Die Feuerwehrmänner sprangen aus dem Fahrzeug und bereiteten mit routinierten schnellen Handgriffen ihren Einsatz vor. Lagarde hatte nicht auf das Eintreffen der Gelbhelme warten wollen. Jede Sekunde zählte. Er versuchte, mit einem Taschentuch vor Mund und Nase, die glühend heiße Haustür aufzubrechen, um Ernestine Nevers zu retten. Er war sich hundertprozentig sicher, dass sich die Frau im Haus aufhielt. Rüde wurde er vom Einsatzleiter der Feuerwehr bei der Schulter gepackt und zurückgezerrt.

»Sind Sie lebensmüde?«, brüllte der Mann. »Da kann man nur mit Atemschutzgerät und Schutzkleidung rein.«

Dann erkannte er Lagarde.

»Ist da jemand drin?«, fragte er ihn.

»Ja, die Mieterin. Ernestine Nevers. Sie verlässt ihr Haus so gut wie nie. Und sie nimmt starke Schlaftabletten. Ich gehe davon aus, dass sie tief und fest schläft.«

»Okay. Wir gehen jetzt rein«, entschied der Einsatzleiter.

Sie richteten den Wasserstrahl auf die lichterloh

brennende Tür, schlugen sie mit Feuerwehräxten ein und verschwanden zwischen schwefelgelben Flammen und dichtem Qualm.

In der Zwischenzeit war das Vorderhaus evakuiert worden. Die Feuerwehr aus dem Nachbarort Saint-Vaast-la-Hougue stand zur Unterstützung bereit.

Olivier Nevers saß auf einem Balken im ersten Stock der Scheune, die etwa zwanzig Meter von der Wohnung seiner Mutter entfernt war. Fasziniert betrachtete er das lodernde Szenario, das er entfacht hatte.

»Olivier ist genial«, raunte er, während er auf das gierig fressende, knisternde und fauchende Inferno blickte.

Lagarde stand im Hof und sah sich aufmerksam um. Nevers musste hier sein. Davon war er fest überzeugt. Der Mann würde es sich nicht entgehen lassen, die Verwirklichung seines Planes vor Ort zu erleben. Da entdeckte er ihn auf der ersten Ebene der Tenne. Lagarde informierte Valérie, die den Blick nicht von dem Flammenmeer lösen konnte. Dann rannte er zu der Scheune und stieg über eine altersschwache Holzleiter in den ersten Stock.

Im selben Moment explodierte in der Kellerbox von Nevers Mutter ein Benzinkanister. Durch die Druckwelle wurde ein Autoreifen durch ein Fenster geschleudert und krachte auf den Hof. Die Seitenmauer stürzte ein. Aus dem klaffenden Loch schoss eine scharlachrote Stichflamme. Feuerwehrleute standen mit dicken Schläuchen auf der Drehleiter und im Innenhof und spritzten Wasserkaskaden auf die Feuersbrunst. Den Keller fluteten sie mit Schaum.

Lagarde hatte das hölzerne Plateau erreicht. Als Nevers ihn entdeckte, sah er ihm mit ausdrucksloser Miene entgegen. Er rührte sich nicht, sondern verharrte auf dem Balken.

»Ihr kommt zu spät«, sagte er. »Mutter verbrennt. Sie hat es nicht besser verdient. Ich hasse sie. Sie ist schuld, dass meine Beziehung zu Marcelle zerbrochen ist. Endlich steht sie mir nicht mehr im Weg. Mein Traum wird wahr. Wenn sie tot ist, kommt Marcelle zu mir zurück. Dann werden wir heiraten.«

Er sah glücklich aus. Der Widerschein des Feuers spiegelte sich in seinen dunklen, linsengroßen Pupillen.

Der Kommissar näherte sich ihm langsam und ließ ihn nicht aus den Augen.

»Warum haben Sie die Frauen immer am 23. März getötet?«, fragte Lagarde.

»An diesem Tag habe ich Marcelle kennengelernt. Es war der schönste Tag in meinem Leben.«

»Weshalb das Feuer? Weshalb haben Sie ihre Mutter nicht auf die gleiche Weise getötet wie die anderen Frauen?«

Haare vibrierten. Die Rabennase stach riesig aus dem Gesicht. Die Augen glühten dunkel.

»Brennen sollte sie, die alte Hexe«, brüllte er wie von Sinnen.

DREI WOCHEN SPÄTER

Hauptkommissar Cleroc war bereits am frühen Morgen in seinem Büro, als er einen Anruf bekam. Eine Psychologin namens Clara Girac teilte ihm mit, dass das Gutachten über Olivier Nevers fertig sei. Wenn er kurz Zeit habe, um in die Psychiatrie zu kommen, würde sie ihm eine Kopie des Berichtes persönlich aushändigen. Cleroc willigte ein. Telefonisch informierte er Lagarde über sein Vorhaben, der versprach, so schnell wie möglich nachzukommen.

Nun saßen die Kommissare in der Cafeteria der psychiatrischen Klinik von Cherbourg und tranken Kaffee. Durch die Panoramafenster konnte man auf den Park schauen, der im Nebel lag. Es schüttete wie aus Kübeln, und es war kalt. Dennoch standen Menschen in Trainingsanzügen um einen hohen Bistrotisch unter einem Vordach und rauchten stumm.

Olivier Nevers, der Vierfachmörder, hatte in der Untersuchungshaft zweimal einen Wärter überfallen und ihn, bevor das Wachpersonal einschreiten konnte, krankenhausreif geprügelt. Die Zelleneinrichtung hatte er kurz und klein geschlagen. Lagarde und Cleroc hatten ihn im Gefängnis in einem kahlen Verhörraum mehrfach vernommen. Dabei war Nevers mit Hand- und Fußschellen gefesselt gewesen. Er galt als kaltblütig, intelligenzgemindert und unberechenbar. Während dieser Befragungen hatte er beharrlich und konsequent geschwiegen und die Kommissare mit finsteren Blicken bedacht. Einmal versuchte er, sich auf Lagarde zu stürzen. Cleroc und die Polizisten, die ihm sofort zu Hilfe kamen, schafften es, den tobenden Mann unter Kontrolle zu bringen. Er kannte nur ein Bestreben. Immer brüllte er, er wolle raus aus dem Gefängnis und sich mit Marcelle, seiner großen Liebe, treffen.

Nach dem Zwischenfall im Verhörraum und nachdem Nevers der Gefängnisleiterin ins Gesicht gespuckt hatte, wurde er in die Forensik des psychiatrischen Krankenhauses verlegt. Er befand sich seit zwei Wochen in einer geschlossenen ausbruchsicheren Abteilung, die mit Videokameras überwacht wurde. Wenn er ausrastete und die Pfleger bedrohte, wurde er sediert.

»Nevers hat geredet«, sagte Cleroc. »Mit einer Psychologin. Ihr Name ist Clara Girac. Sie sollte ein psychologisches Gutachten für das Gericht erstellen, um seine Schuldfähigkeit zu überprüfen.« Er zeigte auf eine Mappe, die vor ihm auf dem Tisch lag. »Ich habe den Bericht gelesen, er ist sehr aufschlussreich.«

Clara Girac hatte in den vergangenen zwei Wochen sechs Gespräche mit Nevers geführt. Zu ihrer Sicherheit saß er mit Handschellen gefesselt hinter einer Panzerglasscheibe, flankiert von zwei geschulten Wärtern. Während der ersten beiden Treffen hatte er geschwiegen. Doch die junge hübsche blonde Frau mit dem verständnisvollen Lächeln, den wissenden Augen und der einfühlsamen Stimme schaffte es, durch Beharrlichkeit und Authentizität sein Vertrauen zu gewinnen. Bei ihrer dritten Begegnung begann Nevers, wie ein Wasserfall zu reden. Vielleicht hatte auch das Aussehen von Clara Girac diesen Sinneswandel beeinflusst. Sie sah aus wie eine jüngere Ausgabe von Marcelle le Clerc.

Der Mörder erzählte ihr, warum er die alten Damen immer am 23. März ermordet hatte. Es war der Tag, an dem er seine Geliebte kennengelernt hatte. Er hatte die schöne Marcelle an diesem Tag zum ersten Mal gesehen. Sie stand rauchend auf dem Parkplatz neben einer Tankstelle und sprach Männer an. Von Nevers nahm sie keinerlei Notiz, sie bemerkte ihn gar nicht. Nachdem er sie fünf Tage beobachtet hatte, fasste er sich ein Herz und sprach sie an. Sie wollte Geld von ihm. Er tat alles, um sie für sich zu gewinnen. Olivier Nevers war der Einzige, der von diesem besonderen Datum wusste. Deshalb hatten die Kommissare dessen Bedeutung nicht herausfinden können.

Die Assistentin des fabelhaften Magiers, Xenia, hatte ihn erpresst. Ihr war das Fahndungsfoto von Nevers in die Hände gefallen, und er sollte für ihr Schweigen bezahlen. Er hatte aber kein Geld. Doch selbst wenn er über die geforderte Summe verfügt hätte, wäre er nicht bereit gewesen, ihre Gier zu befriedigen. Stattdessen hatte er sich entschlossen, sie über die Klippen ins Meer zu schleudern.

Clara Girac musste viel Geduld aufbringen, bis der Mörder bereit war, über das Verhältnis zu seiner Mutter Ernestine zu sprechen. Er war ohne Vater aufgewachsen. Seine Mutter hatte sich förmlich an ihn geklammert. Nevers nannte es »Klammerliebe«. Sie brachte ihn morgens zur Schule und holte ihn nachmittags wieder ab, selbst als er schon in der Pubertät war. Seine Schulkameraden hatten ihn deswegen ständig gehänselt und ausgelacht. An Ausflügen teilzunehmen war undenkbar. Er durfte nicht im Verein Fußball spielen. Auch die Mitgliedschaft bei den Pfadfindern erlaubte sie nicht. Ihr Sohn sollte bei ihr bleiben, damit sie nicht alleine war. Als Olivier in das Alter kam, in dem er sich für Mädchen interessierte, duldete seine Mutter keine weibliche Person neben sich. Als er begann, seine Freundschaften vor ihr zu verheimlichen, kam sie ihm immer auf die Schliche und vertrieb die Mädchen. Als Marcelle le Clerc genug von den Beschimpfungen und Nachstellungen seiner Mutter hatte und ihn verließ, verwandelte sich die kindlich naive Loyalität Ernestine gegenüber schlagartig in abgrundtiefen Hass. Durch die tiefe Verbundenheit zu ihr konnte er jedoch dieses unbezwingbare, starke Gefühl nicht direkt ausleben. Das war der Grund, warum er Ersatzopfer ausgewählt hatte, die seiner Mutter ähnlich sahen oder ihn an sie erinnerten. Zu dieser psychischen Auffälligkeit der Ersatzhandlung hatte Clara Girac im Gutachten eine Anmerkung gemacht.

Das ist ein Begriff aus der Psychoanalyse, der eine Handlung beschreibt, die an die Stelle der ursprünglich angestrebten tritt, wenn diese durch Verdrängung oder Hemmung nicht ausgeführt werden kann.

Nachdem mehrere Morde problemlos gelungen waren, fasste er Mut und beschloss, seine Mutter zu töten, die immer die eigentliche Zielperson gewesen war. Es war ihm jedoch klar, dass er sie nie würde anfassen können, niemals die direkte Konfrontation mit ihr ertragen könnte. Aus diesem Grund hatte er sich entschieden, Feuer zu legen.

Als Cleroc seinen Bericht beendet hatte, schüttelte Lagarde fassungslos den Kopf. »Was für ein Psychogramm!«

»Ja«, stimmte sein Kollege zu. »So wie es aussieht, wird Nevers in der Forensik bleiben. Ich halte ihn für unzurechnungsfähig.«

»Ich auch«, antwortete Lagarde. »Wir können den Fall abschließen. Alles Weitere ist Aufgabe der Staatsanwaltschaft. Darf ich dich zum Mittagessen bei Odette einladen?«

Begeistert stimmte Cleroc zu.